GUERRA do ROCK

Robert Muchamore

GUERRA
do ROCK

TRADUÇÃO
IGOR LEOCADIO

ROCCO
JOVENS LEITORES

Título original
ROCK WAR

Primeira publicação na Grã-Bretanha em 2014 pela Hodder Children's Books
Copyright © 2014 *by* Robert Muchamore
O direito de Robert Muchamore de ser identificado como o autor desta obra
foi assegurado por ele em conformidade com o Copyright, Designs and Patents Ac 1988.

Todos os direitos reservados. Nenhuma parte desta obra
pode ser reproduzida ou transmitida por qualquer forma ou
meio eletrônico ou mecânico, inclusive fotocópia, gravação ou sistema
de armazenagem e recuperação de informação, sem a permissão escrita do editor.

Direitos para a língua portuguesa reservados
com exclusividade para o Brasil à
EDITORA ROCCO LTDA.
Av. Presidente Wilson, 231 – 8º andar
20030-021 – Rio de Janeiro – RJ
Tel.: (21) 3525-2000 – Fax: (21) 3525-2001
rocco@rocco.com.br / www.rocco.com.br

Printed in Brazil/Impresso no Brasil

Preparação de originais
NINA LOPES

CIP-Brasil. Catalogação na fonte.
Sindicato Nacional dos Editores de Livros, RJ.

M915g
    Muchamore, Robert
        Guerra do rock / Robert Muchamore; tradução de Igor de Carvalho Leocadio. Primeira edição. – Rio de Janeiro: Rocco Jovens Leitores, 2017.
        (Guerra do rock ; 1)

    Tradução de: Rock War
    ISBN: 978-85-798-0356-7 (brochura)
    ISBN: 978-85-798-0358-1 (e-book)

        1. Literatura inglesa. I. Leocadio, Igor de Carvalho. II. Título III. Série.

17-38850
                                                                     CDD–823
                                                                     CDU–821.111-3

O texto deste livro obedece às normas do
Acordo Ortográfico da Língua Portuguesa.

Prólogo

O palco é um imenso altar brilhando sob o luar do Texas. Telões do tamanho de prédios projetam uma propaganda de refrigerante Rage Cola. Perto da linha de cinquenta jardas do estádio, uma garota de pernas compridas de treze anos mal consegue se equilibrar nos ombros de seu irmão mais velho. Ela está superanimada.

– JAY! – grita ela, agitando o corpo. – JAAAAAAAY, EU TE AMO!

Ninguém escuta, porque setenta mil pessoas estão gritando ao mesmo tempo. O barulho é tão alto que faz cócegas nos ouvidos. Garotos e garotas, adolescentes, estudantes. Uma antecipação reverbera quando uma silhueta sobe ao palco, mas é apenas um ajudante com um suporte para os pratos de bateria. Ele se curva com pompa para a plateia antes de se retirar.

– JET! – entoa o público em coro. – JET... JET... JET.

Nos bastidores, o som é mais abafado, como ondas batendo num paredão. A única luz vem do brilho verde das placas indicando as saídas de emergência.

Jay aperta o estômago embrulhado. Ele é magro e atraente. Usa tênis All Star, calça jeans rasgada e delineador preto nos olhos.

Um forte rugido irrompe da multidão quando os telões iniciam uma contagem regressiva de trinta segundos, patrocinada por uma marca de celular. Assim que os olhos de Jay se acostumam com a luz, ele consegue ver uma versão de vinte metros de altura de si mesmo descendo uma ladeira num skate, perseguido por estudantes coreanas aos berros.

– TREZE... – grita a multidão, batendo os pés a cada contagem. – DOZE... ONZE...

Guerra do Rock

No telão, as garotas derrubam Jay do skate. Ao cair, seu smartphone voa do seu bolso, e quando as meninas veem o aparelho, perdem completamente o interesse pelo jovem, formando um semicírculo para observar o telefone.

– TRÊS... DOIS... UM...

Os quatro componentes do Jet surgem no palco, socando o ar sob gritos e flashes de câmeras.

Por alguma razão, a empolgação do público consegue acalmar Jay. Milhares de corpos se agitam sob a luz do luar. Aplausos e gritos se unem num baixo rugido. Ele coloca os dedos no braço da guitarra e se empolga, ciente de que o movimento de apenas um dedo lançará meio milhão de watts através de pilhas de amplificadores do tamanho de caminhões.

E a multidão vai à loucura quando a maior banda do mundo começa a tocar.

1. Migalhas espalhadas

Camden, Londres
Tem sempre um momento de estranheza quando você acorda. Aquela fração de segundo em que o sonho termina e você não tem certeza de onde está. Aí, conclui que está a salvo na cama. Então, se enrosca de novo nas cobertas e dorme por mais uma hora.

Mas Jay Thomas não estava na cama. O garoto de treze anos tinha acordado numa cadeira de plástico no salão de uma escola que cheirava a hambúrguer e cachorro-quente. Havia cadeiras enfileiradas, mas traseiros ocupavam menos de um quarto delas. Uma funcionária mal-humorada esguichava um produto de limpeza rosa no balcão de metal do refeitório, no canto da sala. No palco à frente, uma faixa pendurada anunciava:

**Competição de Música Contemporânea
das Escolas de Camden**

Pedaços de biscoito de queijo, salpicados de pontinhos laranja, caíram no chão assim que Jay se moveu. Quando ele se levantou, percebeu que tinha migalhas espalhadas nas roupas, e metade do pacote havia sido esmagada e espalhada em seu cabelo castanho espetado.

Jay era o guitarrista de um grupo chamado Brontobyte. Seus três companheiros de banda gargalhavam enquanto ele retirava os grãos laranja do cabelo e depois se inclinava para remover as migalhas de sua camiseta do Ramones e da calça jeans preta rasgada.

— Vocês são *tão* imaturos.

Mas Jay não se importou de verdade. Esses caras eram seus amigos desde sempre e ele teria participado da brincadeira se um deles tivesse pegado no sono.

— Dormiu bem? — perguntou Salman, o vocalista bochechudo do Brontobyte.

Jay bocejou, tirou uma gosma laranja do ouvido e respondeu:

— Mal dormi na noite passada. Kai ficou no Xbox até uma da manhã, e quando *finalmente* consegui dormir, o idiota subiu no beliche e peidou na minha cara.

Salman ficou com pena, mas Tristan e Alfie riram.

Tristan era o baterista do Brontobyte, um cara grande que se achava garanhão. O irmão mais novo de Tristan, Alfie, faria doze anos em três meses. Era o baixista do Brontobyte e o músico mais talentoso da banda, mas os outros três pegavam no pé dele porque sua voz ainda não tinha engrossado e não havia sinal algum da chegada da puberdade.

— Não consigo acreditar que Jay é zoado pelo irmão mais novo — bufou Tristan.

— Kai é o garoto mais durão da minha série — concordou Alfie. — Mas Jay é tipo o Senhor Braços de Graveto, ou algo assim.

Jay resmungou, parecendo estressado:

— Podemos, *por favor*, mudar de assunto?

Tristan ignorou o pedido.

— Quantos filhos sua mãe tem agora, Jay? — perguntou ele. — São uns quarenta e sete, né?

Salman e Alfie acharam graça, mas seguraram o riso ao verem que Jay parecia chateado.

— Tristan, pare com isso! — protestou Salman.

— Nós implicamos uns com os outros — argumentou Tristan. — Jay está agindo como um bebê.

Migalhas espalhadas

– Não, Tristan, é *você* quem nunca sabe quando parar – acusou Salman com raiva.

Alfie tentou quebrar a tensão:

– Vou tomar alguma coisa – afirmou. – Alguém quer uma bebida?

– Uísque com gelo – respondeu Salman.

Jay pareceu mais animado ao se juntar à brincadeira:

– Uma cerveja e um pouco de heroína.

– Vou ver o que consigo arranjar – disse Alfie, antes de seguir na direção de uma mesa com jarras de suco de laranja e bandejas com biscoitos amanteigados baratos.

O próximo grupo estava subindo no palco. Diante deles havia três jurados sentados em carteiras escolares. Tinha um careca com uma misteriosa casca de ferida na cabeça; e uma nigeriana de pernas compridas e turbante; e um homem de barba grisalha rala usando calça de couro, sentado com as pernas abertas numa cadeira com as costas viradas para mostrar sintonia com a garotada.

Quando Alfie retornou com quatro copos de suco de laranja e a bochecha cheia de biscoitos, havia cinco garotos enfileirados no palco. Tinham quinze ou dezesseis anos. Eram jovens, bonitos e usavam camisetas listradas, calças cáqui e alpargatas.

Salman sorria afetadamente.

– É como se eles tivessem entrado numa Gap e comprado *tudo*.

– Perdedores – resmungou Jay, bufando.

– Fala, galera! – gritou o cara grande no meio da fileira. Ele tentava parecer tranquilo, mas seus olhos revelavam o nervosismo. – Somos os concorrentes número sete. Viemos da Academia George Orwell e nos chamamos Womb 101.

Pouquíssimos aplausos da plateia, seguidos de alguns constrangedores segundos enquanto um professor de música, de traseiro imenso e curvado sobre o aparelho de som, se atrapalhava todo para colocar o CD com a trilha instrumental de base do grupo.

– Vocês devem conhecer essa música – disse o rapaz grande. – A versão original é do One Direction. E se chama "What Makes You Beautiful".

Os quatro garotos do Brontobyte se entreolharam e resmungaram. Alfie resumiu o que achavam:

– Falando sério, eu preferia levar um chute no saco.

Assim que a trilha começou a tocar, o Womb 101 iniciou uma coreografia atlética, com quatro rapazes recuando e o grandão, no centro, assumindo o microfone à frente. A dança parecia bem ensaiada, mas a banda só despertou para valer a atenção da galera no momento em que todos ouviram a voz poderosa do vocalista.

O timbre era mais agudo do que comumente se esperaria da voz de um cantor negro grandão. Em cada frase, ele conseguia transmitir um sentimento de saudade verdadeiro pela garota da canção. Quando o restante do Womb 101 se juntou no refrão, suas vozes abafaram a base instrumental, mas o quinteto cantava bem e o visual da coreografia estava correto.

Bastou o Womb 101 mostrar a que veio, o professor de música de Jay, sr. Currie, se aproximou por trás do Brontobyte. Havia poucos anos que ele começara a dar aulas. Mas metade das garotas da Escola Carleton Road tinha uma queda pelo seu maxilar quadrado e seu corpo sarado.

Ele batia o pé e estalava os dedos no ritmo da cantoria.

– Eles são bem empolgantes, não?

Os quatro rapazes olharam com repulsa para o professor.

– *Boy bands* deveriam ser metralhadas – afirmou Alfie. – Eles estão cantando por cima do som instrumental em playback. Como isso pode ser considerado música?

– E aposto que vão ganhar – disse Tristan com desdém. – Vi o professor deles conversando com os juízes durante o almoço.

O professor falou com firmeza:

— Tristan, se Womb 101 ganhar será porque a banda é muito talentosa. Você faz ideia de quanta prática é preciso para cantar e dançar desse jeito?

Lá no palco, o Womb 101 estava no refrão *nana-nana* ao fim de "What Makes You Beautiful". Antes de terminar a música, o vocalista recuou para o fundo do palco e deu um salto-mortal, culminando com os braços bem abertos e dois companheiros da banda ajoelhados de cada lado.

— Obrigado — gritou o grandalhão, enquanto as luzes do palco revelavam gotas de suor escorrendo de sua testa.

Não havia gente suficiente no salão para chamar isso de aclamação, mas houve muitos aplausos e assobios de alguns pais que se levantaram.

— Belos passos, Andre! — berrou uma mulher.

Alfie e Tristan fizeram sons imitando vômito assim que o professor se afastou.

— O Currie tem razão — admitiu Jay. — Mesmo que as *Boy bands* sejam um lixo, as vozes deles são boas e devem ter ensaiado aquela coreografia por semanas.

Tristan balançou a cabeça e criticou:

— Jay, você *sempre* concorda com o que o sr. Currie diz. Sei que um monte de meninas na nossa turma gosta dele. Agora, começo a achar que você também gosta.

Alfie se levantou e berrou quando os rapazes do Womb 101 pularam do palco e se dirigiram ao fundo do salão para pegar bebidas.

— Vocês são uma droga!

Jay recuou quando dois *backing vocals* do Womb 101 partiram na direção deles, derrubando cadeiras de plástico vazias pelo caminho. Eles não pareciam ameaçadores no palco, rodopiando e cantando sobre a beleza do cabelo de uma garota. Mas, na realidade, eram dois caras fortões, de dezesseis anos, de uma das escolas mais barra-pesada de Londres.

Quem encarou Alfie foi um asiático, cujo corpo já dizia "vou te partir ao meio".

– O que você disse? – exigiu saber, enquanto inflava o peito. – Se eu vir *qualquer um* de vocês na minha área, é melhor correr!

O rapaz bateu o punho na palma da mão, ao mesmo tempo em que o outro adolescente apontava para Alfie e, em seguida, traçou uma linha cortando o pescoço com o dedo e deu um passo para trás. Alfie parecia estar se borrando e prendeu a respiração até os dois grandalhões estarem bem longe.

– Você é maluco? – censurou Tristan, dando um soco forte no ombro de Alfie. – Aqueles caras são de Melon Lane. Todo mundo é psicopata lá.

O sr. Currie não havia escutado o "Vocês são uma droga!" de Alfie, mas, ao voltar com um copo plástico de café, viu Tristan acertando o irmão.

– Bater *não* é legal – repreendeu o professor. – E estou cansado da negatividade de vocês. Vão tocar depois do próximo grupo, então é melhor irem para os bastidores preparar tudo.

O grupo seguinte era um trio só de garotas. Elas se vestiam como punks. No entanto, conseguiram assassinar uma música do Paramore fazendo-a soar como uma Madonna ruim. Demorou uma eternidade para montar a bateria de Tristan no palco, e a jurada deixou Jay ainda mais nervoso ao olhar para o relógio e balançar a cabeça elaboradamente coberta.

Depois de perderem mais um minuto com uma alça rasgada do baixo de Alfie, os quatro componentes do Brontobyte acenaram uns para os outros, prontos para tocar. Durante os ensaios, Salman geralmente cantava e tocava, mas Alfie era um músico melhor, por isso, para a competição, ele estava no baixo e Salman ficaria apenas no vocal.

– Oi, pessoal – cumprimentou Salman. – Somos os concorrentes número nove, da Escola Carleton Road. Nossa banda se chama

Brontobyte e nós mesmos compusemos essa música. Ela se chama "Christine".

Uma música que eu *escrevi*, pensou Jay, respirando fundo e posicionando os dedos na guitarra.

Eles estavam naquele salão da escola desde as dez da manhã. Agora tudo se resumiria aos próximos três minutos.

2. A gata desleixada

Dudley, West Midlands

Summer Smith tinha quase catorze anos. Ela usava prendedores de plástico para manter o cabelo louro afastado do rosto, uma camisa de uniforme polo branca manchada com o carvão da aula de artes e sapatilhas pretas sem marca, que deixavam seu mindinho escapando por um rasgo na lateral.

Mesmo sendo descuidada com a aparência, grande parte da galera do nono ano achava Summer uma gata. E ela rejeitava todos os garotos. Sempre buscava o canto mais remoto da sala e raramente interagia com os outros. Fazia os deveres na biblioteca durante o intervalo da manhã e, quando podia, dava um jeito de ir até em casa na hora do almoço para se certificar de que sua avó estava bem.

Havia uma cadeira vazia entre Summer e Michelle Wei. O tênis Prada preto de Michelle e sua mochila de couro macio sugeriam que seus pais eram cheios da grana, e uma foto dela talvez passasse a impressão de uma garota que cai no choro se tira um B, mas bastava Michelle se mexer para todos perceberem que não era bem assim.

Michelle era inquieta. Seus olhos hipnóticos arrastavam você para dentro de uma mente onde a loucura e o brilhantismo batalhavam para assumir o controle. Enquanto Summer fazia anotações sobre o reinado dos Tudor na Inglaterra, Michelle mastigava chiclete, inclinava a própria cadeira e enrolava o cabelo com a ponta dos dedos.

A gata desleixada

O sr. Wilson fingia não ver, porque ninguém conseguia fazer com que Michelle se concentrasse. A maior esperança de seus professores era que ela não atrapalhasse o restante da turma.

Summer olhava para trás e não viu quando Michelle roubou uma bola de rúgbi da carteira à frente. Ela pertencia a um molenga chamado Kevin, que observava perplexo Michelle enfiar a bola elíptica dentro da própria camisa branca.

– Sr. Wilson! – gritou Michelle, ao se levantar. – Preciso ir ao banheiro.

Ela não pronunciou "Wilson" direito e fez o nome soar ridículo. Mais parecido com *wiiiiil-sssomm*.

O professor, já meio careca, que se aposentaria em três anos, havia passado por isso antes. Nem precisou olhar.

– *Sente-se*, Michelle. Ninguém vai participar dos seus joguinhos hoje.

Michelle puxou sua barriga de bola de rúgbi e cambaleou com os pés bem afastados em meio a algumas carteiras na direção da porta da sala de aula.

– Estou tendo meu bebê! – gritou ela, esfregando as costas. – A cabeça está saindo pela minha vagina!

Vagina fez alguns garotos rirem, mas Michelle irritou a maior parte dos seus colegas de turma. O sr. Wilson levantou-se num pulo da cadeira e bloqueou a porta.

– Volte para sua cadeira e pare de ser boba.

Michelle não era suficientemente forte para tirar o professor do caminho, então fechou a cara e o atacou verbalmente.

– Seu velho safado! – berrou ela, apontando para Wilson e virando-se para a turma. – Você é o pai. Não pode continuar negando isso.

– Sente-se! – exigiu o professor. – Ninguém está interessado no seu showzinho.

– Ai, meu Deus! – gritou Michelle. – O bebê está nascendo!

Ela se agachou e lentamente empurrou a bola de rúgbi para fora da camisa.

– É um menino! – esgoelou-se, erguendo a bola enlameada. – Vou chamá-lo de Kinder Ovo.

Ao provocar o professor, a loucura de Michelle desta vez despertou a atenção da turma. Houve mais risadas e alguns alunos até aplaudiram o milagre do nascimento. A barulheira estava aumentando e ele tinha que agir depressa antes que os alunos enlouquecessem. Ele pegou uma lixeira de metal do chão e a usou para bater com força em sua mesa.

– QUIETOS! – esbravejou. – Se vocês não sossegarem, a turma *inteira* vai para a detenção.

A maioria dos alunos se calou, apenas soltaram uns risinhos esparsos. Michelle começou a andar na ponta dos pés para o fundo da sala, com um dedo sobre os lábios, fazendo sons para pedir silêncio.

– Malcriados, malcriados – sussurrou ela. – Não queremos detenção, não é mesmo?

O professor sabia que Michelle não desistiria sem briga, então pegou um pequeno bloco de anotações verde em sua mesa e escreveu o nome dela. Ter seu nome anotado *naquele bloco* significava que a pessoa tinha que ficar sentada em silêncio numa sala especial até o sinal da próxima aula tocar. Três anotações no bloco verde em um trimestre culminavam em uma carta para os pais.

– Aqui está – disse o sr. Wilson, sacudindo o papel no ar. – Se precisa mesmo ir ao banheiro, pode fazer isso no caminho para a sala de detenção.

Michelle beijou a bola de rúgbi antes de colocá-la de volta na mesa de Kevin e saltitar até a porta.

– Posso provar que ele me seduziu – anunciou Michelle apontando para o sr. Wilson, que estava parado na entrada. – As partes íntimas dele têm mutações bizarras. Os detalhes completos serão revelados nos jornais de amanhã.

O professor fechou a porta da sala e falou de forma autoritária:

– Acabou o show. Voltem ao trabalho.

Mas Summer continuou rindo mesmo depois de todos já terem se acalmado. Metade da turma olhou na sua direção enquanto ela tentava desesperadamente parar. Foi uma tremenda surpresa, porque ela costumava ficar sempre quieta.

– Cale a boca – grunhiu um garoto sentado na carteira da frente. – Você vai mandar todos nós pra detenção.

O sr. Wilson parecia irritado ao se aproximar de Summer, mas falou de forma gentil:

– Summer, acho esse tipo de ataque pessoal muito ofensivo. Talvez você possa me dizer por que *você* acha tão engraçado.

Summer tinha achado engraçado imaginar um bebê chamado Kinder Ovo, mas o que realmente a fez perder o controle foram as contorções no rosto do professor. Ela tentava manter a calma, mas as bochechas, sobrancelhas e o lábio superior continuavam se retraindo e, por alguma razão inexplicável, esses movimentos involuntários pareciam engraçados.

Summer mal conseguia dizer a ele que achava o seu rosto engraçado, então deu de ombros e respirou fundo antes de falar:

– Desculpe, senhor – disse ela, mantendo uma das mãos nas bochechas coradas. – Só estou tendo um ataque de riso.

O sr. Wilson tamborilou o dedo no livro de exercícios de Summer.

– Concentre-se.

– Sim, senhor – concordou ela, mas no momento em que o professor lhe dava as costas, o queixo dele se contorceu e sua sobrancelha se ergueu, fazendo seu olho saltar.

Summer tapou a boca com a mão, mas antes de o professor dar três passos, ela desatou a rir novamente. Em vez de se virar, o professor acelerou o passo até sua mesa e arrancou outro papel verde.

– Já chega! – gritou ele, finalmente perdendo a paciência enquanto erguia a folha no ar. – Pegue suas coisas, Summer. Pode se juntar à Michelle na sala de detenção.

3. Não ser cruel

A bateria explodiu, a linha do baixo deu uma pancada e Jay dedilhou o primeiro riff da guitarra principal. Salman agarrou o microfone e cuspiu as palavras como se fossem balas:

>Christine, Christine, não estou sendo cruel,
>Seu corpo não me leva ao céu,
>Mas sou um cara desesperado,
>Nunca chamei a atenção de garotas,
>E não posso negar, você tem belas coxas,
>Christine, Christine, quero ter você.

>Christine, Christine, seu rosto é pipocado,
>Você não tem peito e seu cabelo é armado,
>Mas uma garota assim é o que dá,
>Você é a única que sou capaz de pegar,
>Christine, Christine, quero ter você.

>*Num bar,*
>*Na banheira,*
>*Ou atrás da boate,*
>*Christine, Christine,*
>*Quero ter você,*
>*Quero ter você.*

Christine, Christine, você me passou praga,
Sua mãe é terrível e seu pai se embriaga,
Mas seu corpo é quente numa noite de inverno,
Quando as luzes se apagam, finjo que você não é um inferno,
Christine, Christine, quero ter você.

Depois disso, entrou um riff de Jay, e todos repetiram o primeiro verso e o refrão. Salman não conseguiria arranjar emprego como cantor de ópera, mas tinha um timbre decente e sua vibração vocal paquistanesa passava uma impressão um pouco exótica. Os dois guitarristas sabiam o que estavam fazendo, mas qualquer banda de rock depende da bateria e Tristan se enrolou demais.

Jay estava tão perto da bateria que não conseguia ouvir Salman cantar. O sr. Currie havia ensinado a eles a principal regra: uma banda tem que continuar tocando independentemente de estar mandando muito mal. Mas, ao fim da música, os três membros do Brontobyte estavam tocando trechos diferentes, enquanto Tristan esmurrava a bateria sem parar, sem perceber o que acontecia no restante do palco.

– Obrigado a todos! – gritou Salman, quando o barulho finalmente parou.

A mãe de Alfie e Tristan, a sra. Jopling, estava sentada na plateia com o irmão já adulto de Salman. Os dois permaneceram em silêncio, e os únicos ruídos imediatos foram piadinhas e *bravos* irônicos. Os membros do Womb 101 fizeram gestos imitando masturbação.

O sr. Curie pulou no palco para ajudar a arrumá-lo para o último grupo. Jay desplugou sua guitarra e saiu correndo na direção de Tristan:

– O que diabo você estava tocando?

Tristan ergueu a baqueta.

– Soou ótimo pra mim.

Jay arquejou.

— Você ficou doido? Estava todo perdido.

Tristan jogou sua caixa para longe quando inclinou o corpo para frente. Morrendo de raiva, Jay não havia considerado direito as consequências de provocar seu baterista, que era maior do que ele e fazia judô.

— Você quer resolver isso lá fora? – rugiu Tristan. – A qualquer hora, em qualquer lugar, seu magrela!

O sr. Currie se enfiou entre os dois jovens.

— Ei, ei! Foi uma boa experiência. Nós vamos superar isso.

— Ele vai continuar sendo uma bosta de baterista – disse Jay, com coragem renovada por ter um adulto lhe protegendo.

Jay recebeu um olhar devastador dos jurados enquanto saltava, irritado, do palco, deixando os outros carregarem a bateria até a van. Ele deu uma olhada na folha de pontuação de um dos jurados: *Baterista fraco, vocal e guitarra OK, 4/10.*

Jay saiu enfurecido, ainda com a guitarra pendurada em volta do pescoço, e foi direto pegar uma bebida no fundo do salão.

— Ouvimos falar que vocês deviam ser bons – ironizou um dos caras do Womb 101.

— Foi uma apresentação épica – bufou alguém. – Épi-Eca.

Jay ignorou a gozação do resto do Womb 101. Encheu uma caneca com suco de laranja e a virou em dois goles.

— Desculpem por mais cedo – disse Jay a eles. – Alfie só tem onze anos, sabe? Ele fala coisas estúpidas.

Um cara com um dente de ouro morreu de rir.

— Puxar o saco agora não vai impedir que arrebentem vocês.

— Isso aí – concordou um parceiro dele, estalando os dedos. – Vejo você lá em Melon Lane, garoto, e vai voltar cambaleando pra mamãezinha em *maaau* estado!

— Eu preferia que você não me esfaqueasse – brincou Jay, tentando transformar as ameaças em piadas. – Vermelho não combina com minha compleição pálida.

– O que diabo é Brontobyte, aliás? – perguntou um sujeito.

– Computadores – explicou Jay. – Como megabytes, gigabytes, sabe? Um Brontobyte é como muitos milhões de gigabytes ou algo assim. Foi ideia do nosso baterista.

Alguns caras balançaram a cabeça e o Dente de Ouro resumiu:

– Nome de nerd. E eu achando que ter tirado nosso nome de um livro era ruim.

Assim que Jay pegou um creme *custard*, a professora gorda de música da Academia George Orwell chamou seus pupilos para frente. Enquanto a última banda subia ao palco, Salman e Alfie pegaram suas bebidas e andaram até onde Jay estava.

– Obrigado pela ajuda com a bateria, *cara* – falou Salman, irritado.

– Eu só perdi o controle – respondeu Jay, dando de ombros. – Tristan não tem noção de nada. Toco bateria melhor que ele. Alfie, você é *dez* vezes melhor.

– Me deixa fora disso – alertou Alfie. – Vocês dois podem se mandar pra casa. Sou eu quem segura a onda quando Tristan está de mau humor.

– A gente nunca vai ser bom enquanto não encontrar um baterista que saiba tocar no tempo – afirmou Jay.

Jay não obteve resposta porque a mãe de Tristan e Alfie vinha na direção deles.

– Vocês foram ótimos! – exclamou a sra. Jopling.

Ela era bastante sexy e parecia uma esposa de jogador de futebol: bronzeado artificial, unhas postiças, óculos de sol de marca apoiados no cabelo e botas UGG. Deixou Alfie envergonhado com um beijo na bochecha antes de fazer uma careta para Jay.

– Por que você foi tão grosso com meu Tristan?

– Não fui nada – retrucou Jay, dando de ombros.

– Pensei que vocês fossem amigos – acrescentou ela.

Jay não respondeu. Contar à sra. Jopling que o filho querido dela era um péssimo baterista não levaria a nada.

Guerra do Rock

Salman correu para dizer ao sr. Currie que ele ia embora com seu irmão mais velho assim que a última banda acabou de tocar. A mulher alta com turbante subiu ao palco, pegando o microfone enquanto ainda retiravam os equipamentos. Ela aproximou demais os lábios do microfone e um zumbido de retorno irrompeu do sistema de PA.

– Tivemos alguns atrasos e nosso tempo está acabando – informou, soando tão animada quanto alguém que apresenta um programa de TV para crianças de cinco anos. – O nível foi alto, mas infelizmente só pode haver um vencedor. É com *grande* prazer que anuncio que o voucher de duzentas e cinquenta libras em equipamentos musicais e a vaga na final da Competição de Música Contemporânea das Escolas de Camden vai para... Womb 101!

Salman e o irmão se dirigiram à porta enquanto Womb 101 e seus fãs pulavam próximo ao palco. Tristan tinha se juntado aos companheiros de banda depois de guardar a bateria na van da escola, e se manteve estrategicamente longe da mãe para não ganhar um beijo. O sr. Currie estava algumas fileiras atrás, segurando um post-it para onde transcrevia as notas dos jurados com cuidado.

Os jurados haviam dado notas de zero a dez por musicalidade, apresentação e performance geral. Havia ainda cinco pontos, no máximo, de bônus para qualquer banda que apresentasse uma composição original.

– Pelo menos eles gostaram da minha música – ponderou Jay, ao espiar por cima do ombro do professor e descobrir que eles tinham recebido uma nota quatro, sendo que o máximo era cinco, no quesito composição.

– Qual foi nossa posição geral? – perguntou Alfie.

– Quarto de nove – respondeu Jay, resistindo à tentação de comentar que eles teriam caído para a sétima posição se não fosse pelos pontos da composição.

– Vim achando que podíamos ganhar – queixou-se Alfie, desanimado. – Nós fomos *fabulosos* nos ensaios semana passada.

Não ser cruel

– Bandas são como times de futebol jogando fora de casa – explicou o sr. Currie, batendo o dedo na própria têmpora. – Tocar com seus amigos é uma coisa. Acertar tudo diante de uma plateia é completamente diferente.

Mas a sra. Jopling tinha uma teoria própria, a qual revelou de braços cruzados e batendo a bota de pelos no chão com indignação.

– Vocês podiam ter tocado melhor que Jimi Hendrix e ainda assim teriam perdido com aqueles jurados – afirmou ela. – Foi tudo armado.

Então foi ela a quem Tristan puxou, pensou o professor.

– Mas você não pode negar que o Womb 101 foi melhor que a gente – contestou Jay.

A sra. Jopling olhou feio para Jay antes de se virar para o sr. Currie.

– Então, posso levar meus meninos para casa?

Ele concordou.

– Claro. Obrigado por ter vindo nos apoiar. Vou levar Jay de volta à escola na van. Ele pode me ajudar a descarregar o equipamento antes que eu o deixe em casa.

Tristan assentiu com a cabeça.

– Me parece justo, depois do chilique e de nem ajudar a gente a guardar as coisas.

Jay finalmente perdeu o controle.

– Vá se ferrar, filhinho da mamãe – explodiu ele.

– Pelo menos minha mãe consegue ficar cinco segundos sem parir outro bebê – rebateu Tristan, e sua mãe lhe deu um sorriso furtivo de aprovação.

O sr. Currie interrompeu:

– Acalmem-se, *todos* vocês. Hoje foi um dia longo e cansativo.

– E aí, o que vocês querem lanchar? – perguntou a sra. Jopling ao guiar os filhos para fora do salão. – McDonald's ou KFC?

4. A novata

Summer se sentiu zonza ao chegar no corredor. Ela nunca tinha recebido uma advertência e não estava confortável nessa situação. Não seria um problema, exceto se levasse mais de três dessas em um semestre. A garota olhou à esquerda e depois à direita e foi ficando óbvio que não fazia a menor ideia de onde ficava a sala de detenção.

Prestes a voltar e perguntar ao sr. Wilson, ela ouviu uma voz. Michelle estava parada a dez metros dali, recostada no corrimão da escada tagarelando num Samsung de última geração.

– Você está na sala...? Fala sério...! Ah, que demais... Claro, com certeza! Encontro você aí.

Assim que guardou o celular no bolso, notou Summer logo ali atrás e perguntou:

– O que foi?

Summer recuou por instinto, sem saber se Michelle ia beijá-la, arranhá-la ou nocauteá-la. Como nada disso aconteceu, Summer sacudiu o bilhete verde no ar.

– Como você arranjou isso? – perguntou Michelle, incrédula. – Estou na mesma sala que você há três anos e mal ouvi duas frases suas.

Summer deu de ombros.

– Falo quando tem algo que vale a pena comentar.

Michelle semicerrou os olhos e disse num tom acusatório:

– Está dizendo que eu só falo besteira?

– Não estava falando de *você* de jeito nenhum – respondeu Summer, nervosa.

Summer era mais alta e robusta, porém não tinha a menor vontade de sair rolando pelo corredor numa briga com a menina maluca da sua turma.

– Na verdade, você está certa. – Michelle sorriu. – Alguns garotos da nossa sala são só blá-blá-blá. Só sabem falar besteira.

– Só *alguns* deles? – questionou Summer antes de dar um sorrisinho.

– Garotos da nossa turma... – comentou Michelle com desprezo ao descer a escada. – Ralé grudenta.

– Não sei onde fica a sala de detenção – explicou Summer ao segui-la.

– Uma novata! – exclamou Michelle. – Vou pedir para os guardas pegarem leve com você.

Os quatro lances de escada as levaram até o térreo. A secretaria da escola ficava à esquerda e um longo corredor de ciências e economia doméstica, à direita.

Elas seguiram para as salas de aula, e no ar havia uma mistura de odores de culinária e produtos químicos. Michelle parou diante da primeira porta. Summer sabia que essa não era a sala de detenção porque elas tinham tido aula de ciências ali no oitavo ano.

Michelle esmurrou a porta da sala, depois saiu correndo e uivando a plenos pulmões:

– Idiota! Idiota!

Summer levaria a culpa se não desse o fora, mas, assim que começou a correr, Michelle escancarou outra porta do corredor e berrou:

– A ciência está morta. Vida longa a Jesus!

No fim do corredor havia várias portas com placas de *Só para Emergências*.

– O que você está esperando? – perguntou Michelle, e Summer sentiu um puxão.

Michelle empurrou com força as portas antifogo e disparou rumo ao porão da escola. Summer estava em território desconhecido, mas

Michelle saltou a metade restante de uma escadaria e passou habilmente por uma porta toda pichada do banheiro masculino.

Só dava para sentir cheiro de urina, vapor e odores corporais. Michelle passou por cima de bolsas e sapatos, esticando as pernas enquanto seguia para a saída do lado oposto que dava no campo esportivo.

O ar lá de fora era revigorante. No asfalto úmido e coberto de montes de lama, alguns garotos raspavam suas chuteiras. A vinte metros dali, alunos do oitavo ano com as pernas enlameadas perseguiam bolas em um campo encharcado.

Summer esfregou os braços de frio e tremeu nervosamente enquanto as duas passavam pela biblioteca da escola, seguindo para o bloco de música e teatro recém-finalizado. Michelle agia como se nada tivesse acontecido, balançando sua bolsa de um lado para o outro.

Lá do alto, um professor de ciências negro gritava da janela de sua sala de aula.

– Michelle Wei, você está *muito* encrencada!

Enquanto Summer tentava disfarçar sua identidade andando próximo aos arbustos, Michelle rodopiava e mostrava o dedo para o professor:

– Sua esposa é uma idiota, sr. Gubta! – gritou ela.

Summer continuou correndo, dobrou uma esquina e, sem fôlego, trombou na parede da entrada do bloco de música.

– Você é louca? – perguntou, furiosa.

Michelle riu.

– Óbvio!

– Nós estamos muito ferradas! – berrou Summer, pondo as mãos na cabeça. – Por que você fez isso tudo?

– Foi só pra dar uma animada – respondeu Michelle, então fez um zumbido e girou os dedos no ar. No fim, tocou a ponta do nariz de Summer com sua unha pintada. – Um pouquinho de emoção pra que eu possa enfrentar mais um dia enfadonho.

– Minha vida já é bastante complicada – reclamou Summer. – A sala de detenção não fica por aqui, fica?

– Poderes dedutivos dignos do próprio Sherlock Holmes – retrucou Michelle, antes de agarrar o braço de Summer. – Vamos, já tenho planos pra você.

Elas cortaram pela entrada principal do bloco de música e teatro. O grande espaço de teatro ao lado estava vazio, mas sons de cordas e sopros vinham das salas enfileiradas onde aconteciam os ensaios musicais. Michelle escancarou a porta número cinco, e lá dentro estavam duas garotas matando aula.

– E aí, parceiras? – disse Michelle, girando o pulso numa imitação deliberadamente forçada de um membro de gangue. – Estão de boa?

O espaço equivalia a cerca de um terço de uma sala de aula. Estava imaculado, com piso de madeira polida, paredes brancas e muitas tomadas para plugar equipamentos. Havia uma mesa e um quadro branco com linhas para notação musical, além de um piano vertical bastante usado.

Summer parou em silêncio junto à porta enquanto Michelle fazia as apresentações:

– Minha irmã mais velha, Lucy – indicou Michelle, ao apontar para a garota asiática sentada atrás de uma bateria. Depois se virou para uma menina negra, magra e com penteado afro enorme, empoleirada no piano. – Essa é Coco, nossa baixista.

Lucy apontou uma baqueta acusatória para Summer.

– Por que essa coisa está parada na *minha* sala de ensaio com cara de quem se esqueceu de tirar o cabide da blusa?

– O nome dela é Summer – esclareceu Michelle. – Mas vocês devem se lembrar dela como Evita, do meu espetacular musical do sétimo ano.

Summer agarrou a maçaneta.

– Escutem – disse, nervosa. – Foi um prazer conhecer vocês, mas não posso me meter em mais nenhuma confusão hoje. Não levem a mal, ok...? Só vou voltar pro prédio principal e encontrar a sala de detenção.

Summer girou a maçaneta, mas o ombro de Michelle bateu na porta, fechando-a com uma pancada.

– O que você está fazendo? – gritou Summer, enquanto Michelle esboçava um sorriso maligno.

– Você tem uma ótima voz, Summer – comentou Lucy num tom muito mais amigável. – Foi de longe a melhor coisa daquele musical.

– Você está se esquecendo da minha técnica apurada com as maracas – protestou Michelle. – E isso só pode ser destino. Summer *nunca* é expulsa da sala. Ela faz a Madre Teresa parecer uma *drogada* violadora de túmulos. Mas assim que avisei vocês pelo telefone que viria para cá, meninas, adivinhem que princesinha foi expulsa de sala logo depois de mim?

Lucy saiu de trás da bateria e andou até Summer. Tinha dezesseis anos, um corpo mais desenvolvido que a irmã e manchas escuras de suor na camisa cinza masculina de educação física, com a qual martelava a bateria. Summer começou a se sentir um pouco enjoada.

– Apenas me deixem sair – insistiu, sacudindo os punhos com frustração. – Não quero cantar.

Lucy estava agora bem diante do rosto dela.

– Fizemos testes de cantores pra nossa banda – contou a Summer com suavidade. – Mas eram todos péssimos. Você não pode nos conceder pelo menos uma música?

Summer pensou em empurrar Michelle para longe da porta, ou gritar por ajuda. Mas Lucy certamente apoiaria a irmã e a sala de música era à prova de som. Conformada em ter que cantar, ela andou na direção da bateria e pigarreou.

Por alguma razão, a música que lhe veio à mente foi "Wichita Lineman", uma canção country de Glen Campbell que se lembrava de ter ouvido algum dos namorados da mãe cantar quando ela era bem pequena. A voz de Summer a capela carecia de entusiasmo, mas tinha uma profundidade e riqueza que não parecia vir de uma garota de treze anos.

– Você tem belas cordas vocais! – elogiou Lucy, entusiasmada. – Continue.

Summer sentiu as bochechas corarem enquanto esfregava as sapatilhas sujas e olhava para o chão.

– Só sei o primeiro verso.

– Entre para a nossa banda – pediu Lucy. – Você tem uma ótima voz, por que não a usa?

Summer negou com a cabeça.

– Já tenho problemas demais.

Enquanto Lucy implorava, sua irmã mais nova foi ficando irritada.

– Que problemas são esses? – berrou Michelle em tom de acusação. – Você nunca fala com ninguém. Nunca faz nada. Assim é melhor estar morta.

Uma mágoa lampejou de repente no rosto de Summer. Lucy teve a impressão de que a menina estava prestes a chorar e, por isso, afastou Michelle.

– Como você vai convencê-la desse jeito? – perguntou Lucy com raiva. – A voz dela é fantástica, mas você não pode forçar alguém a entrar na banda.

– Você *nunca* me apoia! – gritou Michelle, batendo a lateral do punho no quadro branco. – Ai!

– Eu não te apoio porque você nunca pensa – berrou Lucy, segurando a porta para deixar Summer sair da sala.

Summer sorriu, mas seu alívio não durou muito. O sr. Gubta vinha pelo corredor, falando furiosamente com um professor de música.

– Ahá! – exclamou o sr. Gubta, triunfante. – Sua parceira de crime está aí também?

Summer sentiu como se um peso de dez toneladas tivesse caído sobre as costas quando Michelle surgiu com uma expressão de *não estou nem aí.*

Guerra do Rock

– Como vai a gorda, feia, vagabunda, vaca, porca, piranha da sua esposa? – gritou ela para o sr. Gubta. Então, sem qualquer traço de remorso, sussurrou suavemente no ouvido de Summer: – Ele quer me pegar desde que botei a caneta marcador dele no meu cofrinho e balancei a bunda pra ele.

5. Drama na pia da cozinha

No bloco de música, o sr. Gubta deu uma bronca em Summer, depois o sr. Obernackle a levou para a sala da coordenação e *expressou sua decepção*.

Ela era uma *boa garota*, uma *garota esperta*, e a *última pessoa que ele esperava ver sentada naquela sala depois da aula*. Michelle era uma *péssima influência*, e ele estava desapontado com Summer pela sua *falta de bom senso* ao se aproximar dela. Normalmente, uma primeira infração resultaria apenas numa advertência. Mas aquele era um *incidente muito sério*. Eles estavam considerando *conversar com os pais de Summer*. Obernackle queria que esse comportamento fosse *cortado pela raiz*.

Summer estava aturdida, sentada com o olhar baixo, direcionado para a calça de terno brilhosa de Obernackle, se perguntando por que o escritório dele cheirava a leite azedo. Ela meneava a cabeça e dizia *sim, senhor* quando parecia necessário, e nem se deu o trabalho de tentar explicar como tudo aquilo tinha acontecido. Seus professores sempre se achavam mais espertos e a história inverossímil por trás de sua inocência só pioraria ainda mais as coisas.

O ônibus que ela pegava para casa parou junto a uma fileira de lojas a algumas centenas de metros de Carr Road, onde ela morava. Summer estava com uma dor de cabeça resultante do estresse, e os pés doloridos depois de ficar de pé durante a viagem de dez minutos. Ela queria ir direto para casa, mas lá não havia nada para jantar, então entrou no supermercado Spar.

As refeições prontas estavam perto da entrada. Ela ficou na dúvida entre Chicken Korma e Crispy Tacos, mas uma porção para ela e sua avó custaria seis libras. Então pegou o macarrão com queijo *promocional* de £1,29, um saco com tangerinas, uma lata grande de feijões cozidos e pão branco. Summer contava as moedas enquanto esperava atrás de um homem que comprava cartelas de loteria. Tinha o suficiente para comprar para si mesma apenas um pacote pequeno de chocolate Minstrels, que comeu ao caminhar vagarosamente para casa.

Kevin, que era da sala de Summer, estava de pé sobre sua BMX em frente a uma loja de bebidas. Ele se separou de alguns garotos mais jovens e pedalou lentamente ao lado dela. Era alto e tinha ombros largos. Summer se sentira um pouco atraída por ele no dia do torneio intercolegial, quando Kevin estava descansando junto ao campo de futebol usando short e tênis, comendo um rolinho de queijo, com o suor escorrendo do peito musculoso. Mas ele não era dos caras mais brilhantes e sua voz aguda era um pouco chocante.

— E aí, qual é? — guinchou. — Arranjou encrenca com o velho Obernackle?

Summer ergueu uma sobrancelha.

— Ele me marcou com uma rosácea. O que você acha?

— O que é uma rosácea? — perguntou Kevin, ignorando completamente o sarcasmo. — Quer ajuda com as compras?

Difícil saber se era por gentileza ou se planejava impressionar os colegas com algum plano hilário que envolveria forçar Summer a sair correndo atrás de uma sacola da Spar. Por esse motivo, ela não respondeu. Apenas suspirou e, então, se sentiu um pouco mal quando Kevin virou a bicicleta lentamente e pedalou na direção dos amigos.

— A gente se vê por aí, Summer.

— Acho que não terei escolha — murmurou ela, quando Kevin não podia mais ouvi-la.

A subida da ladeira que levava até os apartamentos era irregular, com tufos de grama crescendo de rachaduras no asfalto. O sol tinha aparecido tarde e um bando de garotos jogava bola por lá. Bons pais não deixavam seus filhos saírem em meio a garrafas de vidro quebradas e cocô de cachorro.

Um homem, com um garotinho de uns dois anos no volante de um carrinho tipo buggy, segurou o portão aberto para Summer. Ela o atravessou e só notou o aviso de *com defeito* no elevador depois de já ter apertado o botão. Seus pés a estavam matando e se a escadaria não fosse tão comprida, ela teria tirado a sapatilha antes de começar a subir.

Depois de oito lances respirando mofo, carregando as compras e a mochila da escola, ela se sentiu deprimida ao percorrer um corredor sombrio. Então destrancou o portão com barras de aço que antecedia a porta do apartamento vinte e três.

– Oiê, vó – cumprimentou Summer, fingindo animação ao largar as sacolas e arrancar os sapatos.

Seus pés inchados brilhavam com o suor e o mindinho tinha um círculo branco de bolha estourada.

– Você está atrasada, querida – reclamou a avó de Summer, assim que a neta se juntou a ela na sala de estar. – Derrubei o maldito controle remoto e perdi meu programa.

O cômodo era aconchegante, apesar do mau estado. Os papéis de parede descolavam perto do teto. Havia fotos de membros da família e de gatos falecidos há tempos. Uma estátua de Jesus na cruz ocupava o lugar de destaque sobre o fogo cintilante da lareira a gás.

Eileen tinha apenas cinquenta e oito anos, mas sofria de um caso grave de asma, além de lesões na coluna causadas por um motorista que a atropelou e fugiu sem prestar socorro. Até mesmo os doze passos até o banheiro a deixavam exausta.

Summer agachou entre a poltrona e a parede para pegar o controle remoto de um amontoado de embalagens de doces e amendoins apodrecidos.

– Quer ver ITV?

Eileen assentiu.

– Deus te abençoe. O homem do oxigênio não apareceu. Acho que não vem mais.

Summer recuou com um suspiro. Checou o medidor no tanque de oxigênio ao lado da cadeira da avó.

– Você tem um quarto do cilindro – disse Summer. – É o suficiente para esta noite e amanhã.

Summer queria se sentar no próprio quarto e colocar a cabeça no lugar, mas Eileen precisava respirar oxigênio puro duas ou três vezes por dia, então ela voltou para o corredor, pegou o celular no bolso do casaco e digitou o número impresso no cilindro vazio junto à porta da frente.

A chamada caiu direto numa mensagem gravada.

"Bem-vindo ao serviço de fornecimento de oxigênio do Sistema Nacional de Saúde de West Midlands. Por favor, tenha em mãos o número do paciente para facilitar sua solicitação."

O telefone tocou três vezes antes que outra voz entrasse na linha:

"No momento não há ninguém disponível para atender sua chamada. Nosso horário de atendimento é das 9h às 16h30, de segunda a sexta, e das 9h às 12h30, aos sábados. Por favor, ligue novamente durante esses horários. Tenha um bom dia."

Então a linha ficou muda e Summer soltou um palavrão ao desligar.

– Algum problema, querida? – perguntou Eileen.

Qualquer estresse piorava a asma da avó, então Summer adotou um tom leve:

– Só me esqueci da hora – falou. – Vou ter que ligar amanhã e perguntar por que eles não apareceram.

– Vou precisar que entreguem amanhã, Summer. Eu disse pra você ligar semana passada, quando ainda tínhamos um tanque e meio.

– Eu me esqueci – resmungou Summer, e depois moderou o tom de voz ao voltar para a sala. – Preciso tomar banho e depois farei nosso chá. Temos macarrão, ou posso preparar feijão com torradas.

Eileen entrelaçou os dedos e sorriu.

Drama na pia da cozinha

– O que você quiser, querida. Feijão com torradas é quentinho e gostoso.

– Eu ia comprar carne moída e cozinhar um espaguete à bolonhesa de verdade – explicou Summer, pedindo desculpas. – Mas está tarde e minha cabeça está latejando. Você não se importa se eu tomar banho antes, não é?

– Claro que não – respondeu Eileen. – E seus pés estão em carne viva! Quantas vezes tenho que dizer pra você usar meias?

– Odeio como meias impedem que o ar passe entre os dedos – rebateu Summer, antes de entrar no seu pequeno quarto e pegar a toalha de banho pendurada atrás da porta.

No corredor, ela abriu a bolsa e retirou algumas toalhas de papel que havia roubado do banheiro da escola. A pensão por invalidez que Eileen recebia não dava para muita coisa e essa estratégia permitia que economizassem uma ou duas libras por semana.

Summer deixou a porta do banheiro aberta caso a avó a chamasse. Ela largou a saia no chão, desabotoou a camisa polo e a tirou pela cabeça antes de colocá-la contra a luz e inspecionar a mancha de carvão. Preocupada com a possibilidade de o pó preto afetar as outras roupas na máquina de lavar, preferiu cruzar o corredor e levá-la para a cozinha. Lá, tampou a pia e enxaguou a mancha sob água quente e um pouquinho de sabão em pó.

Ao torcer a camisa com as mãos, Summer olhou para seus pés sobre o piso de linóleo rachado. Sua calcinha, comprada no supermercado, estava gasta e o sutiã apertava as laterais do seu corpo. Seu cabelo não era devidamente cortado havia muito tempo e uma das presilhas tinha caído, deixando uma mecha em cima dos olhos.

Summer ainda nem havia completado catorze anos, mas já se sentia abatida, como uma dessas mães jovens que se via pela região. Pelo menos, elas tinham bebês bonitinhos para cuidar, em vez de uma avó de meia-idade que ficou rabugenta e deprimida porque não consegue mais sair de casa.

Ela se sentiu péssima por pensar isso da avó. Eileen havia criado Summer desde os seis anos e era a única pessoa que já a amara de verdade, além de não ter ficado doente de propósito. Mesmo assim, Summer se sentia aprisionada.

Uma lágrima desceu quando se lembrou de Michelle na sala de ensaio: *Você nunca fala com ninguém. Nunca faz nada. Assim é melhor estar morta.*

Talvez Michelle fosse louca, mas tinha resumido bem a vida de Summer. As lágrimas já escorriam quando ela apoiou a testa no armário sobre a pia, deixando a água quente da torneira escaldar seus pulsos.

6. A linhagem peculiar de Jay

Já passava das cinco da tarde quando Jay e o sr. Currie terminaram de tirar a bateria e o equipamento da van escolar e trancaram tudo nas salas de música. Jay sentou-se no banco da frente ao lado do jovem professor para a viagem de dez minutos até sua casa.

– Você tem que admitir que o Tristan não é um baterista muito bom – insistiu Jay, enquanto a van fazia a curva para sair do estacionamento da escola.

Começava a escurecer. Era o auge da hora do rush e o professor olhava para o nada naquele tráfego intenso. Ele estava tão desapontado quanto qualquer um dos garotos. Uma vitória teria culminado na publicação de uma foto do Brontobyte no jornal local, promovendo o departamento de música. E o voucher de duzentas e cinquenta libras teria bastado para repor os pandeiros e as maracas que um professor substituto havia deixado os adolescentes do primeiro ano do ensino médio arruinar.

– Professor – chamou Jay, após um longo silêncio. – Está aí?

– Darei apoio e conselhos aos alunos que formarem os próprios grupos – respondeu o sr. Currie diplomaticamente. – Mas não me envolvo na política interna das bandas. E você reclama de Tristan, mas seu *showzinho* no fim da apresentação foi *totalmente* antiprofissional.

Jay olhou pela janela.

– Agi que nem um idiota – admitiu, no momento em que um ciclista quase arrancou o retrovisor da van. – Mas, fala sério, professor.

Você é formado em música. Tristan está atrapalhando nossa banda. Alfie é excelente, Salman toca bem e tem uma voz muito boa.

– Não é meu papel dizer aos alunos que eles não têm talento, Jay. Na verdade, se eu fizesse isso e a sra. Jopling reclamasse, provavelmente perderia meu emprego.

Jay entendia a posição delicada do jovem professor, então tentou uma estratégia diferente.

– Suponha que eu convença a todos e a gente concorde em procurar um novo baterista. Você recomendaria alguém?

O professor refletiu por alguns instantes antes de responder:

– Temos alguns bateristas decentes no sexto ano, mas duvido de que eles andariam com gente do oitavo ano. Mas tem um cara. Um aluno do nono ano chamado Babatunde Okuma. Ele deve ser o melhor baterista da escola.

– Por que eu ainda não o conheci? – indagou Jay. – Quer dizer, se alguém é decente, geralmente nos esbarramos nas salas de ensaio.

– Babatunde chegou à Carleton Road após o recesso de Natal. Ele não tem onde tocar em casa, então vem aqui e manda ver na bateria depois da aula. Geralmente tenho que expulsá-lo das salas de ensaio quando vou trancar tudo.

Jay deu um sorriso.

– E ele não está numa banda ou algo assim?

– Não que eu saiba – respondeu o sr. Currie. – A família dele se mudou de Nottingham há poucos meses.

– Talvez eu leve um papo com ele – disse Jay. – Parece ser um cara legal?

– Eu diria que sim. – O sr. Currie assentiu. – Mas você tem que abordar esse assunto com cuidado, Jay. Ouvir outro baterista vai causar confusão. Já vi bandas se destruírem por muito menos. E você não pode continuar explodindo com Tristan como fez mais cedo. Não vai ter sempre um adulto para intervir, e se acabar em briga, não será o Tristan quem sairá com o nariz sangrando, não é?

A linhagem peculiar de Jay

– Eu sei – concordou Jay, no instante em que a van parou no fundo de um beco. – Se bem que você se surpreenderia com quão rápido consigo correr quando tem um grandalhão tentando me dar uma surra.

– Não se importa se eu deixar você aqui, não é? – perguntou o sr. Currie. – Prefiro evitar o engarrafamento da avenida principal.

– Não se preocupe, professor – afirmou Jay, animando-se ao abrir a porta do Ford Transit já rodado. – Obrigado por nos levar hoje. Desculpe por não termos tocado melhor.

O sr. Currie deu um leve sorriso.

– Vocês provavelmente vão aprender mais com a experiência de hoje do que se tivessem ganhado.

– Boa noite – gritou Jay, depois de tirar a guitarra e a mochila da parte de trás do carro.

O jovem magro de treze anos vestia apenas uma camiseta e ficou ali tremendo conforme as luzes traseiras da van iam desaparecendo. O beco estreito fedia a lixeiras de metal gigantescas do conjunto habitacional à direita, sendo que do lado oposto havia uma grade de metal pichada com uma garagem de ônibus. Adolescentes brincavam numa quadra de cimento com vista para o beco e Jay saiu andando depressa, pois eles cuspiriam ou jogariam coisas nele se o vissem.

A família de Jay era dona dos dois prédios de tijolos no fim da ruela, direcionados para uma avenida principal movimentada. Haviam feito parte de um conjunto de construções em estilo vitoriano, mas a grande maioria já tinha virado prédios com apartamentos residenciais.

Os andares térreos eram comerciais. O Thomas' Fish Bar, uma lanchonete que servia pratos para viagem, era administrado pela mãe de Jay, Heather. Jay morava em cima da lanchonete, dividindo os cômodos apertados com a mãe, o padrasto, duas meias-irmãs e todos os cinco meios-irmãos, exceto o primogênito. O White Horse, o pub na porta ao lado, pertencia e era administrado pela tia dele, Rachel, que vivia no andar de cima com quatro filhos, além do namorado da mais velha e dois netos.

Uma luz de segurança automática se acendeu assim que Jay se aproximou do jardim malcuidado atrás da lanchonete que vendia peixe com fritas. Ela iluminou três carros muito ferrados, de dar vergonha, e um Ford Transit com BIG LEN escrito em estêncil na lateral.

Big Len era o padrasto de Jay. Ele já tinha sido um grande músico, substituindo celebridades menos talentosas em alguns dos discos mais vendidos dos anos 1990. Atualmente, ele tocava um teclado Yamaha em casas de repouso e ganhava uns trocados nos bingos que realizava em seguida.

Len tinha construído uma sala de ensaios no porão da lanchonete e passou centenas de horas lá embaixo dando aulas de música para Jay e sua família. No momento, o gigante de voz suave estava sentado no banco de trás da van, com um cigarro iluminando os anéis de ouro em suas mãos grossas.

– Está tudo bem, garoto? – perguntou a Jay, com seu forte sotaque irlandês. – Como foi?

– Quarto colocado entre nove – respondeu ele desanimado, apoiando a guitarra no chão pavimentado. – Pensei que você fosse aparecer pra torcer pela gente e conhecer o sr. Currie.

Len apontou para os fundos da lanchonete.

– Tive um dia cheio aqui. Ficamos sem energia elétrica essa manhã e acabaram de vir consertar. A lanchonete perdeu um dia inteiro de negócios, e sua mãe me mataria se eu a deixasse sozinha.

Jay notou um rosto encostado na janela lateral da van. Hank, com seis anos, era filho de Heather e Len. Jay gostava de seu irmão caçula. O garotinho fez um barulho de zombaria com a boca e o mais velho respondeu mostrando a língua.

– Tristan acabou com a gente – esclareceu Jay, olhando para trás na direção de Len. – Ele é uma porcaria.

A linhagem peculiar de Jay

Big Len concordou com a cabeça enquanto Hank enroscava os braços em volta dos ombros do pai e esfregava com leveza o nariz nos pelos grisalhos do pescoço dele.

– Você não vai longe sem um bom baterista – concordou Len. – Agora, já pra dentro com essa camiseta. Estou com frio só de olhar pra você.

A porta dos fundos sempre era trancada tarde da noite, então Jay entrou direto. Normalmente, ele teria conseguido ver os armários de vidro e as fritadeiras barulhentas por todo o pequeno cômodo dos fundos. Hoje ele foi confrontado por quatro mulheres com velas.

Elas eram Heather, sua mãe, tia Rachel, do pub ao lado, Shamim, a assistente da lanchonete, e uma mulher que ele não conhecia. Jay murmurou um rápido "olá" antes de colocar o pé na escada.

– Volte aqui agora – berrou a mãe de Jay. – Você ganhou?

Jay apoiou sua guitarra na parede e andou com relutância pela luz tremeluzente em direção às mulheres.

– Vocês parecem uma assembleia de bruxas – brincou ele.

– Vou jogar você direto no caldeirão por isso. – Heather riu, ao apontar para a mulher desconhecida. – Essa aqui é Mags. Você já ouviu histórias minhas e de sua tia Rachel sobre Mags em Ibiza com as meninas, antes de você nascer?

A família de Jay era dona dos dois negócios há três gerações, então não era incomum que rostos antigos aparecessem de vez em quando. Ele se lembrava vagamente de Mags em algumas das histórias de sua mãe dos tempos de escola e agora estava irritado por ter que ficar parado ali fingindo interesse.

– Que bom finalmente conhecer você – disse ele, entusiasmado.

Jay não conseguia ver Mags direito sob a luz de velas. Tudo o que ele conseguia enxergar era uma pele branca e lábios esticados que lembravam o Coringa.

– Então ele é um dos seus filhos com Chainsaw Richardson? – perguntou Mags. – Parece diferente dos outros dois que eu vi.

— Puro osso, você quer dizer. — Heather gargalhou, e agarrou Jay, puxando-o para junto de si. Depois passou a mão pelo seu torso antes de lhe dar um beijão na bochecha. — Dá pra tocar nessa caixa torácica como se fosse um xilofone.

— Mãe — protestou Jay, tentando se desvencilhar. — Meu Deus!

Mas Heather ignorou seu constrangimento óbvio.

— Você está parecendo um cubo de gelo. Você foi pra escola usando só essa camiseta?

— O casaco está enrolado na minha mochila. Fui pra competição da banda, lembra?

— Mesmo assim você devia ter vestido na volta pra casa — disse Heather.

Jay sorriu.

— É claro que eu ficaria mais aquecido se tivesse a jaqueta de couro que você prometeu me dar.

Heather achou graça.

— Dê um tempo, garoto, não vamos entrar *nesse* assunto de novo. — Ela então olhou para Mags. — Jay é o deslocado. Meus três filhos mais velhos e Kai, meu quinto, são de Chainsaw Richardson antes de ele se tornar foragido. O pai do Jay é policial.

Mags ficou boquiaberta, ao mesmo tempo em que Jay se livrou dos braços da mãe.

— *Você* saiu com um policial! — exclamou Mags, antes de soltar um grito, fingindo estar horrorizada.

— Não exatamente. — Tia Rachel gargalhou. — Conte a Mags como aconteceu. Garanto que vai mijar nas calças de tanto rir quando ouvir isso.

— Todo mundo tem que saber a história da minha vida? — contestou Jay, se retraindo de vergonha. — Já me zoam bastante por ser um dos oito filhos, não preciso que *essa* história se espalhe.

Mas Heather ignorou o protesto do filho.

– Ah, pare de frescura! Foi pouco tempo depois que me casei com Chainsaw. Ele achou que a polícia estava atrás dele, por isso me levou até uma das suas garagens numa van e a encheu de laptops roubados. O que o desgraçado não me contou era que o diacho da van também tinha sido roubada.

"Eu seguia pelas ruas de trás de Hampstead. Era domingo de manhã cedo, ninguém na rua. De repente, um policial me mandou parar. Ele me pegou no flagra: van roubada com o pneu da frente careca, laptops de origem desconhecida nos fundos e minha ficha criminal com um histórico de produtos furtados. Eu tinha três meninos com menos de cinco anos e não podia correr o risco de que eles fossem parar em orfanatos.

"Quando o policial estava prestes a me algemar, olhei pra ele e notei que era mais jovem do que eu. Mal havia completado vinte anos e tinha cara de virgem. Então usei todos os meus dotes femininos e perguntei o que eu tinha que fazer para que meus problemas desaparecessem."

– Ah, minha nossa! – exclamou Mags. – Que loucura!

Jay estava feliz com a luz de velas porque assim ninguém podia ver suas bochechas corando.

Heather gargalhou ao terminar sua história.

– Então dormi com esse policial e, nove meses depois, o pequeno Jay surgiu.

– Ta-dá! – completou tia Rachel.

– E o que Chainsaw disse? – balbuciou Mags.

– Fui direta com ele – contou Heather. – Não ficou feliz, mas foi culpa dele ter me colocado numa van roubada. Pode me chamar de vadia se quiser, mas era isso ou perder meus filhos.

Shamim, a assistente da lanchonete, nunca tinha ouvido essa história e tapou o rosto enquanto seu corpo tremia de tanto rir.

– Você vê seu pai com frequência? – perguntou Mags a Jay.

– Um fim de semana por mês – admitiu, relutante. – E às vezes fico com ele durante as férias escolares. Geralmente vamos pescar, ou fazemos outra coisa chata.

– Ele sempre pagou direitinho a pensão alimentícia – acrescentou Heather. – E Jay é nosso pequeno prodígio.

– Bem, eu sei ler e escrever – explicou Jay. – O que é inteligente se comparado a *certos* membros dessa família.

– Ui! – exclamou Shamim, rindo.

– Posso subir agora? – perguntou Jay. – Ou você já pensou em outro jeito de me envergonhar? Que tal a vez em que fiz xixi nas calças enquanto você tentava tirar uma foto minha ao lado de um cara vestido de ovo de chocolate?

– Pode ir, docinho – provocou Heather. – A não ser que queira outro beijo da mamãe.

Jay pensou no próprio estômago antes de sair.

– O que temos para lanchar?

– Cera de vela, a menos que esse diacho de eletricista acabe logo o conserto – criticou Heather antes de falar sério: – Não tenho certeza, meu bem. Vamos acabar pedindo alguma comida, ou algo assim.

Jay pegou a guitarra e a mochila e subiu no escuro para o quarto no segundo andar que dividia com seu meio-irmão de doze anos, Kai. O cômodo tinha vista para a avenida principal, e, sem eletricidade, as paredes tinham um brilho azulado graças aos postes de luz e ao posto de gasolina do outro lado da rua.

Após deslizar a guitarra para baixo do beliche, Jay foi até a janela e puxou as cortinas para entrar mais luz. Nesse momento, Kai saltou de trás da porta. Quando se deu conta, Jay já estava no chão com braços musculosos esmagando seu peito.

Kai nasceu vários meses depois de seu pai, Vinny "Chainsaw" Richardson, ter sido sentenciado a dezoito anos de prisão por ter participado de um roubo brutal a um carro-forte. Ainda muito pequeno, Kai percebeu que era mais durão que Jay e nunca se cansava desse fato.

– Erva daninha! – exclamou Kai, ao virar Jay de costas e pressionar a mão contra o rosto dele, esmagando sua cabeça no carpete.

Jay tentou se desvencilhar, mas o irmão era pesado demais.

– Diga o quanto eu sou incrível – exigiu Kai. – Então *talvez* eu deixe você se levantar.

– Você nem consegue escrever o próprio nome, seu retardado – retrucou Jay num tom de desafio.

Essa frase foi dita para magoar: Kai tinha problemas de aprendizado e implicavam muito com ele por ser lento. O irmão esmagou as costelas de Jay antes de baixar a cabeça até os narizes dos garotos quase se tocarem.

– Posso acabar com você quando eu quiser – ameaçou Kai, então cuspiu no olho de Jay antes de rolar para longe.

Jay se sentiu humilhado ao se sentar.

– É melhor tomar cuidado! – gritou, furioso. – Qualquer dia desses vou enfiar uma faca nas suas tripas.

Kai riu enquanto ajeitava o corpo atlético sobre a cama de baixo do beliche.

– Experimente – zombou Kai. – Veja o que acontece.

7. Limão com granulado

Summer saiu apressada da aula de matemática assim que o sinal tocou, anunciando o intervalo da manhã. O tempo continuava horrível, com uma chuva fina que congelava seu rosto enquanto ela corria pelo portão principal da escola, tentando ir embora antes que um professor aparecesse para vigiar.

Ninguém tinha permissão para deixar o colégio no intervalo da manhã, nem para usar o celular durante o horário de aula. Mas Summer precisava ligar para o depósito de oxigênio e concluiu que era melhor arriscar uma detenção de meia hora por ter saído do que ter o telefone confiscado até o fim da semana.

Ela se sentou em um ponto de ônibus deserto a cinquenta metros da escola e tirou um Nokia da mochila. A tampa da bateria tinha sido presa com fita adesiva e a tela estava rachada, mas o aparelho ainda funcionava. Summer tinha esperanças de que não a deixassem aguardando na linha porque ela só tinha £2,72 de crédito e não havia chance de encontrar um lugar para recarregá-lo.

Depois de ter dado o número de paciente da sua avó e explicado que os cilindros de oxigênio não haviam sido entregues no dia anterior, a mulher do outro lado da linha disse que ligaria para o motorista que fazia as entregas, e anotou o telefone de Summer para retornar sua ligação.

Enquanto Summer aguardava, um ônibus parou e um garoto do décimo primeiro ano saltou. Ele era magro, de cabelo preto bagunçado e um fio de fone de ouvido branco que subia do bolso da calça jeans até suas orelhas. Bonitinho com um estilo meio nerd, observou ela, e definitivamente tinha um belo traseiro.

Summer ainda estava de olho nele quando o toque do celular a trouxe de volta à realidade.

Era uma mulher diferente. Ela parecia exasperada, como se tivesse vivenciado conversas similares milhares de vezes.

– Acabei de ligar para o motorista da sua área – explicou ela. – Ele tentou entregar quatro cilindros de oxigênio ontem à tarde, mas o elevador estava com defeito. Entre em contato conosco quando o elevador tiver sido consertado e ele chegará aí em menos de uma hora.

Summer suspirou.

– O elevador costuma demorar três ou quatro dias pra voltar a funcionar. Minha avó vai precisar de um cilindro novo hoje à noite.

– Podemos entregar se houver alguém disponível para carregar os cilindros até o andar de cima.

– Eu mal consigo carregar um da entrada do apartamento até o quarto da minha avó – explicou Summer. – Por que o motorista não pode carregar tudo até lá em cima?

– Todo o serviço é terceirizado – esclareceu a mulher. – Uma pessoa fica sozinha no caminhão, e só pode carregar os cilindros até dois andares, no máximo. São as normas de segurança.

Summer ficou estressada.

– Mas minha avó tem um caso grave de asma. Se ela ficar sem oxigênio, pode morrer.

– Entendo – disse a mulher. – Se sua avó tiver falta de ar, você terá que ligar para a emergência e a levarão para o hospital.

Isso era óbvio e não ajudava em nada. Summer resmungou alto.

– Mas tem que haver *algo* que você possa fazer – desabafou ela. – Deve ser mais barato e fácil mandar alguns cilindros de oxigênio do que esperar que minha avó passe mal, mandar uma ambulância e deixá-la internada por três dias.

— São departamentos diferentes — argumentou a mulher.

— A ambulância já veio uma vez quando o elevador estava quebrado. Levaram uma eternidade pra descer a escada com a minha avó. Ela ficou tão nervosa que desmaiou.

— Sei que é incômodo — concordou a mulher. — Mas não fui eu que fiz as regras, não é?

Os nós dos dedos de Summer ficaram brancos enquanto ela apertava forte o celular de tanta frustração.

— Não conseguir respirar é um pouco *mais* do que um incômodo — respondeu com raiva.

— Sua avó tem uma assistente social, ou algum acompanhamento profissional?

— Só eu moro com ela — explicou Summer. — E uma vez por semana tem uma pessoa que faz a faxina e ajuda minha avó a tomar banho.

— Só posso sugerir que você ligue para o serviço social e veja se eles podem enviar duas pessoas para carregar os cilindros pela escada.

A ideia fez Summer gemer. Já tinha sido um pesadelo conseguir que o serviço social aparecesse uma vez por semana para dar um banho na sua avó. As chances de arranjar duas pessoas disponíveis sem avisar com antecedência eram nulas.

Summer se sentia capaz de socar um muro de tijolos.

— Vou tentar dar um jeito — disse ela, suspirando, antes de desligar.

Ela jogou a cabeça para trás e observou os pedaços de chiclete grudados no teto ondulado do ponto de ônibus. Sentiu vontade de gritar, jogar longe o celular, chutar algo, mas ela não era assim.

Summer não tinha ideia do que fazer agora, exceto cruzar os dedos e torcer para que os elevadores estivessem funcionando quando ela chegasse em casa na hora do almoço.

Um professor ficaria vigiando o portão da escola até que o intervalo terminasse, então Summer esperou, tremendo de frio e ouvindo os gritos dos garotos jogando futebol na escola. Estava morrendo de fome, mas o refeitório já estaria fechado quando ela entrasse, e as cafeterias e lanchonetes ali perto eram caras demais.

Depois que o sinal da escola tocou, Summer esperou um minuto para retornar, até o professor se afastar do portão. Nem chegou a andar dez metros quando o sr. Obernackle berrou seu nome. O coordenador atravessava a rua, segurando uma sacola de papel da padaria da esquina.

– Ora, ora. O que temos aqui! – exclamou ele, feliz de ter pegado uma aluna em flagrante.

Summer odiava a voz rouca de Obernackle e o fato de ele se achar o máximo. Cada palavra e gesto transpareciam arrogância e nada que a pessoa dissesse poderia mudar as opiniões que ele formava antes mesmo de o sujeito abrir a boca.

– Está na hora de termos uma conversa *séria* – disse ele, sisudo, ao marchar com Summer rampa acima, passando pela recepção da escola.

Chaves tilintavam enquanto Obernackle destrancava seu pequeno escritório para em seguida jogar a sacola da padaria na mesa.

– Sente-se! – ordenou, como se instruísse um cachorro. – Seus pais terão que comparecer à escola, mas tenho coisas mais importantes a tratar. Você vai ter que esperar.

A cena de Obernackle terminou com a porta do escritório batendo e seus sapatos estalando egocentrismo pelo corredor. A espera tinha a intenção de intimidar, mas cuidar da avó havia feito Summer perder todo o respeito por adultos com arroubos de demonstração de poder.

Ela observou o escritório, se perguntando o que estaria perdendo na aula de francês. Como não havia muito para ver, seus olhos se voltaram para a mesa e a sacola da padaria, que tinha ficado transparente com a gordura e revelava os contornos de dois donuts. Um tinha cobertura rosa e o outro era de limão com granulado. Parecia um lanche curiosamente feminino para o empertigado sr. Obernackle.

Summer pensou em cuspir nos donuts ou colar uma meleca neles para dar a si mesma uma satisfação juvenil, mas estava morrendo de fome e, como Obernackle já pretendia mesmo acabar com ela, não achou que faria diferença se fizesse algo realmente ruim.

Summer ficou entusiasmada com um orgulho desordeiro ao pegar o donut de limão. Granulados caíram na sua camisa quando ela deu uma mordida enorme. Nunca tinha comido nada da padaria da esquina e achou a comida surpreendentemente gostosa. A massa era fofa, com uma cobertura crocante de açúcar e um toque cítrico de limão no recheio.

Enquanto comia, Summer calculou que aquele donut lhe renderia uma economia de £1,60 no almoço. Se ela conseguisse reduzir mais duas libras de outro lugar, conseguiria colocar crédito no celular, dos quais precisaria desesperadamente assim que o pagamento do benefício da avó fosse liberado.

Obernackle ainda não havia retornado quando Summer terminou o donut de limão, então ela também atacou o rosa. A garota chegou a considerar a possibilidade de esconder a sacola para que Obernackle pensasse que tinha largado os donuts em outro lugar. Mas ela queria deixar claro que não se sentia intimidada, então amassou a sacola e a deixou no meio da mesa com um rastro multicolorido de granulados por todo lado.

– Certo, vamos lidar com você agora – falou Obernackle, tentando ao máximo fazer com que Summer parecesse insignificante ao voltar para o escritório.

Ao que parece, o assunto importante dele tinha sido uma rápida fofoca na sala dos professores e uma caneca de café filtrado. Ele esticou o braço para pegar os donuts ao se sentar e então arregalou os olhos como se um ferro em brasas tivesse queimado seu traseiro.

– *Entendo* – sibilou ele, enquanto seu corpo tremia sem parar e seu indicador balançava.

Os olhos de Obernackle se moveram de um ponto para outro enquanto ele tentava se decidir. Por fim, pegou o telefone da escrivaninha e bateu o aparelho de forma dramática na frente de Summer.

– Ligue para os seus pais – exigiu. – Quero vê-los aqui na escola *hoje*.

Summer examinou o sr. Obernackle, sorriu de leve e falou com uma voz calma que certamente o irritaria:

– Você não pode.

– Mocinha, eu posso e vou.

– Não tenho ideia de quem seja meu pai – explicou Summer. – Pra falar com minha mãe, o senhor pode tentar o serviço prisional, ou ligar para algumas clínicas de reabilitação, mas a última notícia que tivemos foi que ela estava morando nas ruas de Londres, enfiando agulha no braço para se drogar sempre que podia.

– Mas tem alguém que cuida de você – berrou Obernackle, pegando o arquivo de Summer, que ainda estava na sua mesa desde a noite anterior. Ele encontrou um número de telefone e bateu nas teclas com violência. – Vamos ver, está bem? – disse, dando um sorriso.

Summer tentou não sorrir com deboche ao pegar o Nokia, que começou a tocar, do seu bolso.

– Alô? – atendeu ela. – Quem fala?

Obernackle bateu o telefone no gancho e apontou para Summer.

– Bem, com quem você mora?

– Com a minha avó. Ela tem um caso grave de asma e qualquer estresse pode desencadear uma crise. É melhor deixá-la fora disso, mas, se você insiste, vai ter que esperar até que o elevador do nosso prédio seja consertado. Então, você pode ligar para um táxi adaptado para portadores de necessidades especiais e pedir que alguém a traga aqui. Eles vão encaixar seu pedido para daqui a duas semanas, mais ou menos. Mas ela precisa estar com um tanque de oxigênio o tempo todo, então você também vai ter que ligar para um número completamente diferente e convencer o serviço social a enviar um suprimento de oxigênio portátil e um carro para escoltá-lo. Eu adoraria fazer tudo isso, mas só tenho duas libras de crédito no celular e posso precisar caso haja uma emergência.

O sr. Obernackle esperava que as crianças ficassem apavoradas com ele. Tinha o discurso de *ande ereto e comporte-se* na ponta da língua, mas seus lábios fizeram um "O" quando a voz de Summer mudou de um tom calmo para uma leve repulsa:

— Estou aqui há quase três anos — continuou a garota com firmeza. — Sempre chego na hora. Só faltei duas vezes porque minha avó estava doente. Sempre faço os deveres de casa e, apesar de não ser inteligente, me esforço. Fico entre os três ou quatro melhores da turma em todas as provas.

"Tive um ataque de riso na sala de aula ontem. Segui Michelle porque *nunca* tinha me metido em encrenca e não sabia onde ficava a sala de detenção. Saí da escola no intervalo porque tinha que fazer uma ligação urgente pedindo que entregassem cilindros de oxigênio para minha avó. Se não acredita em mim, pode ligar para o último número registrado na memória do meu celular. Comi seus donuts porque estava com fome e porque você é um homenzinho ridículo que é muito menos perspicaz e poderoso do que pensa."

Summer ficou de pé e elevou o tom de voz:

— Se não gosta do que estou dizendo, pode me suspender, me expulsar ou fazer o que quiser, porque tentei tudo o que pude e não me importo mais *nem um pouco* com essa escola idiota.

— Calma — disse Obernackle, com um tremor na voz.

Ele já havia conversado com dois professores de Summer e um deles tinha mencionado algo sobre a avó dela. Não fizeram qualquer crítica a ela, e seria muito ruim para a imagem do coordenador se ele fosse muito severo com uma boa aluna que tinha uma vida pessoal difícil.

— Summer, talvez a gente tenha começado com o pé esquerdo... acho que precisamos... quer dizer... eu não sabia dos seus problemas pessoais. Acho melhor conversar com seu conselheiro de classe e com o orientador da escola e fazer um planejamento...

– Faça o que quiser – interrompeu Summer, balançando a mão com desdém. – Preciso ir. Tenho coisas mais importantes pra fazer do que lidar com *você*.

8. Tarde preguiçosa de inverno

Internato Yellowcote, próximo a Edimburgo
Dylan Wilton checou o relógio antes de espiar para fora de seu banheiro minúsculo e se certificar de que não havia ninguém por perto. Tinha catorze anos e era bonito, com um cabelo louro e emaranhado, além de usar brinco em uma orelha. Seu uniforme era bastante tradicional, com vermelho descendo pela calça e um colete com botões apertando sua cintura flácida.

Passava um pouco do meio-dia quando ele desistiu de se esconder no chuveiro e seguiu cautelosamente para o próprio quarto. O espaço original era um dormitório, onde meninos tremendo de frio dormiam sob cobertores de lã, entre aulas de latim e surras com cintas de couro. Felizmente, os pais modernos não aceitavam esse tipo de coisa e os dormitórios foram divididos em quartos individuais, cada cômodo compartilhando uma janela de moldura metálica com outro.

O quarto estreito de Dylan tinha espaço para um guarda-roupa e um beliche, além de uma escrivaninha e uma cadeira no lugar da cama de baixo. Pôsteres eram permitidos na parede de cortiça do lado oposto. Ele tinha pendurado centenas de cartões-postais e folhetos de bandas de rock, mas o lugar de destaque era de um pôster da Mona Lisa fumando um baseado gigante, onde um engraçadinho anônimo escrevera *Dylan é um escroto.*

O garoto deu uma rápida espiada no campo esportivo. Alguns meninos posicionavam as varetas de críquete no campo resistente ao clima. Jovens da idade dele estavam enfileirados e ofegantes, prontos para uma tarde implacável de corrida na lama, saltos sobre portões e travessias de riachos.

Só de imaginar todo esse sofrimento, Dylan se sentiu deliciosamente confortável sentado na sua cadeira da escrivaninha, com os sapatos desamarrados. Um clarão de âmbar passou pelo corredor antes de frear os pés com meias e dar meia-volta. Dylan havia sido um idiota por ter deixado a porta aberta, e o garoto de pernas arqueadas enfiou a cabeça pela porta com curiosidade.

Ele se chamava Ed, vestia o uniforme de educação física listrado de Yellowcote, que lembrava uma abelha, e chuteiras balançavam na sua mão, pois ele as segurava pelos cadarços. Ed era um garoto que se esforçava para sorrir o tempo todo, mesmo que alguns dos alunos mais durões se divertissem em pendurá-lo nos corrimões ou jogassem seus livros nos mictórios.

– Por que ainda está aqui? – perguntou Ed. – Você até agora nem trocou de roupa!

– Tenho aula de música, certo? – explicou Dylan, se esticando e dando um bocejo preguiçoso. – Pretendo ir para o estúdio daqui a pouco.

– Que sortudo – reclamou Ed. – Vou congelar lá fora. Nem podemos usar calça de corrida. Aliás, obrigado por colocar o tal do Black Flag no meu iPod. Você tinha razão, é muito maneiro.

– Eu falei. – Dylan sorriu. – É dez vezes melhor do que esse lixo *indie* estridente que todo mundo idolatra.

– É melhor eu correr. A última coisa de que preciso é de um professor de educação física pegando no meu pé, e já estou atrasado.

Quando Ed disparou pelo corredor, Dylan fechou a porta e abriu o guarda-roupa. Não havia trancas em sua porta nem no armário, por isso ele guardava a maioria de suas coisas mais ilícitas num bolso que se formou em decorrência de um rasgo em seu casaco sobressalente de estilo militar.

A primeira coisa em que encostou foi em um pen-drive que tinha todo tipo de obscenidade bloqueada pelos filtros da internet de Yellowcote. Ele foi mais fundo no forro, retirou uma latinha e a jogou sobre a cama. Certificou-se de que seu iPhone já estivesse lá em cima antes de se livrar da gravata, do cinto e do colete, para então subir.

Dylan era quase tão alto quanto a beliche, e suas meias cinza e suadas deixaram marcas úmidas na lateral do guarda-roupa quando ele se esticou acima da cabeça e abriu a janela. A tampa de metal dobrou ao se soltar da lata retangular, revelando um isqueiro, papel para enrolar cigarro e um bloco comprimido de tabaco indiano forte que ele havia roubado da madrasta. Ele tirou tudo dali, na esperança de encontrar um pouco de maconha, mas havia fumado o que restava na semana anterior e não colocaria as mãos em mais nada até as férias.

Dylan sentiu o cheiro de dentro da lata. Ele odiava as folhas artificiais dos cigarros comuns, mas adorava o exótico tabaco de cachimbo e ansiou pela primeira tragada de fumaça enquanto repousava o papel no parapeito da janela e o recobria com filamentos ondulados de tabaco marrom. Após espalhar tudo de modo uniforme, ele lambeu a borda adesiva, enrolou, acendeu e aspirou uma longa e fumacenta baforada.

A primeira tragada foi o ápice do fumo de cigarro: o calor invadindo seus pulmões e a primeira onda de prazer da nicotina. A transgressão só melhorava tudo. Yellowcote era um local propício para trabalho árduo, caridade cristã, competição rigorosa e pessoas dando seu melhor. Dylan odiava todas essas coisas.

Ele tinha orgulho de ser vagabundo. Que se dane a vida saudável, as notas das provas e o espírito escolar. Cada baforada parecia um grande *vão se ferrar* para todos os garotos que corriam dez quilômetros e voltavam com as pernas cobertas de estrume de vaca. Quem se importa com doenças de pulmão e ataques cardíacos em um futuro distante?

Tarde preguiçosa de inverno

Dylan deixava a ponta incandescente do cigarro para fora da janela, mantendo-se perto do parapeito para que não conseguissem vê-lo lá de baixo, e tentando entender por que era tão difícil soprar anéis de fumaça. Talvez ele encontrasse algumas instruções no YouTube.

Quando terminasse de fumar, ele planejava ouvir um som pesado no iPhone, ou quem sabe apenas se enroscar e tirar um cochilo.

Lá no campo resistente ao clima, um menino de uns nove anos segurava um bastão de críquete da forma errada. Ele parecia preocupado enquanto a bola voava na sua direção e seus colegas de time usando calças brancas o xingavam por sua tacada infeliz. Dando outra tragada, Dylan se sentiu mal pelo garotinho e, por alguma razão, se lembrou de uma menina muito bonita que tinha visto do lado de fora da Harrods quando foi fazer compras com o pai em Londres.

Então sua porta fez um clique. *Droga!*

Dylan jogou fora o último terço do cigarro, que saiu dando piruetas, caindo do prédio enquanto o jovem rolava de costas para poder ver quão ruim era a situação.

– Wilton! – gritou um homem e Dylan recuou em choque. – Saia já dessa cama, seu verme preguiçoso.

O pior pesadelo de Dylan era um homem enorme que usava calça de corrida enlameada enfiada em meias listradas. Ele tinha nariz de batata e uma camisa de rúgbi da África do Sul que combinava com seu sotaque sul-africano. Era o treinador-chefe de rúgbi de Yellowcote e se chamava Piet Jurgens.

A lata de tabaco de Dylan tilintou quando ele a empurrou para o canto antes de saltar da cama. *Será que alguém o havia dedurado? Será que Ed o havia dedurado?* A única coisa certa era que seu coração estava acelerado e sua tarde tranquila tinha ido pelo ralo.

– Estou sentindo cheiro de cigarro aqui? – berrou Jurgens. – Na verdade, não estou perguntando, *sei* que estou sentindo cheiro de cigarro aqui.

– Não sinto nada, senhor.

– Então por que tem um pacote de papel para enrolar cigarro no chão? – perguntou Jurgens.

A embalagem turquesa peculiar da Rizla havia caído no chão quando Dylan saiu da cama, e ele pressentia que estava *mega* ferrado.

– Deve ter grudado no meu sapato – sugeriu, esperançoso.

Jurgens sorriu ao se aproximar, seu pescoço grosso e com barba por fazer na altura dos olhos de Dylan.

– Já tomei muita pancada na cabeça ao longo dos anos, mas eu pareço *tão* burro assim?

– Não, senhor – admitiu Dylan, antes de tossir um pouco da saliva com gosto de tabaco que estava na sua boca.

– É um hábito repulsivo. Você tem sorte de não deixarem que eu enfie juízo em você a pauladas, porque eu esbofetearia sua cabeça idiota de uma ponta à outra do prédio. Essa coisa matou minha mãe e minha avó. Vai matar você também, entendeu?

– Sim, senhor – disse Dylan. Ele se sentia um frouxo falando *sim, senhor, não, senhor*, mas ninguém contradizia o sr. Jurgens.

– Agora quero uma resposta direta. Onde esse seu traseiro preguiçoso deveria estar?

– Prática musical, senhor.

– Conversa fiada, conversa fiada! – gritou Jurgens, batendo um dedo no peito de Dylan, empurrando-o para a cama. – A sra. Hudson me disse que te afastou da orquestra da escola por motivo de baderna durante o ensaio. O que tem feito nas tardes de terça e quinta?

– Eu não tinha aula de música, então fiquei aqui no meu quarto.

– É isso que você deveria estar fazendo?

– Não é, senhor?

Jurgens empinou o corpo.

– Não brinque comigo, garoto. Você sabe tão bem quanto eu que, se não faz uma atividade especial como música, artes ou teatro, tem que descer para o campo esportivo como todo mundo.

– Ah – disse ele. – Ninguém me avisou isso.

Tarde preguiçosa de inverno

– Bem, estou explicando *agora*, então vista seu uniforme. Estou treinando um esquadrão de elite para o time de rúgbi do nono ano e você acaba de se juntar a ele.

Dylan engoliu em seco. Quando ele entrou na Yellowcote tinha dez anos e estava ansioso para agradar. Não gostava de rúgbi e, se fosse mais sensato, teria deixado todas as bolas caírem e teria errado todos os *tackles*. Em vez disso, ele se dedicou, trabalhou duro e demonstrou ter um talento extraordinário para um esporte que detestava.

– Senhor, não jogo rúgbi desde o sétimo ano, exceto por algumas partidas amistosas durante as aulas. Serei inútil. Estou barrigudo. Fumo o tempo *todo*.

– Já deixei gente pior que você em forma – disse Jurgens, abrindo um sorriso confiante. – Ainda me lembro daquele campeonato do qual você participou no sexto ano. Foi lindo, cara. E você teria sido o melhor jogador da temporada se houvesse demonstrado um pouco mais de entusiasmo durante os treinos.

As lembranças mais nítidas de Dylan desse campeonato eram costelas machucadas e uma passagem pela enfermaria da escola para retirar com uma seringa a lama presa no ouvido.

– Dylan, seus pés são ágeis, você tem um bom controle da bola e costumava interpretar o jogo melhor do que qualquer pessoa da sua idade sonharia em fazer. Fiquei arrasado quando você se juntou à orquestra.

– Achei que todos os torneios de rúgbi começassem depois das férias de verão – comentou Dylan.

– Os torneios, sim. Mas minha equipe de elite treina o ano inteiro. Quando vocês começarem o ensino médio, já estarão afiados e prontos para jogar o melhor rúgbi de suas vidas.

– Vou fazer provas importantes ano que vem, o que vai me deixar cheio de trabalho – ponderou Dylan, tentando conter o desespero na voz. – E eu estaria pegando o lugar de alguém que *quer* realmente jogar. Não é justo, se quer saber.

Guerra do Rock

– Não estou perguntando sua opinião – rugiu Jurgens, fazendo o estômago de Dylan se revirar enquanto o cuspe do sul-africano atingia seu rosto. – Seus pais pagam muito caro para que você estude nessa escola. Todos os alunos devem participar integralmente das atividades extracurriculares. Você vai se esforçar pelo time de rúgbi e vai jogar o melhor que pode. Se o seu rendimento cair ou se você fizer corpo mole, terá a mim como seu inimigo. Quer que eu seja seu inimigo, sr. Wilton?

– Não, senhor – respondeu Dylan, submisso, lembrando-se do sétimo ano e dos treinos exaustivos impostos por Jurgens.

– Você tem cinco minutos para se trocar. Encontre-me lá embaixo no campo de treino C. Deixe seus cigarros e sua má atitude aqui. Você é um jogador de rúgbi agora, meu jovem.

9. Surge uma banda

Summer não bateu a porta do sr. Obernackle, mas a fechou com certa autoridade, deixando claro que não valeria a pena ir atrás dela. Gostou de ter colocado Obernackle em seu lugar; porém, aquilo ainda poderia lhe trazer consequências e ela não queria provocar nada que pudesse estressar sua avó.

Já tinha perdido dois terços da aula de francês e não estava com cabeça para perguntar qual era a hora do próximo trem para Le Havre ou quanto custava o sorvete de chocolate. Summer precisava ir para casa descobrir se os elevadores tinham sido consertados, então ela seguiu direto para os portões da escola. Quebrar outra regra por perder quinze minutos de aula não parecia fazer diferença a essa altura.

Para surpresa de Summer, encontrou Michelle Wei escondida junto à porta do banheiro feminino. Sem o uniforme, ela vestia uma calça jeans rasgada e um casaco acolchoado verde-claro.

– Procurei por você em toda parte – disse Michelle, ao parar em frente a Summer.

– Achei que você tivesse sido suspensa – comentou Summer, que continuou andando.

Michelle respondeu:

– Fui, mas moro do outro lado da rua.

– Por que você nunca é expulsa? – questionou Summer de repente. Normalmente, ela não correria o risco de irritar Michelle falando desse jeito, mas estava instigada pelo confronto que teve com o coordenador.

— NEE — esclareceu Michelle. — Necessidades Educacionais Especiais. Meu psicólogo diz que minhas performances hilárias são causadas por transtorno de déficit de atenção e meu tédio é consequência do meu QI excepcionalmente elevado. Eles não podem me expulsar por chamar o sr. Gubta de idiota, assim como não podem expulsar um garoto numa cadeira de rodas por não fazer educação física, ou alguém com dislexia por escrever devagar.

— Então não podemos nos livrar de você — observou Summer, dando um meio sorriso ao passar por uma porta e seguir para a rampa do lado de fora.

— Quero falar com você sobre a Industrial Scale Slaughter — disse Michelle.

Summer estava andando muito apressada, e como Michelle era baixinha precisava dar um pequeno salto a cada cinco ou seis passos para acompanhar o ritmo.

— Você o quê? — perguntou Summer.

— Esse é o nome da nossa banda.

Summer ergueu as mãos e resmungou:

— Não posso cantar em banda nenhuma. Não temos *nada* pra conversar.

— Escute aqui, queridinha. Sei que fui agressiva ontem e acabei ferrando você. Desculpe, ok? Mas nós testamos uns vinte cantores. Ninguém se compara a você. O que tem a perder? Do que tem tanto medo?

— Eu não disse *não* — reforçou Summer, irritada, ao chegarem à saída da escola. — Disse que *não posso*, ou seja, *não é possível*. Minha avó é doente. Tenho que cuidar dela. Preciso ir para casa *agora mesmo* porque os elevadores do meu prédio estão com defeito. Se não consertarem até o fim da tarde, minha avó não vai poder receber o oxigênio dela. E, quando isso acontecer, estarei muito ferrada de verdade.

— Oxigênio é um gás. Gases são leves. Por que você não pode carregar pela escada?

Surge uma banda

Summer suspirou.

– São cilindros grossos de metal, de mais de um metro de altura. Moro no quarto andar. Não tenho a força de dois homens para carregar sozinha até lá em cima. O motorista e o ajudante não fazem isso.

Michelle apontou para si mesma, depois para Summer e contou.

– Um, dois. Somos duas. Não tenho mais nada pra fazer. Vamos nessa.

Summer balançou a cabeça.

– Só consigo arrastar um cilindro do corredor até o quarto da minha avó, mas pela escada é mesmo muito difícil e nenhuma de nós é exatamente fortona.

– Minha irmã é fortona – argumentou Michelle. – Lucy levanta pesos pra conseguir tocar bateria melhor. Ela também tem um monte de namorados. Quer dizer, que mundo é esse onde duas meninas bonitas não conseguem arranjar garotos burros para carregar coisas pra gente?

– Aquele é meu ônibus – berrou Summer, arquejando. Ela saiu cruzando o trânsito e correndo até a calçada oposta, balançando os braços para que o motorista parasse. Ele franziu a testa com impaciência enquanto Summer procurava os trocados, mas Michelle chegou em seguida e colocou moedas na bandeja junto ao validador de passagens.

– Duas passagens, por favor.

Summer se agarrou a uma barra amarela quando o motorista pisou no acelerador. Sentou-se no fundo do veículo e Michelle se juntou a ela.

– Vamos fazer um acordo – sugeriu Michelle, tirando o celular espremido da calça jeans. – Arranjo depressa gente pra carregar o oxigênio pela escada se você vier pro ensaio na minha casa depois da aula.

Summer ficou aliviada por ter encontrado uma saída para o problema do oxigênio e se iluminou num raro sorriso.

— Justo — respondeu. — Mas só um ensaio, e acabou.

*

O time de rúgbi do nono ano estava treinando passes quando Dylan chegou ao caminho pavimentado que ficava entre os campos. Ele havia desenterrado um velho protetor bucal da gaveta da sua escrivaninha, mas seu short de compressão estava pequeno demais e ele tinha jogado fora seu capacete de proteção.

— Duas voltas de aquecimento — ordenou Jurgens.

Alguns dos outros jogadores do time observaram o recém-chegado iniciar a corrida em ritmo moderado. Já haviam se passado trinta minutos da sessão de treino de duas horas e o time estava coberto de lama. Dylan tinha jogado com quase a metade daqueles garotos no sétimo ano, mas o restante viera de diferentes escolas preparatórias esse ano. Todos pareciam durões e o vento não era a única coisa que gelava a espinha de Dylan.

— Corra, Wilton, seu fracote preguiçoso! — gritou Jurgens, enquanto Dylan ofegava para fazer a segunda volta. — Já vi crianças do quarto ano mais rápidas que você.

Para enfatizar esse ponto, o sul-africano grandalhão pegou uma bola de rúgbi e a lançou por mais de vinte metros pelo ar, acertando bem no meio das costas de Dylan. O restante da equipe comemorou quando o garoto tropeçou para frente e, por pouco, não caiu. Ao final da segunda volta, Dylan arquejava e seus dedos dos pés doíam. Se ele sobrevivesse a esse pesadelo, a primeira coisa que faria depois de se limpar seria comprar todos os equipamentos protetores que encontrasse.

— Façam fila, garotos! — berrou Jurgens, enquanto o time de exatamente vinte e cinco fortões retornava correndo do treino de passes, respirando fundo e com bolas escorregadias enfiadas debaixo dos braços. — Você, não, Dylan. Fique de pé aqui do meu lado.

Dylan encarou seus novos colegas de equipe, arfando, com as mãos apoiadas nos joelhos.

Surge uma banda

– Este garoto tem talento – afirmou Jurgens para os outros, retirando o tabaco indiano moído do bolso da calça de Dylan e rasgando o papel em que estava embalado. – Quem jogou com ele no colégio preparatório deve se lembrar disso.

Dylan tomou um susto quando Jurgens espalhou seu tabaco pela grama e em seguida pisoteou tudo com as travas de sua chuteira tamanho quarenta e seis.

– Mas Dylan é um cara delicado que prefere fazer arranjos de flores ou aprender dança contemporânea – continuou Jurgens, com escárnio. – Ele me disse que não quer jogar rúgbi porque vocês são um bando de idiotas retardados.

Todos os garotos vaiaram e balançaram a cabeça, enquanto Jurgens dava um sorriso perverso. Dylan estava se borrando pra valer a essa altura, mas riu junto, na esperança de que seus colegas entendessem que aquilo era uma brincadeira.

– Então quero que vocês sejam muito gentis com nossa flor delicada, está bem?

Todos os garotos gritaram:

– Sim, chefe!

Punhos bateram em palmas e chuteiras pisotearam a lama. Dylan começava a se perguntar se Jurgens queria treiná-lo para voltar ao time, ou se só queria fazê-lo sofrer por ter tido a ousadia de abandonar a equipe dois anos atrás.

– Treinamento de *tackles*, um contra um! – bradou Jurgens. – McGregor, você começa com Wilton. – Então se virou para Dylan e falou mais baixo: – Suponho que você ainda se lembre de como se faz um contra um.

– Sim, senhor.

– Aqui no campo me chame de chefe.

Dylan assentiu de leve.

– Sim, *chefe*.

Guerra do Rock

A equipe formou pares a intervalos de dez metros em lados opostos do campo. Um contra um era um treinamento árduo, porém simples. Dois garotos ficavam em lados opostos do campo. O carregador tinha que levar a bola até o lado contrário, enquanto o outro tentaria pará-lo com um *tackle*. Depois de cada *tackle* bem-sucedido, o carregador se levantava, enquanto o jogador da defesa recuava até a linha lateral para outro ataque.

— Ei – disse Dylan, tentando ser cordial com McGregor, ao encontrarem um espaço perto do gol mais distante. — Você sabe que o que Jurgens falou sobre mim é mentira, não sabe?

McGregor estava com o protetor bucal e apenas grunhiu. Dylan achou reconfortante o fato de seu parceiro ruivo ser um dos menores da equipe, mas o garoto tinha braços e coxas enormes.

Dylan pegou uma bola da lama a caminho da linha lateral. No um contra um, a primeira corrida era a melhor chance que tinham de ir com a bola direto até o outro lado, porque a distância entre os jogadores era maior e dava para ganhar mais velocidade.

Após todos os pares estarem enfileirados, Jurgens foi até a linha intermediária e soprou o apito. Dylan investiu para frente, dando seu melhor apesar da dor nos dedos dos pés e da falta de fôlego depois das voltas que deu.

Ele olhou para a direita e notou que os outros garotos do seu lado do campo disparavam à frente. McGregor se aproximava numa velocidade impressionante, mostrando seu protetor bucal e mantendo os olhos semicerrados.

Quando eles estavam a dez metros de distância um do outro, Dylan deu um passe falso para a esquerda, mas McGregor não se deixou enganar. O *tackle* dele foi alto. Seus braços esmagaram a barriga de Dylan, soltando a bola. De algum modo, McGregor realizou mais uma façanha, deslocando de forma violenta o ombro do colega e erguendo os pés bem acima do chão. Uma dor percorreu seu lado direito quando caiu de costas no chão. Sua bochecha afundou numa poça de lama e espalhou água, que pingou em seu olho direito e respingou em sua boca.

– Ai, meu Deus – gemeu Dylan, lutando para respirar enquanto encarava o céu só com um olho e esfregava a lama do outro.

Ele já havia sido atingido por alguns *tackles* bem violentos, mas aquele tinha sido inacreditável.

McGregor riu ao oferecer a mão para ajudar Dylan a se levantar.

– Sentiu essa, hein?

10. Quando tudo acaba em pizza

A irmã mais velha de Michelle e um garoto do segundo ano do ensino médio chamado Jack colocaram o último cilindro de oxigênio no corredor apertado do apartamento de Summer.

– É mais eficiente do que qualquer exercício na academia – comentou Lucy, ofegante, enquanto limpava o suor da sobrancelha na manga do casaco escolar.

Summer saiu da cozinha segurando duas canecas de plástico.

– Desculpem, só tem suco de abóbora – falou ela. – Muito obrigada *mesmo*. Vocês não têm ideia de como eu estava estressada.

– Foi um prazer ajudar – respondeu Lucy, antes de tomar todo o suco em três goles. – Já passei de carro em frente a esses prédios um monte de vezes. Sempre me perguntei como seriam por dentro.

– É aconchegante – comentou Jack.

Ele tinha carregado dois cilindros de oxigênio por quatro andares sem reclamar e continuava concordando com tudo o que Lucy dizia. Suas intenções não poderiam ficar mais claras nem se ele escrevesse *estou desesperado pra ficar com Lucy* na própria testa.

Summer conferiu seu relógio de pulso.

– É melhor irmos andando.

O intervalo do almoço estava quase no fim, mas, contanto que o ônibus aparecesse, eles chegariam só dois minutos atrasados.

– Posso lavar as mãos? – pediu Jack, ao olhar para suas mãos escurecidas por alguma coisa que estava grudada embaixo de um cilindro de oxigênio.

– É logo ali – respondeu Summer, antes de abrir a porta atrás de si.

A campainha tocou assim que Jack trancou a porta do banheiro.

– Que estranho – disse Summer, seguindo para o hall. – Não recebemos muitas visitas aqui.

– Pizza – esclareceu Michelle, se espremendo ao passar por Lucy para abrir a porta. – Pedi enquanto Lucy e o escravo sexual dela subiam com o último cilindro.

Summer ficou em choque ao ver o entregador segurando duas caixas de pizza gigantes e uma garrafa de refrigerante. Ela se sentiu obrigada a pagar depois de Lucy, Michelle e Jack terem ajudado, mas tinha menos de dez libras em casa.

– Tome aqui e compre um creme para suas espinhas – falou Michelle ao entregador, lhe dando uma libra e fechando a porta em seguida com um chute.

– Você precisa de dinheiro? – perguntou Summer cautelosa.

– Não. – Michelle riu. – Usei o aplicativo da Domino's no celular da Lucy.

Lucy franziu a testa.

– Você está dizendo que essa conta saiu do *meu* cartão de débito?

– É você quem quer uma cantora – retrucou Michelle, enquanto todos seguiam o cheiro da pizza até a sala.

– Há quanto tempo você sabe a senha do meu celular? – perguntou Lucy irritada.

– 1994 – explicou Michelle. – A data de nascimento do Justin Bieber.

Jack voltou do banheiro secando as mãos molhadas na calça.

– Não sabia que você gostava do Justin Bieber, Lucy. Eu *amo* Justin Bieber.

Michelle começou a gargalhar alto enquanto Lucy encarava Jack como se ele tivesse vindo de outro planeta.

– Quando eu tinha *onze anos* – justificou Lucy. – Só mantive a mesma senha no celular.

Jack assentiu freneticamente.

– Eu sei, estou brincando... *é claro*.

– Cla*aaaaaaa*ro – repetiu Michelle.

Lucy esperou a irmã deixar as caixas de pizza na mesa de centro para puxá-la pela gola do casaco acolchoado e rosnar em seu ouvido:

– Você vai me pagar.

– Arranjei uma cantora pra gente, não foi? – retrucou Michelle.

– Que cheiro delicioso – comentou Eileen, abrindo um grande sorriso no momento em que Summer trazia uma pilha de pratos. – Pizza completa ou... Essa parece havaiana.

Summer foi outra vez à cozinha e retornou com várias canecas penduradas nos dedos.

– Infelizmente estamos sem copos.

Ela sorriu quando a avó mordeu avidamente uma fatia de pizza. Jack se aconchegou numa poltrona e as irmãs Wei sentaram-se no chão em volta da mesa de centro. O cômodo não era muito grande e Summer tinha que tomar cuidado ao se mexer, contornando as pernas esticadas de Jack para chegar até a mesa. Mas ela estava tão acostumada a ficar sozinha com a avó no apartamento que gostou de encontrar o lugar barulhento.

– Que luxo – comentou Eileen, enquanto um filete de queijo pendia de seus óculos. – Nunca tínhamos pedido pizza.

Jack parecia surpreso.

– Nunca mesmo?

Summer já estava com vergonha do seu apartamento pequeno e tosco, e o comentário da avó sobre a pizza fez com que ela se sentisse ainda mais como uma necessitada.

– É um pouco caro – ponderou Summer.

Um dos acompanhamentos era brownie de chocolate, e Michelle mergulhou de modo teatral um pedaço no molho de pimenta que vinha com a batata frita.

– Que nojo! – protestou Jack.

– Ignore-a – disse Lucy com firmeza. – Ela só faz isso pra chamar atenção.

Eileen fez um comentário, enquanto Michelle cutucava a irmã com a língua suja de brownie:

– Será bom para Summer cantar em uma banda. Ouvi dizer que ela foi muito bem em *Evita*.

– Você não assistiu? – perguntou Lucy.

– Aqui fica perigoso depois que anoitece – explicou Eileen. – E se o elevador quebra, fico presa do lado de fora a noite toda.

– Todo mundo disse que fui bem – admitiu Summer. – Mas eu estava *tão* nervosa... Fizemos três apresentações e a única coisa de que me lembro é de estar inclinada sobre a privada vomitando.

Jack falou de boca cheia:

– Minha mãe trabalha na secretaria de habitação. Talvez vocês consigam um apartamento no térreo.

– Estamos na lista de espera – falou Summer. – Supostamente perto do topo, mas disseram a mesma coisa dois anos atrás.

– Esse apartamento é tão autêntico – comentou Michelle, rindo. – Estou me sentindo como em um daqueles documentários sobre pobres.

Lucy se irritou e chutou a irmã debaixo da mesa. Summer sabia que Michelle dizia coisas só de brincadeira, mas já estava bastante constrangida sem precisar que lhe lembrasse de sua condição.

– Então, que tipo de música seu grupo toca? – perguntou Eileen, no momento em que Summer se deu conta de que também não tinha ideia da resposta.

– Thrash metal – respondeu Lucy, animada.

– O que é *thrash*, exatamente? – questionou a avó.

– É como heavy metal, só que mais alto e mais rápido – esclareceu Lucy. – Você já ouviu Metallica ou Slayer?

Eileen caiu na gargalhada.

– Prefiro algo como Cliff Richard e David Essex.

– Fizemos uma demo com três faixas – contou Lucy a Summer. – Se me adicionar no Facebook, mando por inbox pra você colocar no seu iPod.

– Hum... – disse Summer, envergonhada por não ter um iPod nem um computador para acessar o Facebook.

– O nome original da nossa banda era Alien Rape Machine – contou Michelle. – Mas convencemos nosso pai a nos levar a uma batalha de bandas e esse nome deixou ele louco, por isso mudamos para Industrial Scale Slaughter.

– Fui assisti-las – comentou Jack, lambendo os dedos. – É uma boa banda. Acabaram ficando em segundo lugar. Vocês deveriam participar de mais concursos. Ou tentar arranjar alguns *gigs*.

– Não conseguimos *gigs* sem uma vocalista, não é óbvio? – censurou Lucy. – Estaríamos fazendo isso se Grainne não tivesse voltado pra Irlanda.

– Agora que temos Summer devíamos pesquisar na internet as competições e eventos que estão acontecendo – ponderou Michelle.

– Ainda não fui a *nenhum* ensaio – protestou Summer, incrédula. – Vocês têm sido *muito* legais comigo e vou manter minha promessa de ir a um ensaio, mas vamos ver se vai rolar, certo?

Lucy fez uma cara feia para Michelle.

– *Não* pressione ela.

– Posso pegar a última fatia de havaiana? – perguntou Jack.

– Se não corrermos atrás, ninguém vai fazer pela gente – declarou Michelle. – Se eu não tivesse enchido o saco da Summer, nunca teríamos chegado até aqui.

– Espero de verdade que tudo dê certo – rogou Eileen. – Summer passa tempo demais aqui ocupada comigo, ela também precisa ter uma vida própria.

Summer ficou aliviada ao ouvir sua avó falar assim. Gostava da ideia de ter algo na vida além da escola e do apartamento sem graça, mas isso também a assustava. As irmãs Wei e Coco, sua parceira de banda, vinham de famílias ricas e já se conheciam bem. Será que alguém como Summer conseguiria se dar bem com elas?

11. Temos ignição

Havia fotos de Salman, Tristan e Jay, aos quatro anos, construindo castelos de areia na praia de Southend. Eram amigos desde o jardim de infância até o oitavo ano, mesmo brigando por tudo, de navios piratas de Playmobil a lutas mortíferas no PC.

O trio havia mantido uma rotina de quintas-feiras de jogos de duplas, artes, almoço, matemática e, por fim, ciências. Eles deveriam fazer um experimento para medir o ponto de ebulição de diferentes líquidos, mas a aula virou uma bagunça, dois béqueres quebraram e a sra. Voolt fez todos guardarem os equipamentos e copiarem os resultados dela do quadro-negro. Então a professora segurou a turma por dez minutos após o fim do horário, sentada em silêncio com os braços cruzados.

– Odeio aquela velha – resmungou Tristan, enquanto os alunos saíam. – Vocês querem ir pra minha casa jogar Xbox?

Os corredores estavam desertos por estarem saindo tarde.

– Vou, sim – disse Salman. – Mas só por uma hora, mais ou menos. Tenho um monte de dever das aulas que perdemos ontem.

– Fazer a gente compensar é sacanagem – reclamou Tristan. – Se nenhum de nós fizer nada, aposto que os professores nem vão lembrar.

Jay grunhiu, enquanto os três garotos seguiam lentamente pelo corredor.

– Se não compensarmos as aulas, nunca mais nos darão folga pra participarmos de outra competição.

– A competição foi toda armada, de qualquer jeito – argumentou Tristan. – Então, vocês vêm comigo jogar Xbox ou não?

Jay negou com a cabeça.

– Quero passar lá em cima para ver se consigo falar com a sra. Hinde sobre aquele projeto do mural.

Salman riu.

– Você não vai realmente se envolver nessa pintura da escola, vai? É *tão* tosco.

– É muita frescura – concordou Tristan. – Você nem é bom em artes. Ela só está aceitando qualquer pessoa porque ninguém quer fazer isso.

– Só quero mais informações – falou Jay. – Vejo vocês amanhã.

– Quanto tempo você vai demorar? – perguntou Salman. – Podemos esperar se forem só alguns minutos.

– Não gosto de Xbox, de qualquer jeito – comentou Jay, levantando um braço e fingindo cheirar a axila. – Quero ir pra casa tomar um banho. Sou péssimo em jogos e tenho umas dez horas de dever de casa acumulado.

– Então, dane-se. Você é sempre do contra.

Jay subiu a escada para a sala de artes. Ele não tinha nenhuma intenção de pintar mural algum e esperou dois minutos até que Salman e Tristan tivessem ido embora antes de dar meia-volta rumo ao bloco de música. O caminho mais curto era atravessando o pátio, mas seus amigos podiam ter parado para conversar ou algo do tipo, então ele optou por um trajeto diferente por dentro da escola.

Ele se sentiu culpado por ter mentido para seus dois melhores amigos. Imerso em pensamentos, Jay ignorou os berros ao longe e virou uma esquina, esbarrando em um grupo de garotos pirados do primeiro ano do ensino médio. Duas garotas agitadas e um menino gorducho observavam dois caras durões colocarem um garoto falastrão do oitavo ano chamado Wallace contra a parede. Seu rosto estava bem vermelho depois de ter apanhado e ele tentava conter o choro.

– Se você falar com ela desse jeito outra vez... – avisou um dos valentões, enquanto entortava para trás os dedos de Wallace. Então, ele agarrou a cabeça de Wallace e mostrou para uma das garotas. – Mel, você quer vir aqui dar um tapa nele?

Jay ficou paralisado, sabendo que tinha caído de paraquedas naquela situação. Não conseguiria continuar andando porque os brutamontes estavam no meio do caminho. Viraria um alvo se ficasse ali olhando, mas, se desse meia-volta, poderiam achar que ele estava indo atrás de ajuda.

– O que você está olhando? – sibilou o garoto gordo, andando em direção a Jay.

Mel deu um tapa forte no rosto de Wallace, então o valentão ergueu o joelho do garoto até a altura da barriga e o deixou cair no chão, fazendo um baita barulho.

Jay pensou depressa. Ele conseguiria correr mais rápido que o gorducho, mas não que os outros dois. E para caras como aqueles, correr era sinal de culpa. Jay não calculou as chances que tinha, mas a lábia era sua melhor chance de uma fuga livre de dor.

– Perguntei o que você está olhando! – berrou o gorducho.

Jay apontou para uma porta no fim do corredor e tentou soar calmo enquanto Wallace fungava.

– Só estou indo para a sala de música, cara.

– Você conhece esse babaca? – questionou o gorducho, apontando para Wallace enquanto os valentões abriam a mochila do garoto e a esvaziavam.

– Nós dois somos do oitavo ano, mas não o conheço – argumentou Jay, enquanto o gorducho chegava tão perto a ponto de ele conseguir sentir o cheiro do seu gel de cabelo e bafo.

– Tem algum dinheiro? – perguntou o gorducho.

Uma mão se ergueu na direção de Jay, agarrando sua gravata e esmagando-o na parede.

– Tenho trinta centavos – disse Jay. – Pode pegar, não vou falar nada, juro.

— Você acha que eu quero trinta centavos? — retrucou o gorducho com uma careta de desprezo, erguendo Jay no ar. — Está me chamando de pobre?

— Não quis ofender — falou Jay se rebaixando, olhando desesperado de cima a baixo para o corredor.

Os dois brutamontes estavam se aproximando, enquanto Wallace corria para pegar seus livros e seu uniforme de educação física do chão. Não havia nenhum funcionário por perto e Jay estava perdendo as esperanças: a melhor hipótese agora parecia ser uns tapas e um aviso para ficar de boca calada. O pior desfecho ele nem tinha coragem de imaginar.

— O que vocês acham? — perguntou o gorducho aos outros garotos.

— Calma aí, gente — implorou Jay. — Que bem isso vai fazer?

A garota que não era Mel gostou de ver Jay se humilhando.

— Ouçam a voz dele — comentou ela. — Está se *mijando*.

— Meu pau pesa mais do que esse esquelético. — O gorducho caiu na gargalhada.

Mel se virou para Jay.

— Já vi você trabalhando na lanchonete perto dos nossos prédios, não vi?

— Sim — gemeu Jay, e o peso do seu corpo pendia dolorosamente de sua gravata.

— Você o quê? — perguntou um dos grandalhões desesperado, dando um empurrão no gorducho. — Merda!

— Paul, solta ele! — berrou o outro.

Os pés de Jay tocaram o chão e ele tossiu para aliviar a garganta enquanto o gorducho se afastava tropeçando.

— Por que você me empurrou? — exigiu saber o gorducho.

Os brutamontes o ignoraram, olhando preocupados para Jay.

— Você é irmão do Adam e do Theo, não é? — perguntou um deles.

O gorducho finalmente entendeu e pareceu aflito.

– Theo *Richardson*?

– Aquele que foi expulso por ter quebrado uma janela ao jogar um cara de cabeça nela? – perguntou Mel.

Os dois valentões e o garoto gorducho cercaram Jay, mas, em vez de parecerem assustadores, estavam ansiosos para agradá-lo.

– Desculpe aí, baixinho – falou o gorducho, dando tapinhas no ombro de Jay. – Não quis desrespeitar você. Não sabia quem você era.

– Nós agradeceríamos muito se esse mal-entendido não chegasse ao Theo – pediu um dos brutamontes, se rebaixando.

Jay tentou não sorrir ao ajeitar a camisa e a gravata.

Adam e Theo, seus irmãos mais velhos, tinham uma tremenda reputação. Adam, na verdade, era bastante inofensivo, mas Theo, de dezesseis anos, havia sido expulso de quatro escolas, tinha ganhado uma dúzia de cinturões de boxe e passado dois meses em um reformatório para menores infratores depois que um grupo de sua academia jogou um caminhão de sorvete, inclusive com o motorista dentro, numa lagoa com patos.

– Nós sentimos muito, cara – acrescentou o valentão que estava mais afastado. – Não tínhamos intenção de desrespeitar. Você precisa de alguma coisa? Acho que soltamos um botão da sua camisa.

– Qual é o seu tamanho? – perguntou o gorducho. – Podemos arranjar uma camisa nova. Ou dar o dinheiro pra você comprar uma.

É provável que Theo só morresse de rir se visse dois caras do primeiro ano estapeando Jay por aí. Por isso ele não queria testar sua sorte, mas também não gostou do que tinha visto acontecer com Wallace.

– Esqueçam minha camisa – disse Jay. – Mas Wallace é inofensivo. Podem dar um tapa nele se desrespeitar sua garota, mas não o espanquem desse jeito.

Os três jovens balançaram a cabeça concordando.

– Certo, certo – disse o gorducho.

— Agora quero seguir para a sala de música. E estamos numa boa, ok? Acho que Theo já tem inimigos suficientes sem precisar se preocupar com vocês.

— Nós agradecemos — comentou um dos brutamontes. — Você é o cara!

Jay suspirou de alívio ao colocar a mochila no ombro e seguir em frente. Vir de uma grande família de lunáticos já havia lhe causado todo tipo de problema — desde não ter dinheiro até ter professores presumindo que você é maluco —, portanto foi uma sensação boa quando seus laços familiares o livraram de um problema, para variar.

As portas vaivém no final do corredor revelaram um pôr do sol cinzento. A silhueta corcunda de Wallace mancava por um gramado cinquenta metros à frente. Jay pensou em alcançá-lo e verificar se estava bem, mas os dois nunca tinham trocado mais que duas palavras e o menino ficaria envergonhado, por isso Jay seguiu na outra direção, para a sala de música.

A escola tinha uma dúzia de salinhas de ensaio, com portas que davam diretamente para um pátio pavimentado com traves montadas numa das laterais. Jay olhou dentro de cada sala ao passar, cumprimentando o sr. Currie, que ensinava teclado para um grupo do sétimo ano. Em algumas das salas ocorriam aulas individuais de música, poucas estavam com as luzes apagadas e duas tinham sido reservadas por grupos ou para ensaios individuais.

Jay achou que tinha entendido errado o cronograma de ensaios quando chegou à última sala e encontrou as luzes acesas, mas ninguém na bateria. Então um garoto surgiu diante da janelinha, fazendo Jay dar um pulo quando seus olhos se encontraram através do vidro a uma distância de menos de vinte centímetros.

Babatunde Okuma tinha uma pele extremamente escura e usava óculos estilo aviador com aros dourados e lentes esverdeadas. Ele vestia um casaco preto por cima da camisa e gravata, com o capuz apertado em volta da cabeça. Tinha a altura de Jay, mas seu tórax era três vezes mais largo.

– Desculpe, sala errada – disse Jay, sorrindo debilmente antes de sair correndo.

Não havia para onde ir, exceto debaixo de um pequeno toldo com dutos de metal que espalhavam o cheiro de comida rançosa que vinha dos fundos das cozinhas da escola.

Um turbilhão de coisas passava pela cabeça de Jay enquanto ele continuava imóvel ali. Por que tinha amarelado ao ver Babatunde? Em parte porque o garoto parecia bastante ameaçador, mas ele também não gostava muito da ideia de procurar um novo baterista.

Tristan *era* péssimo. Mas o que importava mais: a qualidade da música do Brontobyte ou sua amizade de nove anos?

O objetivo de vida de Jay era tocar numa banda e ganhar a vida como roqueiro. Isso era um sonho, mas ter amigos como Tristan e Salman era o que tornava suportável a vida na escola. Alguém com quem conversar, fazer os deveres, fazer companhia na hora do almoço e não ser o pobre solitário que é maltratado pelos caras maus.

Jay deu três passos em direção à sua casa antes do som da bateria começar. Era alto, mesmo as salas de ensaio sendo à prova de som. Qualquer um com dez dedos pode tocar guitarra ou teclado, mas a bateria também requer um elemento físico. A pessoa precisa de força para bater com vontade e resistência e continuar durante as duas horas de uma *jam session* ou *gig*.

Atraído pelo som, Jay correu de volta para o vidro. Babatunde estava na bateria que Tristan havia tocado na competição do dia anterior, mas soava um milhão de vezes melhor. Sentado de lado para a janelinha, ele não fazia ideia de que Jay o observava enquanto seus braços se agitavam com vigor e sua cabeça balançava da esquerda para a direita. Suor escorria de sua sobrancelha e seus óculos de sol grandalhões escorregavam para a ponta do nariz.

Ao abrir a porta, o barulho atingiu em cheio os ouvidos de Jay. Babatunde não era apenas bom, ele era *épico*. Qualquer pessoa razoável ia querer ter esse cara na banda. Jay ficou parado no canto da sala por um minuto inteiro até que o baterista olhou em volta.

Quando Babatunde viu que tinha companhia, se exibiu rodopiando as baquetas entre os dedos sem perder o ritmo, então as jogou no chão e tocou só com as mãos.

Os ouvidos de Jay zumbiram no instante em que o barulho parou. Babatunde tirou o capuz, revelando rastros de suor escorrendo por seu cabelo bem curto. Depois de virar o banco em direção a Jay, empurrou os óculos de volta para o lugar e franziu a testa.

Ele parecia um ditador militar louco e Jay suspeitava de que estava prestes a ser morto por interromper seu ensaio, mas Babatunde ergueu uma sobrancelha maliciosamente.

— Então, você resolveu voltar — disse ele, com uma voz tão forte quanto seus enormes braços.

Jay estava bem nervoso.

— Eu só... só estava passando. Ouvi você tocar e precisei entrar para escutar. Não tive a intenção de interromper. Você é um baterista sinistro.

— Obrigado, Jay — agradeceu Babatunde, meneando a cabeça.

— Como você sabe meu nome?

— O sr. Currie disse que talvez você aparecesse pra me ouvir tocar.

— Você já tocou em alguma banda? — perguntou Jay.

— Em algumas — respondeu Babatunde. — Mas nunca levavam a coisa a sério. Era só pra se exibir e tentar impressionar as garotas, então saí. Meu negócio é a música.

Jay sorriu, sentindo que havia encontrado uma alma gêmea.

— Sei *exatamente* o que você quer dizer. Tem um monte de *posers* por aí, mas tocar numa banda é a única coisa que eu sempre quis fazer. Não consigo imaginar o que farei da vida se isso não der certo.

— Nem eu – concordou Babatunde, ao se inclinar para frente a fim de pegar as baquetas. – Sua banda é a Brontosaurus, não é? Ouvi dizer que vocês são muito bons.

— Bronto*byte* – corrigiu Jay. – Nem pergunte o motivo, esse nome é uma droga. Salman, nosso cantor, tem uma voz esquisita, mas da qual eu gosto de verdade. Temos um baixista chamado Alfie, um baixinho do sétimo ano que arrebenta. Quero acreditar que sou um guitarrista bastante decente. O único problema é que nosso baterista Tristan soa como um bêbado caindo em latas de lixo de metal.

— Então Tristan está levando um pé na bunda?

Jay parecia constrangido.

— Ele é meu amigo. Sabe um pouco de canto e de teclado. Eu gostaria de encontrar um jeito de mantê-lo na banda, mas tirando ele do banco da bateria. Você está interessado?

— Com certeza – concordou Babatunde. – Eu teria que conhecer suas músicas, mas, se combinarem comigo, assumo o posto.

Jay pegou um telefone Android sofisticado do blazer.

— Tenho que contar isso com jeitinho para os outros – explicou. – Você se importa se eu gravar um vídeo curto de você tocando bateria? O microfone do celular não é lá essas coisas, mas eles vão conseguir ver sua habilidade.

12. Performance vergonhosa

Em Yellowcote os internos tinham permissão para usar roupas casuais fora do horário escolar. Dylan ficava bem estiloso com tênis Vans, calça larga e uma camisa polo listrada da Abercrombie, mas as roupas legais não conseguiam esconder os problemas que o atormentavam. Ele se sentia um zumbi ao se arrastar até a sala de música, com um lábio cortado, o pescoço dolorido, os músculos do abdome lesionados e enormes cortes do formato de travas de chuteira na panturrilha direita.

– O que o traz aqui? – perguntou a srta. Hudson animada, quando Dylan a encontrou no corredor do lado de fora da sala dela, enfiando folhas amarelo-claras na fotocopiadora.

Hudson era a coordenadora de música. Tinha quase quarenta anos, mas estava bem-conservada. Ela possuía cabelo comprido e frisado e braços cobertos de pulseiras prateadas. Sempre andava por aí descalça, e Dylan – assim como outros cem adolescentes excitados e ávidos por garotas da mesma idade que eles – tinha uma quedinha por ela.

– Você se importa se conversarmos um minutinho? – pediu o garoto, tentando conquistar alguma simpatia por parecer carente e deprimido, enquanto competia com o barulho da copiadora.

Hudson parecia desconfiada.

– Sobre o quê?

– Quero voltar para o programa de música – explicou ele. – Eu *amo* música. De algum modo, minha vida não parece completa sem ela.

Performance vergonhosa

– É mesmo? – disse Hudson, esboçando um leve sorriso. – Acontece, Dylan, que já lhe dei todas as chances de continuar na orquestra. Você recebeu incontáveis advertências informais sobre seu comportamento durante o horário de aula. Em duas ocasiões me sentei com você na minha sala para discutir sua atitude.

Dylan concordou com a cabeça de modo solene.

– Professora, eu sei que não dei duro e fui relapso nos ensaios da orquestra. Mas sua expulsão realmente me fez mudar de postura. Juro que se me deixar voltar, vou me esforçar *muito* e nunca mais vou enrolar nem ser insolente.

A copiadora tinha terminado o trabalho. A srta. Hudson pegou as folhas amarelas ainda quentes e se virou para sua sala, fazendo sinal para Dylan segui-la.

– Feche a porta – disse ela com firmeza.

Havia pilhas de papéis de cores distintas em cima da mesa da professora e ela começou a pegar uma de cada cor e grampear todas.

– Dylan, você teve sua segunda chance. E sua terceira, quarta, quinta e provavelmente sexta. Você é um músico talentoso, mas, sinceramente, é muito preguiçoso. Caso não tenha notado, essa escola investe muito mais nos esportes do que neste departamento. Preciso concentrar o investimento que tenho nos músicos que fazem bom uso de seus talentos, em vez de desperdiçá-lo.

– Mas, professora – insistiu Dylan, suplicante, antes que a professora o interrompesse.

– Se quiser ser considerado para readmissão no programa de música, você pode se candidatar como todo mundo, no início do próximo semestre.

– Ei, espere aí – contestou Dylan. – Música é minha vida.

– Bem, não é o que parece pelo seu comportamento nos últimos dois semestres. – A professora riu.

– Não sou tão ruim assim, sou? – questionou Dylan, implorando com os olhos arregalados.

– Suponho que seu súbito entusiasmo pela orquestra da escola não tem nada a ver com a conversa que eu tive com o Jurgens na sala de professores hoje de manhã.

Dylan ficou surpreso ao se dar conta de que ela estivera zombando dele o tempo todo.

– Piet me disse que você foi um excelente jogador de rúgbi no sétimo ano – revelou ela. – É quase como se você tivesse decidido se especializar em desperdiçar seus talentos.

– Certo – concordou Dylan. – Admito que estou *desesperado* para sair do rúgbi. É lamacento e o frio é de congelar. Não jogo há dois anos, por isso estou fora de forma, mas os outros jogadores do time adoram me lembrar disso com suas chuteiras de travas de metal. Não entendo como pode ser contra a lei um professor me acertar com um cinto ou um bastão, mas ninguém dar a mínima se Jurgens me manda praticar um esporte em que um maluco pode me jogar na lama e dançar na minha cabeça.

A professora entendia o ponto de vista de Dylan, mas isso não a fez mudar de opinião.

– Dylan, não fico contente com o fato de Jurgens estar fazendo você jogar rúgbi, mas alertei você uma dúzia de vezes. Cavou sua própria cova.

– Estou implorando, professora – insistiu Dylan, juntando as mãos como se fosse rezar. – Faço *qualquer* coisa. Limpo o chão. Preparo seu café. Tiro cópias para você, arrumo, aspiro, lavo seu carro, faço suas tarefas, venero o chão que você pisa. Você *tem* que me salvar. Sou músico, e não um aríete.

– Dylan – começou a professora com firmeza, contendo um sorrisinho enquanto continuava a separar e grampear as folhas coloridas. – Se eu deixar você voltar à orquestra depois de tê-lo expulsado, eu perderei o respeito dos outros membros. O sr. Jurgens também não ficaria feliz.

Dylan suspirou, mas então sorriu ao ter outra ideia.

Performance vergonhosa

– Você não ganha muito como professora, não é?

A srta. Hudson pareceu perplexa.

– Acho que meu salário não é da sua conta.

– Posso conseguir fácil dez mil com o meu pai – afirmou Dylan. – Ele é rico. Nunca vai notar. Pense nisso. Você poderia comprar um carro novo, ou dar um jeito na sua casa. Tudo o que você tem que fazer pra ganhar dez mil é me tirar do time de rúgbi.

A professora caiu na gargalhada.

– Você está tentando me subornar?

– Não estou brincando – garantiu Dylan. – Consigo arranjar dez mil com facilidade.

– Eu seria demitida e você, expulso. E se eu mencionasse o que acabou de sugerir para alguém da coordenação você estaria *seriamente* encrencado.

– Mais do que ser pisoteado por uma chuteira tamanho quarenta e dois?

– Dylan, pare de ser tão melodramático. Você só está falando de alguns jogos de rúgbi. Até parece que o seu professor vai acorrentá-lo e derramar óleo fervente em você.

Dylan cerrou os dentes em frustração.

– Tem que haver *algo* que você queira, ou alguma coisa que eu possa fazer por você.

A srta. Hudson suspirou.

– A única coisa que quero agora é que saia desta sala. Você está sendo ridículo.

– Então vou me matar – disse Dylan desesperado.

– Não estou achando graça nenhuma – respondeu ela, pondo as mãos na cintura. – Já tive que lidar com alunos deprimidos e suicidas, e isso não é algo com que devia brincar. Além disso, se você for um suicida, vai precisar do orientador da escola, não do departamento de música.

— Você acha que pode dar certo? — perguntou Dylan num tom sério.

A professora finalmente perdeu a paciência e ergueu a voz:

— Dylan, saia daqui! Tenho um milhão de coisas para fazer. Tenho uma reunião de pais na sexta-feira à noite, um concerto daqui a duas semanas, perdemos uma tuba e meu filho de cinco anos vai a uma festa no sábado.

— Eu poderia ajudar com tudo isso se você deixasse — argumentou Dylan.

— Caia fora! — berrou a srta. Hudson apontando para a porta. — Não quero ver um fio do seu cabelo descolorido até o próximo semestre.

Ela esbarrou em várias folhas que estavam empilhadas, fazendo o restante delas cair da beira da mesa e se espalhar no chão. Dylan se ajoelhou e começou a catar.

— Eu faço isso — rosnou a professora.

Dylan finalmente entendeu o recado e se afastou. Suas coxas doíam e, quando ele se apoiou na escrivaninha para se levantar, a srta. Hudson viu uma mancha escura na parte de trás da calça jeans dele.

— Isso é sangue? — perguntou ela, esticando o pescoço.

Dylan olhou para trás e notou que o sangue havia ensopado sua calça no local em que ele havia sido atingido com as travas da chuteira.

— Você deveria ir à enfermaria — sugeriu a professora.

Dylan puxou a calça, revelando parcialmente uma casca de ferida e rastros de sangue escorrendo até a meia, deixando-a ensopada.

— O sr. Jurgens acha que é só um arranhão.

A professora sentiu uma pontada de compaixão.

— Vá logo e peça para darem uma olhada nessa perna — repetiu ela, e suspirou em seguida. — Você vai ter que aguentar o treinamento de rúgbi por enquanto, mas verei o que posso fazer quando começar o próximo semestre.

13. Wei e Wei

Summer nunca havia prestado muita atenção ao prédio abobadado de tijolos localizado em frente à escola, espremido entre uma concessionária Nissan e uma loja de tapetes fechada com tábuas pregadas na entrada. Por fora era sem graça, e esculpido na fachada de calcário, estava o nome *Dudley to Stourbridge Tram Corporation*, uma companhia de transporte que falira havia muito tempo. A única pista de seu uso atual era uma placa fixada na porta de entrada, onde estava escrito *Wei & Wei Arquitetos RIBA*.

Summer ficou pasma com o amplo espaço, quando Lucy a conduziu para dentro. Claraboias haviam sido abertas no teto arqueado do antigo galpão de bondes. As duas dúzias de funcionários da Wei & Wei trabalhavam em Macs de telas grandes, em meio a móveis de escritório modernos, divididos entre o térreo com piso de paralelepípedos e um moderno guindaste de ponte amarelo que corria pelos dois lados.

Lucy, Michelle e Coco guiaram Summer por uma enorme mesa de reunião de madeira, que ficava sob a claraboia principal, cercada por modelos arquitetônicos.

– Olá, meninas! – cumprimentou um homem asiático, beijando uma filha de cada vez. – Que bom vê-la novamente, Coco.

O sr. Wei era como o pai dos sonhos: alto, aparentemente saudável sem ser muito assustador, e se vestia bem com mocassins feitos à mão, calça cáqui e uma camisa listrada com as mangas enroladas.

Summer não entendia nada de relógios, mas o cronógrafo em seu braço devia custar uma fortuna.

– Essa é Summer – disse Lucy, com os dedos cruzados. – Ela tem uma ótima voz e a gente espera que seja nossa cantora.

– Elas procuram uma cantora desde o Natal passado – comentou o sr. Wei, ao esticar o braço para apertar a mão de Summer. – Pode me chamar de Lee.

Summer estava levemente atônita.

– Eu não fazia ideia de que esse lugar ficava tão perto da nossa escola. Tudo aqui em volta é tão tosco.

– Você gosta? – perguntou o sr. Wei, sorrindo.

Summer concordou com a cabeça. Ela não sabia muito bem o que devia dizer a um arquiteto, então, finalmente decidiu falar:

– Algum dos seus prédios é famoso?

O homem ergueu a mão para os modelos nas mesas em volta.

– Não há muita demanda por museus e arranha-céus aqui em *West Midlands*. Nós ganhamos a vida fazendo centros comerciais, áreas de lazer, esse tipo de coisa.

– Você e o tio Mike receberam aquele prêmio pelas casas ecológicas – ressaltou Lucy.

– É prático estar tão perto da nossa escola – comentou Summer.

O sr. Wei riu e apontou para Michelle.

– É mesmo, ainda mais se considerarmos as inúmeras vezes que tenho ido conversar com os professores desta madame aqui.

– Estou oficialmente entediada – declarou Michelle, puxando o braço de Summer. – Vamos fazer um pouco de barulho.

– Prazer em conhecê-lo – concluiu Summer, ao se afastarem. Em seguida, ela se virou para Lucy. – Vocês moram aqui?

– Você vai ver num segundo – respondeu Lucy.

Os fundos do galpão reformado davam para um gramado alto com sulcos formados pelos antigos trilhos do bonde. Passando por esse local, havia um estacionamento e uma fileira de casas modernas com grandes varandas envidraçadas e telhados verdes.

Pareciam cenários de fotos de revista, o que deixou Summer ainda mais paranoica com a ideia de nunca se enturmar.

Para a surpresa de Summer, elas não seguiram até as casas, e sim na direção de um galpão estreito, projetado para comportar um bonde de dois andares.

– Esse é o fosso – explicou Lucy enquanto as meninas entravam num espaço bastante iluminado.

Dois funcionários bebendo café se sentavam numa mesa de jantar comprida. Ao fundo, havia uma mesa de sinuca com feltro roxo e junto à parede lateral tinha máquinas de café e geladeiras com portas de vidro cheias de água, Coca-Cola e suco.

– Tem uma cozinha no fundo – revelou Lucy. – Eles preparam um belo almoço para toda a equipe. Nossa mãe não sabe cozinhar, então também comemos com frequência aqui.

Summer sorriu.

– Seu pai deve ser um ótimo chefe. Trabalhar aqui só pode ser muito legal.

– É uma armação – resmungou Michelle. – Ele gasta uma grana com um escritório estiloso e almoço grátis. Em troca, arranja robôs trabalhadores que ganham uma miséria por um expediente de doze horas.

As quatro garotas chegaram ao topo de uma escadaria estreita de pedra e seguiram para o porão. Só Coco teve que se agachar por causa da placa *Cuidado com a cabeça*.

Enquanto acendia os interruptores de luzes, Lucy explicou a Summer:

– Esse era o fosso de inspeção. Antes não havia andar de cima. Os bondes eram trazidos para cá e os mecânicos vinham aqui para baixo fazer reparos e coisas do tipo.

Summer sorriu quando uma fileira de holofotes iluminou um espaço comprido com menos de três metros de largura. O fosso tinha um chão de borracha e paredes de tijolos cobertas de pôsteres de música emoldurados. A bateria de Lucy estava montada, junto das guitarras, dos amplificadores, dos dois teclados Yamaha e de uma mesa de mixagem conectada a um iMac. Havia dúzias de pufes espalhados e vários CDs, roupas, revistas e garrafas vazias.

– Esse lugar é o máximo. – Summer sorriu, mal conseguindo acreditar em como algumas crianças eram sortudas.

Michelle tinha ido direto para o fundo e ligou o iTunes para tocar uma música do Sonic Youth. O computador estava ligado a um amplificador poderoso e a monitores de estúdio, tornando o som ensurdecedor.

– Desligue isso! – gritou Lucy, jogando uma almofada na cabeça da irmã.

– Estou entrando no clima! – berrou Michelle.

Coco foi a última a descer, porque tinha parado para pegar algumas garrafas de bebida na geladeira.

Michelle baixou o volume do Sonic Youth até deixá-lo como música de fundo, enquanto Summer tirava a mochila e se jogava num pufe de couro.

– Temos trabalhado em várias canções – explicou Lucy, entregando-lhe uma pilha de páginas de letras de música. – A maioria é cover, mas também temos algumas coisas nossas. Não sei exatamente qual é o melhor jeito de fazer isso. No geral, nós só meio que paramos, recomeçamos e gritamos umas com as outras até alguma coisa dar certo. Funciona pra você?

Summer fez que sim com a cabeça ao abrir uma garrafa de água com gás. Houve um chiado e a água espirrou na mão dela, molhando as páginas de letras de música.

– Droga... Desculpe.

Michelle foi ajudá-la, secando as páginas com uma camiseta descartada por alguém. Quando devolveu os papéis, fez questão de deixar a letra de uma música chamada "Ursos, motos, morcegos e sexo" por cima.

– Acho que devíamos começar com essa aqui – afirmou Michelle.
Summer riu enquanto lia a letra:

> Ursos, motos, morcegos e sexo
> Sonhando em minha cama,
> Com um garoto chamado Mike,
> Ele tem uma motobike.
>
> Na escuridão,
> Eu caio na mão,
> Com um urso-polar,
> Lá fora vai congelar.
>
> Morcegos negros por todo lado,
> Enquanto sigo sonhando,
> Mike o dia salvando,
> Deixo ele continuando.
>
> Ursos, motos, morcegos e sexo
> Sonhando em acordar,
> A alvorada a me despertar,
> Preciso levantar e mijar.
>
> Quando chego à escola,
> Descubro que Mike é real,
> Ele está na minha aula de física,
> Mas é um boçal.

Summer olhou para Michelle.

– Você escreveu isso?

– Como é que você sabe?

– Foi um palpite – respondeu Summer, sorrindo enquanto Coco ligava os amplificadores de guitarra, os quais preenchiam o ar com um leve zumbido.

– É uma canção meio rápida – explicou Lucy, ao se sentar atrás da bateria e começar a cuspir as palavras: – *Ursos, motos, morcegos e sexo. Sonhando em minha cama. Com um garoto chamado Mike. Ele tem uma motocicleta.* Tente deixar bem pesado e expressivo.

– Que tal se eu tentar só colocar as palavras no lugar certo pra começar? – sugeriu Summer ao se dar conta de que teria sido mais fácil se tivessem começado com uma música que ela já conhecia.

Coco se aproximou com um violão e sentou-se no pufe ao lado.

– Posso tocar a música algumas vezes pra você pegar a melodia.

– Ok – concordou Summer, então cantou alguns versos apenas para aquecer as cordas vocais: – *I'm on the top of the world. I'm on the top of the world.*

O timbre exuberante dela preencheu aquele espaço apertado. Summer ficou constrangida quando Lucy e Michelle sorriram uma para a outra.

– O que eu fiz de errado? – perguntou Summer.

– Nada. – Lucy riu. – É só que quando eu tento cantar assim soa horrível. Você abre a boca e é como se, sei lá...

Coco terminou a frase de Lucy:

– Fosse *angelical* ou algo assim.

– Exatamente – concordou Lucy, assentindo.

Summer tapou o rosto com as mãos.

– Não consigo cantar se vocês me deixarem com vergonha.

Coco batucou um ritmo na lateral do violão e começou a música.

– Espere aí! – gritou Michelle, ao se sentar diante do computador e clicar freneticamente o mouse. – Quero capturar o momento: os primeiros sons produzidos pelo Industrial Scale Slaughter com a formação que vai vender dez bilhões de CDs.

– Por que tão poucos? – Coco gargalhou, enquanto Summer estudava a letra.

Coco tocou e Summer começou a cantar. Ela tentou cantar depressa e com agressividade, da forma que Lucy tinha pedido, mas soou péssimo com o violão em vez da banda completa. Depois de um verso, Summer recuperou seu jeito normal de cantar. Com o andamento acelerado, levava menos de noventa segundos para passar por aqueles cinco versos curtos.

– E aí? – perguntou Summer, nervosa, olhando para as outras.

Palmas lentas vieram do alto da escadaria enquanto o sr. Wei descia os degraus.

– Incrível – disse ele. – Acho que vocês encontraram a cantora.

Então ele se agachou quando o tênis de Michelle passou voando por cima da cabeça dele.

– Caia fora do nosso fosso, seu enxerido!

– Do que você me chamou? – berrou o pai. Mas como ele estava sorrindo, deu para notar que não estava realmente bravo quando pulou em um pufe e agarrou o tornozelo de Michelle. – Se me lembro bem, certa garotinha sente muitas cócegas nessa região.

O sr. Wei passou as unhas pela sola do pé da filha, fazendo o corpo inteiro da garota tremer.

– Pai, não! – implorou Michelle.

Mas ele não conseguiu resistir a mais uma rodada de cócegas, até que soltou a filha e saltou, em seguida, como se fosse atacar as costelas dela.

Lucy e Coco riram enquanto Michelle afundava num pufe para que seu pai não conseguisse alcançá-la. Summer bebeu um pouco de água, jogou a cabeça para trás e se sentiu feliz. Era a porta para um novo mundo se abrindo para ela.

14. Incidente de cutelaria

Dylan estava comendo cordeiro com curry no refeitório de Yellowcote. Ele sempre se sentava no mesmo lugar perto da janela, o mais longe possível das vozes agudas do colégio preparatório na sala ao lado. Ed costumava se sentar com ele, mas não estava por perto, então Dylan ouvia o álbum *Unplugged* do Nirvana em seu iPhone quando um garoto chamado Owen se aproximou e lhe estendeu a mão.

Dylan o cumprimentou, percebendo o peso da mão e o fato de ter metade de um campo de rúgbi debaixo daquelas unhas.

– Bem-vindo de volta ao time – disse Owen, tentando soar particularmente amigável enquanto Dylan tirava os fones de ouvido. – Jurgens faz um treino bem puxado, não é? Desculpe por ter pisado na parte de trás da sua perna.

– Nem notei que tinha sido você – respondeu Dylan, dando de ombros. – Eu estava com a cara enfiada numa poça naquela hora.

– Nosso time foi muito mal esse ano – contou Owen. – Jogamos doze, perdemos sete. Temos um monte de caras grandes, mas nenhum jogador talentoso. Fiquei de olho em você hoje. Você é fraco e está fora de forma, mas mostrou que pode ser brilhante. Consigo entender porque Jurgens está determinado a trazer você de volta. Um jogador criativo assim poderia virar os jogos a nosso favor.

Dylan riu.

– Sou especialmente criativo quando alguém do seu tamanho está tentando me triturar.

Incidente de cutelaria

Owen não teve certeza se tinha sido um insulto. Ele processou por alguns segundos antes de continuar:

– Vim aqui porque eu e os caras vamos para a sala de musculação às sete horas. Geralmente nos divertimos lá e você precisa *mesmo* ficar um pouco mais sarado e queimar essa gordura acumulada.

– Sou muito apegado à minha gordura acumulada – retrucou Dylan balançando a cabeça e mordendo o último cubo de carne do garfo. – Além disso, mal consigo andar.

Owen levantou a camisa até o queixo, mostrando o abdome sarado e seus grandes músculos peitorais.

– Você precisa ficar forte como eu – aconselhou Owen. – Não cresci quase nada em um ano, mas ganhei dez quilos de músculos. É como uma armadura. Nós competimos numa liga difícil. Todo mundo está levantando peso. Eles vão acabar com você no começo da partida. Se notarem alguma fraqueza, vão arrebentar você toda vez que tiverem uma chance.

Dylan estava lentamente se conformando com a ideia de jogar rúgbi. Mas isso não significava que ele queria passar seu tempo livre com os jogadores do time. Ele queria voltar ao Kurt Cobain cantando sobre pássaros e tentou pensar no modo mais rápido possível de se livrar de Owen sem ofendê-lo.

– Talvez outra noite – sugeriu Dylan. – Já fiz planos com outra galera.

O tom de Owen ficou agressivo de repente.

– Que pessoas? – zombou ele, antes de esmurrar a mesa. – Nós somos a sua galera agora, Dylan.

A intromissão estava começando a irritar Dylan e ele respondeu ao tom raivoso:

– Não quero jogar rúgbi, Owen. – Ele se descontrolou. – Não tenho como impedir que Jurgens me faça de palhaço durante os treinos. Ele pode até me escolher para o time e me obrigar a perder meus sábados sentado no banco, mas ele não pode me fazer jogar *bem*, pode?

– O que você está dizendo? – interrogou Owen, curvando-se e pressionando seu corpanzil contra o flanco de Dylan.

Dylan não tinha certeza de para onde sua boca grande o estava levando, mas prosseguiu:

– Se Jurgens me obrigar a jogar, talvez eu sofra alguns pequenos acidentes, sabe? Talvez a bola caia, ou eu dê um passe para as mãos erradas.

Dylan sentiu uma mão na sua nuca. Antes de conseguir reagir, Owen empurrou sua cabeça para frente até bater com ela no prato. A pancada fez os talheres tilintarem. Os garotos nas mesas em volta deram risada ao verem Dylan se sentar de volta com grãos de arroz grudados na testa.

Dylan gemeu quando pontos pretos surgiram diante de seus olhos.

– Você acha que pode sacanear o sr. Jurgens, além do time inteiro, e se safar? – sibilou Owen.

Dylan olhou ao redor e ficou desapontado ao perceber que os únicos professores presentes estavam na mesa dos funcionários no lado oposto do salão. Ele não era uma pessoa agressiva, mas um animal acuado é sempre o mais perigoso de todos, e uma voz em sua cabeça lhe lembrava que era tudo sua culpa, e isso não estava ajudando.

– Coma seu pudim – rosnou Owen, ao agarrar novamente a cabeça de Dylan para lembrá-lo do que poderia acontecer se ele retrucasse. – Arrume um uniforme e esteja na sala de musculação às sete em ponto. Se não aparecer, vamos te visitar depois que as luzes se apagarem.

Se Dylan cedesse à ameaça, viraria o capacho de Owen. E ele achou que seria melhor se defender naquele momento e local do que em seu quarto, ou cercado por brutamontes na sala de musculação.

– Acho que não tenho escolha – disse Dylan de modo submisso. – Posso só fazer uma pergunta?

Owen sorriu, adorando o medo na voz de Dylan.

– O quê?

Incidente de cutelaria

– Isso dói?

Assim que falou *isso*, Dylan agarrou o garfo e o enfiou fundo na coxa de Owen. Então, se levantou e derrubou Owen de lado da cadeira. Os garotos nas mesas em volta fizeram *uuuh* e *aaah* quando Dylan disparou pelo salão na direção dos professores.

– Você está morto! – urrou Owen, levantando-se em um pulo e começando a correr com o garfo ainda cravado na coxa.

Havia pouco espaço entre as mesas e Dylan não tinha força em suas pernas doloridas enquanto se esgueirava entre elas. Owen estava indo mais rápido e tinha a vantagem de encontrar um caminho previamente aberto.

Apesar de ter sido derrubado e estar sentindo dor, Owen envolveu a cintura de Dylan com os braços e o derrubou a menos de cinco metros de onde haviam começado. Dylan bateu o queixo numa mesa e desabou com violência no chão, parando com o tênis de alguém diante do seu nariz.

Owen não havia considerado as consequências de derrubar alguém com um garfo enfiado em sua perna. Os quatro espetos de metal se retorceram quando ele caiu, alargando seu ferimento e fazendo um espasmo de agonia percorrer seu corpo. Dylan sacudiu os ombros e seu cotovelo se chocou com força no nariz de Owen, fazendo o jovem grandalhão rugir de dor.

– Parem com isso! – gritou um professor, enquanto alguns meninos pulavam de seus assentos, deixando-o passar.

Um magrelo do primeiro ano na mesa ao lado soltou um grunhido. Dylan rolou para ficar de costas e viu que o rosto do garoto tinha respingos do sangue de Owen. Ele tinha dado um golpe de sorte tão perfeito com o cotovelo no nariz do grandalhão que ele parecia ter levado um tiro no rosto.

Dylan estava preparado para levar socos violentos ou uma joelhada no saco, mas seu oponente estava atordoado. Owen engatinhou para frente, agarrando a mão de um veterano do ensino médio antes de trombar nos braços de um professor carrancudo. Agarraram a gola da camisa de Dylan e o professor o puxou, colocando-o de pé.

— Wilton, para a sala do diretor, agora mesmo!

Uma professora se espremera pelo outro lado da mesa e se ajoelhou sobre Owen enquanto Dylan era escoltado à força para fora do local com cem olhos fixos nele.

— Isso aqui está terrível! – berrou com urgência. – Quem tem as chaves da van? Vou levá-lo de carro direto para a enfermaria.

15. Cachorro salsicha

O diretor havia ido para casa, então o julgamento de Dylan teria que esperar até de manhã. Ele bloqueou a porta de seu quarto com uma cadeira e empilhou várias coisas pesadas em cima, para que tivesse ao menos um alerta audível caso uma dúzia de caras vingativos aparecesse para lhe dar uma surra durante a noite.

Seu queixo doía no ponto que atingira a mesa de jantar, competindo com a dor dos ferimentos ensanguentados na parte de trás da sua perna. Ele pensou em fugir, mas a escola ficava a quilômetros da cidade e ficou exausto só de andar até o quarto.

Dylan precisava dormir, mas estava agitado demais. Quando não ficava preocupado pensando na possível chegada do time de rúgbi, tinha conversas imaginárias ao telefone com o pai.

Pai, fui expulso.

Oi, pai, tive um probleminha na escola.

Como vai o golfe? Um birdie no sexto buraco, meus parabéns, pai! Bem... Só pra você ficar sabendo, apunhalei um garoto com um garfo, arrebentei o nariz dele e, por alguma razão, todos parecem bastante zangados.

A última frase fez Dylan rir por dois segundos, antes de ouvir passos no corredor lá fora. Ele agarrou seu trombone, se preparando para arrebentar quem quer que fosse caso entrasse pela porta, mas eles seguiram em frente.

*

Summer acordou com a descarga do apartamento vizinho. Era sexta-feira, 7h30 da manhã, e ela sentiu o cheiro das próprias axilas ao se espreguiçar num bocejo. O sol baixo brilhava através da fina cortina enquanto ela se balançava para fora da cama, escolhendo onde pisar para não amassar os sapatos novos nem a sacola cheia de roupas.

Os presentes eram de Lucy, que havia saído enquanto Summer aprendia uma música com Coco e voltado com várias roupas baratas que comprara na Primark, mas nunca usara. Era constrangedor ser tão maltrapilha a ponto de as pessoas lhe darem sacolas com roupas baratas sem sequer perguntar, mas o corpo de Summer trazia assaduras demais para recusar sapatos e sutiãs que servissem.

O ensaio tinha sido a coisa mais divertida que ela fazia em anos. Coco e Lucy ficaram entusiasmadas com a cantoria de Summer, e consideraram mudar a sonoridade do Industrial Scale Slaughter para se encaixar na voz dela. O único lado negativo foi Michelle sendo Michelle e fazendo birra toda vez que se entediava ou que algo não saía como queria.

Nada bloqueava a vista da janela de Summer, no quarto andar. Então, ela escancarou as cortinas e ficou nua de pé, aproveitando o sol batendo em seu pescoço e sentindo arrepios ao tocar o vidro gelado.

Suas novas amigas a faziam se sentir valorizada, confortável e adulta. Ela ficou com medo de que a novidade de sua amizade acabasse se desgastando, mas por enquanto era ótimo saber que ela importava para mais alguém além de sua avó.

*

O café da manhã sempre era caótico no apartamento de Jay. Kai estava sendo ainda mais irritante que de costume, e uma batalha de gritos entre June, de cinco anos, e Hank, de seis, foi o bastante para fazer Jay sair cedo e caminhar por duas ruas até chegar na casa de Salman.

Cachorro salsicha

Seu amigo abriu a porta sem camisa, então Jay esperou no corredor enquanto Salman escovava os dentes e procurava por uma gravata que sumira.

– Ouvi uma história sobre você na noite passada – comentou Salman, sorrindo de orelha a orelha.

Os dois garotos saíram pelo portão da frente e contornaram o carrinho do carteiro.

– É mesmo? – disse Jay baixinho, já tendo quase certeza do que seria.

– Algo envolvendo safadezas entre sua mãe e um policial no banco de trás de uma van roubada – explicou Salman. – E nove meses depois, você nasceu.

Jay ficou irritado.

– Queria que minha mãe conseguisse ficar de boca calada.

– Shamim contou ao meu irmão. – Salman caiu na gargalhada. – É uma história *tão* boa. Sempre me perguntei por que você é um magricela enquanto seus irmãos apavoram todo mundo.

– Não espalhe isso pela escola – implorou Jay. – Se Tristan descobrir, nunca mais terei paz.

– Quanto vale o meu silêncio? – provocou Salman.

Jay tirou algumas moedas do bolso.

– Quarenta e seis centavos e minha eterna gratidão.

– Nah. – Salman riu. – Não vou pegar seu dinheiro. Vai ser bom *demais* manter essa ameaça em cima de você.

Jay suspirou enquanto eles viravam em uma esquina.

– Quem dera ser durão como meus irmãos, só por um dia – lamentou ele. – Eu adoraria se Tristan abrisse aquela boca grande dele e eu pudesse lhe dar uns tapas.

– Arrume uns anabolizantes – falou Salman, de brincadeira. – Como o Cartman naquele episódio de *South Park*.

– *Adoro* esse episódio – respondeu Jay. – Acho que ainda estou com seus DVDs de *South Park*.

— Você vai mesmo participar da pintura do mural da sra. Hinde?
Jay negou com a cabeça e tirou o celular do blazer.

— Fui ver um baterista.

Salman virou o telefone de Jay em sua mão, impressionado.

— Esse celular é demais. Como um pobretão como você arranjou grana pra um desses?

— Custou só trinta pratas. — Jay sorriu. — Um cara que bebe no pub da minha tia arrombou uma loja da *Carphone Warehouse* com um carro.

— Será que ele arranja um pra mim? — perguntou Salman, enquanto Jay pegava seu celular de volta para mostrar o vídeo de Babatunde.

— Isso já faz meses. Da última vez que o vi estava vendendo aparelhos de GPS por uma ninharia — disse Jay. — Agora olha só esse baterista sinistro.

Havia reflexos por toda a tela, então Salman parou de andar e passou a proteger o aparelho com as mãos. Levou um segundo para ele perceber que aquela era uma das salas de ensaio da escola deles e, mesmo pela caixa de som minúscula do telefone, aquilo soava impressionante.

— Acho que já ouvi falar sobre esse cara. — Salman sorriu. — Ele é aluno novo. Do nono ano.

— Babatunde — esclareceu Jay. — Eu o conheci na noite passada. Ele não está em banda nenhuma. E pode ter cara de maluco, mas parece bem legal.

Salman percebeu o rumo daquela conversa e respirou fundo ao devolver o celular.

— Eu não gostaria de estar no seu lugar se Tristan descobrir que você andou procurando outro baterista pelas costas dele.

— Temos que fazer isso direito — afirmou Jay, quando voltaram a andar. — Alfie não vai ficar contra o irmão, mas eu e você podemos abordar Tristan juntos. Diremos a ele que não queremos que saia da banda, mas que pode tocar o teclado ou algo assim.

Salman franziu o nariz.

– Tristan não vai engolir essa. Nenhuma de nossas músicas tem teclado.

– Podemos colocar um pouco. Posso escrever novas músicas.

– Só que Tristan mal sabe tocar teclado.

Jay riu.

– Ele mal sabe tocar bateria e isso nunca o impediu.

Salman morreu de rir.

– Você é muito cruel. Ele não é *tão* ruim assim.

– Mas não tem como negar, Salman. Não dá pra formar uma boa banda com um baterista de merda.

– Você está levando isso muito a sério – falou Salman. – Nós três nos conhecemos desde o início dos tempos.

– Eu sei – admitiu Jay. – Já pensei a mesma coisa. Mas música é realmente importante pra mim. Eu, você e Alfie somos bons o bastante pra arranjar *gigs* e vencer algumas competições como aquela de quarta-feira. Não deveríamos estar perdendo para um monte de babacas que cantam com faixa pré-gravada.

– Vamos fazer assim – propôs Salman. – Se você falar com Tristan, eu lhe dou apoio. Apenas diga que conheceu outro baterista e que a gente devia testá-lo. Vamos ver como Tristan reage, mas não estou disposto a começar a Terceira Guerra Mundial por causa disso.

– Está bem – respondeu Jay, embora a reação morna de Salman não tenha sido a que ele esperava.

*

Sir Donald Donaldson era diretor de Yellowcote há mais de trezentos anos. Ou ao menos era o que parecia.

Ele sempre usava uma beca preta tradicional de professor e deixava um suave rastro de uísque escocês no ar a qualquer hora do dia que alguém o encontrasse. Ele chegou com tranquilidade às oito e meia, dirigindo o Bentley antigo da escola, com Max, seu cão dachshund, que parecia uma salsicha, enroscado no banco do carona.

Guerra do Rock

As sobrancelhas do diretor tinham uma vastidão imponente e Dylan imaginou pássaros e esquilos vivendo nelas ao se sentar à mesa daquele homem idoso de frente para ele. À esquerda de Dylan estava o chefe do departamento de esportes, o sr. Burton, e os dois aguardaram em silêncio Sir Donald examinar a pasta com os registros pessoais de Dylan, e também os registros escolares.

– Não há muita coisa – disse Sir Donald, por fim. – Alguns garotos marcam a história da nossa escola. Outros passam e mal são notados. Exceto por uma menção ao rúgbi no sétimo ano, você parece fazer parte do segundo grupo.

Dylan não tinha certeza se deveria responder. Ele estava na escola fazia quase três anos, e não havia falado com Sir Donald desde a entrevista de admissão no colégio preparatório, junto de seu pai e sua madrasta.

– Não tem nada a dizer, hein? – comentou Sir Donald, desenroscando a ponta de uma caneta-tinteiro antes de decidir não escrever. – A questão aqui é de disciplina, sr. Burton. Incidentes demais com integrantes dos times de rúgbi ultimamente.

O sr. Burton concordou com a cabeça de modo solene.

– Eles são agressivos no campo. Pode ser difícil para um jovem manter a cabeça fria, Sir Donald.

– Bem, estou completamente farto disso – declarou Sir Donald, fazendo sua capa pender para baixo feito asas ao estender os braços. – Estou cansado de incidentes envolvendo alunos que jogam rúgbi. O esporte é importante, mas temo que esses treinadores exóticos que você tem contratado estejam ensinando nossos meninos a vencer à custa da humanidade deles. Lembro quando Yellowcote jogava rúgbi só no semestre de inverno e, a meu ver, éramos melhores por isso.

Dylan estava aliviado pelo fato de o coordenador de esportes estar na defensiva, em vez de ele próprio.

Cachorro salsicha

— Nossas ligas são muito competitivas, Sir Donald – argumentou o sr. Burton. – Todas as melhores escolas treinam atletas de elite durante o ano inteiro e não seríamos capazes de atrair os melhores se não oferecêssemos treinadores de nível internacional.

— Mas estamos aqui para criar jovens distintos, não máquinas de jogar rúgbi – afirmou Sir Donald, levantando ligeiramente a voz e erguendo a sobrancelha de forma impressionante. – Incidente atrás de incidente. Tivemos mais de uma dúzia de atritos envolvendo jogadores de rúgbi no último ano. Isso *vai* parar. Vou fazer desses dois um exemplo que será seguido em futuros incidentes, por menores que sejam.

Dylan tinha uns noventa por cento de certeza de que seria expulso, mas ainda se agarrava aos braços de veludo de sua cadeira, aguardando o veredito de Sir Donald.

— Haverá uma clara linha divisória – disse o diretor, curvando-se de súbito por sobre a mesa na direção de Dylan. – Vocês e Owen Carter serão proibidos de representar essa escola em esportes competitivos e participar de todos os níveis de rúgbi por dois anos.

Enquanto Dylan teve que se esforçar para conter o riso, o sr. Burton estava indignado.

— Sir Donald, com todo o respeito, Owen Carter é um jogador *espetacular*. É até mesmo capaz que ele represente a Escócia um dia. Se o impedirmos de jogar, ele será arrebatado por qualquer uma das escolas por aqui ou ao sul da fronteira.

— Deixem levá-lo – disse Sir Donald, balançando o dedo diante do rosto de Dylan. – E diga a cada um dos seus ex-companheiros de time que vamos voltar ao sistema antigo. Só garotos de caráter impecável representarão Yellowcote nos esportes. Essa mentalidade de vencer a todo custo não nos trouxe nenhum benefício e estou dando um basta imediatamente.

Dylan assentiu com uma solenidade apropriada. O velho desinformado com certeza não tinha nenhuma ideia de que seu treino do dia anterior tinha sido o primeiro a que ele comparecia desde a menção feita a Dylan no final do sétimo ano.

– Respeito e entendo sua decisão, Sir Donald – declarou Dylan.

Permanecer calmo foi um grande feito porque, por dentro, Dylan estava dando socos no ar e gritando de alegria a plenos pulmões.

16. Travessa de micro-ondas indiana

Tristan e Alfie Jopling moravam numa casa geminada em Hampstead, uma área abastada a alguns quilômetros da vizinhança de Jay e Salman. O pai deles era diretor de uma grande empresa de material de escritório. A sra. Jopling tinha o próprio negócio e vendia elegantes convites de casamento, embora isso parecesse mais um hobby, porque sempre que Jay fazia uma visita ela encontrava tempo para paparicar os filhos.

A casa de três andares transbordava com o gosto exagerado da sra. Jopling. Do Porsche Cayenne laranja na entrada da garagem, até os cômodos repletos de detalhes piegas, borlas, papéis de parede com textura, efeitos de pintura lembrando mármore e uma cozinha rústica de sessenta mil libras com forno a lenha e um micro-ondas duplo para preparar dois pratos ao mesmo tempo.

Um desses micro-ondas esquentava uma travessa com petiscos indianos, enquanto a sra. Jopling estava junto à bancada desembrulhando outra travessa com sanduíches naturais e despejando batatas chips numa tigela de madeira.

Quando o micro-ondas apitou, ela encheu uma bandeja com petiscos quentinhos, junto das batatas, dos sanduíches, das latas de refrigerante e das garrafas de suco de fruta. Com a bandeja em mãos, ela abriu a porta chutando-a com seu chinelo peludo e seguiu até o gramado em direção à cabana de troncos em estilo canadense, onde o Brontobyte estava tocando.

Guerra do Rock

Os quatros jovens costumavam passar o tempo improvisando melodias aleatórias, às vezes desistindo e indo jogar videogame quando ficavam entediados. A cabana havia sido construída como refúgio para Alfie e Tristan, totalmente equipada com aquecimento, eletricidade e a TV antiga, além da aparelhagem de som anterior à reforma da sala de estar.

Alfie viu a mãe chegando e abriu a porta de vidro. A sra. Jopling deixou a bandeja numa mesa de plástico. A música parou e os garotos famintos desceram, agarrando um monte de comida e enfiando tudo goela abaixo de um jeito que só adolescentes conseguem.

Salman levou um tapinha no pulso ao dar o bote.

– Esses são do Alfie – explicou a sra. Jopling. – Sem maionese.

Ela se sentou na cadeira de plástico do jardim, sabendo que sua presença não seria bem-vinda por muito tempo se não houvesse comida. Os quatro garotos haviam passado o dia na escola e deixaram os sapatos enlameados junto à porta. A cabana não era bem ventilada e eles tinham pulado sem parar. O resultado era um fedor de chulé e cê-cê, mas a sra. Jopling até que gostava. Ela vivia para seus meninos. Gostava da companhia deles e ficava triste ao pensar que estavam virando homens e que se afastariam dela quando crescessem.

– E aí, no que vocês estão trabalhando? – perguntou ela.

Tristan revirou os olhos. A mãe sempre fazia as mesmas perguntas ridículas.

– Apenas acertando algumas músicas novas.

Jay discordava completamente, mas não disse nada. Eles estavam ali havia mais de uma hora e só tinham enrolado. Tentou fazer o grupo ensaiar "Christine" depois do desastre de quarta-feira, mas Tristan ficou irritado e os outros apenas o ignoraram.

– Você sempre cuida tão bem de nós, sra. Jopling – disse Salman, devorando um sanduíche de patê de atum e pegando um punhado de *badjias* de cebola com a mão como se fossem ovos em um ninho.

— É sempre um prazer, Salman. Como vai sua mãe, aliás? Ela operou o pé, não foi?

Os garotos eram amigos há tanto tempo que todos os pais se conheciam.

— Ela está bem — respondeu Salman. — O cisto era benigno. Ela já voltou a trabalhar.

— Você devia arranjar um emprego, mãe — sugeriu Alfie. — Deve ficar entediada, passando o dia sentada em casa.

Ela ficou furiosa.

— Além de vocês, tenho que cuidar do meu próprio negócio. É demais vocês acharem que fico à toa o dia inteiro.

Salman sorriu.

— E o Brontobyte não se alimentaria direito se você ficasse fora trabalhando.

— Acho que minha tia Rachel está procurando uma bartender nova — disse Jay, parecendo sincero, mas sabendo que a oferta ofenderia a sra. Jopling e seu nariz empinado.

— Acho que sou um pouco qualificada demais para trabalhar num bar — repreendeu ela. — Tenho certificado como técnica em manicure *e* fiz um curso de administração de empresas.

Alfie a interrompeu:

— E papai diz que você é Ph.D. em compras.

A raiva perpassou pelo rosto da sra. Jopling enquanto ela balançava o indicador diante de Alfie.

— Não pense que você está velho demais para ganhar uma palmada, mocinho.

Salman fez um som de chicote estalando e riu.

— Acho que os seus filhos precisam de mais disciplina, com certeza.

— Está coberto de razão — concordou ela, exibindo os dentes brancos em um sorriso ao se levantar. — De qualquer modo, acho que já fiquei tempo demais aqui. Tragam a bandeja e os potes vazios quando terminarem, e abram a porcaria de uma janela. Está um fedor de matar aqui dentro.

Os garotos bebiam refrigerantes e, assim que a sra. Jopling saiu, Tristan soltou um tremendo arroto.

Alfie olhou para Salman.

– Por que você sempre puxa o saco da nossa mãe?

– Sou gentil com qualquer um que me alimente – respondeu Salman, acariciando a própria barriga gorducha. – Vocês não receberiam bandejas de comida na minha casa. Não sabem a sorte que têm.

Tristan soltou outro arroto antes de falar:

– Acho que você tem uma quedinha por ela.

– Não nego – rebateu Salman, provocador. – Sua mãe pode ter uns trinta e poucos anos, mas ela tem peitos *maravilhosos*.

Tristan e Alfie ficaram ofendidos, como era de se esperar.

– Cale a boca! – berrou Tristan. – Está na cara que você é tão ruim com as garotas que ficaria com qualquer coisa que não tenha um pinto.

– E um bocado de coisas que *tenha* um – acrescentou Jay.

Salman imitou o barulho de sirene de polícia, fazendo Jay se calar.

– Os peitos da minha mãe são falsos – revelou Alfie, sorrindo. – Cada um custou seis mil ao meu pai.

– Não espalhe nossos assuntos de família – reclamou Tristan, irritado.

– Além disso, Tristan – começou Salman, rindo –, não adianta manter essa sua pose de entendido. Você ficou com aquela garota uma vez e age como se fosse o maldito Casanova.

Jay jogou sua lata vazia de refrigerante na bandeja de comida.

– Minha prima Erin tem uma quedinha por você, Tristan – comentou. – Você deveria convidar ela pra sair.

Tristan deu de ombros.

– Ela é uma garota e eu, um baita garanhão. É natural que ela tenha vontade de ficar comigo.

– Você se acha demais. – Alfie caiu na gargalhada.

– De qualquer jeito, prefiro mulheres mais velhas – comentou Tristan.

– Quem não prefere? – perguntou Salman, imitando a forma de dois seios enormes em volta do seu peito. – Mas é um fato da vida: garotas gostam de caras mais velhos. Nenhuma menina do nono ano, ou do ensino médio, sequer chegaria perto da gente.

– Mas sou grande pra minha idade – argumentou Tristan. – Na nossa escola todo mundo sabe em que série estou. Mas aposto que se eu fosse a algum lugar onde não me conhecem, eu poderia *fácil*, *fácil* sair com uma garota do ensino médio.

– Até parece! – debochou Alfie. – Você ficou dois dias babando naquela garota quando estávamos em Dubai no Natal e ela deu um toco em você sem pensar duas vezes!

Jay e Salman ficaram surpresos.

– Isso é novidade – disse Jay.

– Conte mais, Alfiezinho – pediu Salman.

– Não deem ouvidos ao Alfie – afirmou Tristan. – Ele nunca beijou uma garota. Nem tem pentelhos ainda.

Alfie ficou envergonhado e partiu para o ataque.

– Você não sabe de nada!

Tristan riu.

– Então quer dizer que você beijou uma garota, seu prodígio sem pentelhos?

Salman se aproximou de Alfie e provocou:

– Você não beijou, não é?

– Olha como ele está ficando vermelho! – Tristan riu.

Tristan e Salman estavam de pé diante de Alfie.

– Vocês sabem que não – grasnou Alfie, antes de correr para o fundo da cabana e fingir que estava afinando a guitarra.

A comida acabara, a não ser por algumas chamuças que haviam explodido no micro-ondas. Tristan voltou para sua bateria, indicando que o intervalo tinha acabado.

— Vocês acham que a gente devia repassar algumas músicas direito? – perguntou ele.

Normalmente Jay teria concordado com veemência, mas o intervalo era a melhor oportunidade que tinha para conversar com os outros. Ele respirou fundo e tirou o celular do bolso.

— Antes de começarmos a tocar, tem algo que eu queria dizer.

— Parece sério – debochou Tristan. – Sua mãe não vai ter mais cinco filhos, vai?

Jay não retrucou porque estava tentando ser diplomático.

— Fui ver um baterista depois da aula ontem à noite – revelou.

Salman olhou para o chão, como se não achasse que aquilo era uma boa ideia. Alfie observou curioso e Tristan parecia saber o que estava por vir.

— Ah, deixe eu adivinhar – disse Tristan, irritado. – Você acha que ele é melhor que eu.

— Eu *não* quero começar outra briga – ponderou Jay.

Tristan ergueu o tom de voz:

— Porque sabe que vou arrebentar você, seu fracote.

— A gente não pode minimizar o que aconteceu quarta-feira! – gritou Jay em resposta. – Só veja esse cara tocar. Ele é um *megastar*.

Salman já tinha assistido ao vídeo, então Jay segurou o celular na frente de Alfie.

— Olha como ele mexe os braços! – exclamou Alfie, entusiasmado. – Ele é *muito* melhor que você, Tristan.

— Quem disse que eu era o melhor baterista do mundo? – questionou o garoto. – Mas *eu* sou o baterista desta banda, Jay. Não estou acreditando no que você fez!

— Não quero que você saia – argumentou Jay, tentando controlar os nervos e assumir uma postura mais moralmente elevada de serenidade. – Você é um dos meus amigos mais antigos. Poderia cantar, tocar um pouco de teclado. Não seríamos a primeira banda no mundo com cinco músicos.

Salman parecia chocado.

– Você nunca falou nada sobre Tristan cantar.

– Quer dizer... – sussurrou Jay. – O que quero dizer é...

Tristan olhou furioso para Salman.

– Então você *está* tentando me apunhalar pelas costas.

– Não! – gritou Salman. – Jay me mostrou o vídeo a caminho da escola hoje de manhã. Só falei que ele deveria conversar abertamente sobre o assunto no ensaio, em vez de fazer tudo às escondidas.

Alfie tinha terminado de assistir ao vídeo e se deleitou com as provocações ao irmão.

– Tristan, se bateristas fossem carros, esse cara seria uma bela limusine com champanhe e garotas de *topless* no banco de trás. Você seria um fusca detonado com catarro ressecado.

Tristan se levantou, sem ter certeza se primeiro deveria ir atrás de Jay ou de Alfie.

Jay notou que aquilo estava indo muito mal. Alfie parecia totalmente favorável, mas ele era o membro menos poderoso da banda e estava dando o troco depois dos comentários de Tristan sobre pelos pubianos e beijos. Salman era quem realmente importava. Ele havia demonstrado menos entusiasmo do que Jay esperava antes da aula e o comentário sobre Tristan cantar parte das músicas no lugar de Salman tinha sido um grande erro tático.

– Babatunde é um cara muito legal – afirmou Jay. – Por que a gente não conhece ele pra ver o que acontece?

Tristan girou um braço, jogando seu suporte de prato longe antes de ranger os dentes e se aproximar de Jay, que estava com tanto medo que chegou a encostar na parede. Mas tudo o que ele recebeu foi uma chuva de saliva enquanto Tristan gritava:

– Pensei que fosse meu amigo! – berrou ele. – A gente se conhece há séculos. Mas você está sempre me criticando por isso ou aquilo o tempo todo. Você vai conhecer pessoas e grava vídeos pelas minhas costas. Só estou nessa banda porque é legalzinho. Não preciso dessa porcaria.

– Caras – falou Salman, tentando ser um mediador. – Jay teve uma ideia. Se vocês não gostam dela, vamos deixar para lá. Vale mesmo a pena brigar por isso?

– Não consigo mais tocar numa banda com esse merdinha – decretou Tristan, encarando Jay. – Jay sai ou saio eu. Vamos votar agora. Ele ou eu?

Alfie olhou para Tristan.

– Se Jay sair, como vamos tocar?

– Encontraremos alguém novo – retrucou Tristan. – Mas essa é minha cabana, então se eu for expulso da banda, não podem ensaiar aqui.

– Nossa cabana – corrigiu Alfie. – Mamãe e papai construíram ela pra nós dois.

Tristan se afastou de Jay e encarou Alfie. A diferença de idade entre os dois irmãos era de dezoito meses, mas parecia maior.

– Ele ou eu? – perguntou Tristan furioso, apontando para Jay. – Votem.

– Resolvam isso entre vocês – disse Alfie. – Eu me abstenho. Só quero tocar.

Tristan agarrou Alfie pelos ombros e o sacudiu.

– Ei, como essa pode ser uma votação justa se você está prestes a arrebentar a cara dele? – gritou Jay.

Salman falou em seguida:

– Todo mundo cala a boca. Tristan, deixe Alfie em paz. Você e Jay são meus amigos mais antigos e odeio ter que fazer isso. Mas pra mim isso aqui é só curtição, tocar sem compromisso e dar risada. Sim, Babatunde é um baterista melhor que Tristan. Mas ele *não* é nosso amigo. Jay, você está levando isso a sério demais.

Tristan sorriu.

– Então você está votando em mim?

Salman ergueu a mão.

– Não *quero* votar de jeito nenhum. Mas prefiro relaxar com Tristan e Alfie a ter que ficar todo sério com algum baterista maluco que nem conheço.

Jay sentiu como se tivesse sido apunhalado. Como Salman estava pendendo para o lado de Tristan, Alfie cedeu.

– De qualquer modo, mamãe surtaria se trouxéssemos um cara negro aqui – ressaltou Alfie. – Ela esconderia todos os objetos de decoração caros e coisas do tipo.

Salman deixou escapar uma risada tensa. Com um ar arrogante, Tristan pegou a estante de prato da bateria. Jay sentiu um nó na garganta ao desplugar sua guitarra e olhou em volta procurando o case para transportá-la.

– Então acho que é isso – declarou Jay, segurando as lágrimas.

– Talvez a gente possa acertar as coisas depois que tudo tiver passado – sugeriu Alfie.

– Que se dane – disse Tristan com crueldade, apontando para Jay. – Não dá mais pra confiar nele.

Jay ficou parado na entrada da cabana, segurando sua guitarra, enquanto calçava os sapatos escolares e pegava sua mochila.

– Então vejo vocês na escola, acho.

– Desculpe, cara – falou Salman. – A gente se vê.

Jay perdeu o controle enquanto esperava o ônibus para voltar para casa. Lágrimas começaram a escorrer, e depois de um minuto, ele aparentava estar tão chateado que uma mulher sentada ao seu lado lhe ofereceu um lenço e perguntou se ele estava bem.

17. Sexta à noite ao vivo

Enquanto o Brontobyte se desintegrava, outra banda dava sinais de estar se tornando algo especial.

Lucy e Coco eram o cérebro da operação. As duas garotas de dezesseis anos retrabalharam músicas, desacelerando o andamento de *thrash metal* e suavizando o som para dar espaço à voz de Summer. Michelle ficou frustrada com a monótona execução do baixo, até que Summer sugeriu que ela fizesse *backing vocals*.

Coco e Lucy resistiram, argumentando que Michelle não conseguiria cantar nem se sua vida dependesse disso. Mas mesmo assim Michelle plugou um segundo microfone, e a combinação da potência vocal de Summer, entrecortada por cânticos, gemidos e sons animalescos ocasionais de Michelle, era inusitadamente bem-sucedida.

O andamento mais lento, a voz extraordinária de Summer e as contraposições peculiares de Michelle mudaram a Industrial Scale Slaughter, deixando de ser uma derivação de banda de metal só com garotas para virar um grupo com som único e distinto. Agora não tocavam apenas covers de Guns N' Roses ou Rage Against the Machine, elas criavam as próprias versões.

Depois de três horas juntas na quinta-feira, Summer voltou na noite seguinte, sentou-se com Coco e Lucy no centro do fosso e apreciou cada momento enquanto tocavam, ajustavam os arranjos, faziam anotações, trocavam palavras. Era uma criatividade intensa que Summer nunca tinha experimentado, e ela adorava poder falar e sugerir ideias sem medo de ser repreendida.

Michelle era o peixe fora d'água da banda. Enquanto o trio ficava sentado junto, ela continuava à margem, rabiscando letras e depois as arruinando, ou sentada diante do computador navegando na internet. Quando ela não estava à toa em sua página no Facebook, Michelle entrava em sites de bandas de rock iniciantes, tentando descobrir o que elas deveriam fazer em seguida.

Depois que você já criou a banda e aprendeu a tocar algumas músicas, todos os sites que valiam a pena serem lidos concordavam que o próximo passo para o grupo seria encontrar formas de se promover e tocar em público.

Para a promoção deviam criar um site ou uma página no Facebook, gravar demos que as pessoas pudessem baixar, postar vídeos no YouTube, começar um blog e coisas desse tipo.

Mas para ficar conhecido de verdade era preciso tocar em público. As bandas podiam organizar os próprios shows em um pub ou em outro espaço local e convidar amigos, fazer testes para tocar em casas noturnas com espaço livre, quando seis ou sete bandas reproduziam um repertório curto, ou entrar em uma competição de batalha de bandas.

Michelle pesquisava sites e tópicos em fóruns na internet tentando arranjar dicas. A maior desvantagem delas era a idade. A maioria dos lugares excluía bandas com integrantes em idade escolar. E mesmo que elas conseguissem fazer show num pub ou num clube, quase todas as pessoas que conheciam eram jovens demais para entrar lá.

As principais opções disponíveis para bandas mais jovens eram matinês – quando clubes e casas de show organizavam apresentações sem bebidas alcoólicas para menores de idade – ou competições, pois algumas abriam para todas as idades e outras eram exclusivas para estudantes de colégio.

Michelle esperou Summer acabar de cantar a versão *heavy rock* que fizeram para o hino britânico, para berrar do outro lado do fosso:

– Não tem nadinha em Dudley e todos os de Birmingham parecem uma porcaria – disse Michelle, antes de se virar para a tela do computador. – Mas esse aqui parece bem legal: *Rock the Lock*, batalha de bandas, patrocinada pela Terror FM. Aberta a bandas com membros que tenham até dezoito anos. Local: o Old Beaumont, em Camden Town, Londres. O vencedor ganhará destaque no horário nobre para uma apresentação e uma entrevista ao vivo na Terror FM, mais cem libras em dinheiro. O segundo lugar ganha cinquenta libras e mais vinte em vouchers do iTunes. As bandas deverão preencher um formulário, com autorização dos pais blá-blá-blá etc. etc. e tal.

– Quando é? – perguntou Lucy.

– Daqui a três quartas-feiras, mas a inscrição tem que ser feita até a próxima terça.

– É um dia de aula – observou Summer. – E como nós levaríamos todo esse equipamento até Londres?

– Pareço uma idiota *completa*? – perguntou Michelle. – Essa é a primeira semana do feriado de Páscoa. Tenho certeza de que alguém poderia nos levar de carro até lá. Mas precisaríamos de um carro grande pra caber a bateria da Lucy.

– Minha mãe tem uma minivan – lembrou Coco.

– Sempre quis ir a Londres – comentou Summer.

As outras três a encararam boquiabertas.

– Você *nunca* foi a Londres? – perguntou Lucy.

Michelle falou com um tom de voz afetado:

– Mas não se consegue encontrar roupas de marca em Dudley.

– Ok, sou pobre de dar dó e só saí de Dudley umas seis vezes na vida – confessou Summer, vermelha de vergonha, mas rindo porque começava a se sentir à vontade com as novas amigas. – E confessando tudo de uma vez: nunca saí da Grã-Bretanha, nunca entrei num avião nem num barco, a não ser que vocês considerem o bote que peguei em Brownies; estive em Birmingham três vezes quando minha avó operou, minha mãe é uma viciada, só tenho três pares de calcinhas que cabem direito e nunca beijei um garoto.

Coco sorriu ao se aproximar de Summer, dar um abraço e acariciar as costas da amiga.

– Pobrezinha – disse de brincadeira.

Lucy também a abraçou e Michelle, aborrecida por ninguém estar dando atenção a ela, jogou seu tênis nelas.

– Então, vamos participar dessa competição ou não?

– Como vamos chegar lá? – perguntou Summer. – E vocês terão permissão pra ir?

Michelle girou sua cadeira de escritório e deu uma risada maligna.

– Papai faz o que mandam, quando sabe que é melhor pra ele.

*

Jay sentou-se no carpete da sala comendo o hambúrguer com fritas que havia preparado na lanchonete do andar de baixo. De vez em quando ele precisava ceder e ajudar seus dois irmãos mais novos em alguma tarefa vital, como cortar uma cebola em conserva ao meio ou espremer ketchup sem lambuzar as folhas de papel no colo.

A sala estava lotada: Big Len se acomodara na poltrona com quatro bolinhos de peixe e uma salada verde encharcada de molho; June, de cinco anos, e Hank, de seis, estavam no carpete com Jay; Patsy, de oito anos, comia atrás do sofá em sua tenda privada estilo *não entre sob pena de um tremendo grito*.

Kai, de doze anos, estava sentado em uma cadeira de jantar, incomodando todo mundo porque seus pés impediam que assistissem a TV. Adam, de catorze anos, e Theo, de dezesseis, estavam no sofá com um primo que morava na casa ao lado espremido entre eles. A única ausente era a mãe de Jay que trabalhava na lanchonete no andar de baixo, e seu irmão de dezenove anos, Danny, que continuaria internado numa instituição para jovens infratores por mais oito meses e meio.

Embora fosse barulhento e apertado, Jay costumava gostar do clima animado do jantar. Com uma família tão grande, era normal ter um pouco de drama ou algum acontecimento engraçado.

Guerra do Rock

Patsy recebia toda a atenção hoje. Ela era grande para uma menina de oito anos, e Len havia sido chamado por um professor depois que ela imobilizou um garoto e desenhou no rosto dele com uma caneta marca texto. Todos provocaram Patsy, dizendo que o menino era namorado dela, e a garota ficava gritando: *Parem com isso* ou *Me deixe em paz* de trás do sofá.

Jay estava muito deprimido para se juntar à brincadeira. Fazer parte de uma banda significava tudo para ele. Ele sofria por ter sido expulso e não queria contar à família porque seus irmãos nunca o deixariam em paz.

*

O tom dos ensaios ficou menos sério às sete horas, quando o namorado de Coco, Prakash, o não namorado de Lucy, Jack, e um monte de outros alunos do ensino médio chegaram. O sr. Wei não gostava que as garotas saíssem tarde, mas ficava feliz em deixá-las receber os amigos. O fosso também havia se tornado um ponto de encontro às sextas-feiras à noite para seus colegas.

Sempre tímida, Summer ficou constrangida ao ser apresentada aos outros. Todos conheciam a longa busca do Industrial Scale Slaughter por uma vocalista e queriam ouvi-la cantar. As bochechas de Summer queimavam quando pegou o microfone e ela não sabia para onde olhar, porque rostos a encaravam de todos os lados.

Coco aumentou o volume dos amplificadores para gerar o máximo de efeito e Summer pingava de suor enquanto se esgoelava em "Ursos, motos, morcegos e sexo". Após cinco versos suados, todos bateram palmas e elogiaram sua performance.

Depois a conversa continuou e Summer se retirou para um pufe perto do computador. Pensou em sua avó sentada em casa sozinha comendo macarrão de micro-ondas. As duas geralmente jogavam palavras cruzadas de tabuleiro ou assistiam a um vídeo nas noites de sexta, e ela se sentia culpada por abandoná-la.

– Você foi ótima – elogiou um garoto.

Summer deu uma segunda olhada ao perceber que era o garoto que tinha uma bela bunda que ela vira descendo do ônibus, logo antes do sr. Obernackle flagrá-la fora da escola.

– Obrigada – respondeu com cautela.

– Posso me sentar? – perguntou ele, apontando para o tapete vazio perto do pufe. – Sou Sebastian.

Summer concordou timidamente com a cabeça enquanto o garoto se sentava. Havia várias almofadas no fosso, então a maioria das pessoas tirava os sapatos. Sebastian estava descalço e Summer ficou fascinada que o garoto tinha pelos crespos e pretos crescendo em cima do dedão do pé.

– Minha mãe diz que sou um mamute peludo – comentou Sebastian, balançando os dedos dos pés. – Nunca vi você na escola.

– Sou do nono ano – respondeu Summer, sentindo-se envergonhada de novo.

Sebastian tinha uma aparência incrível, usava uma calça jeans apertada envolvendo suas pernas atléticas e os bíceps protuberantes apareciam sob as mangas da camisa.

Summer não conseguia parar de suar e várias questões surgiam em sua mente: *Sebastian tinha ficado atraído por ela ou só estava sendo gentil? O que ela faria se ele tentasse algo? Será que ele já tinha ficado com muitas garotas? Até onde será que ele tinha ido com elas? Até onde ele gostaria de chegar com ela? Será que todo mundo pensaria que ela era uma piranha se deixasse que ele a beijasse? Sebastian estava ao menos interessado em beijá-la? E se todos esses garotos mais velhos a considerassem uma idiota por interpretar a situação de modo totalmente errado e fizesse papel de boba? Não era um risco o fato de ele ser dois anos mais velho que ela? E aquele corpo todo peludo era sexy, ou talvez fosse um pouco demais...*

– E aí, o que mais você gosta de fazer além de cantar? – perguntou Sebastian.

– Pouca coisa, na verdade – disse Summer. –Tenho que passar muito tempo cuidando da minha avó. Eu costumava ir a clubes com piscina, mas cansei disso.

Sebastian pareceu se alegrar.

– Eu costumava nadar, mas concordo com você, é monótono demais.

– Então, o que você faz agora? – questionou Summer. – Você parece bem sarado mesmo assim.

Ela se encolheu de vergonha assim que as palavras saíram de sua boca. Era para a pergunta ter sido feita de forma inocente, mas ficou parecendo uma cantada.

– Você também não está nada mal – rebateu Sebastian, alisando casualmente a perna de Summer com a mão para ver qual seria a reação dela.

Então, ficou claro: estavam atraídos um pelo outro. Mas isso era uma coisa boa, ou apenas aproximava Summer ainda mais de uma situação constrangedora? Ela estava tão imersa em seus pensamentos que não viu Lucy dando passos largos por sobre as pessoas e almofadas em direção a ela.

– Você está bem, Summer? – perguntou Lucy. – Chegou a hora de encher a cara, então vou ao mercado comprar algumas garrafas de tequila. Você quer algo?

Summer se perguntou o que Lucy acharia se ela ficasse com Sebastian. Ele era bonito, mas ela estava nervosa e essa podia ser sua única chance de escapar antes que as coisas ficassem sérias.

– Na verdade, preciso ir pra casa – falou Summer de repente. – Não vejo minha avó desde a hora do almoço e ela está totalmente sozinha.

– Aaaah – protestou Lucy. – A festa está só começando.

Summer ficou de pé e se virou para Sebastian, que estava desapontado.

– Foi muito legal conversar com você.

Lucy a levou para fora do fosso, seguida por Michelle e Jack. Passaram pelos escritórios da Wei & Wei, cujas luzes estavam apagadas, exceto por uma sala no mezanino onde dois projetistas recortavam folhas de polietileno para um modelo arquitetônico.

Lucy falou com Summer enquanto elas andavam:

– Sebastian não estava sendo inconveniente, estava?

– Ele parece legal – disse Summer. – Não foi ele. Só não posso continuar deixando minha avó sozinha.

– Ele saiu com Coco por um tempo – comentou Lucy, com um sorriso. – Vou pedir pra ela mandar o número do telefone dele por mensagem para você.

– Está bem – concordou Summer insegura, pensando em como seus créditos eram consumidos rapidamente quando trocava mensagens de texto. – Ele está no ensino médio. É velho demais?

– A idade é só um número – declarou Lucy com sabedoria. – O que importa é que você esteja confortável com o que está acontecendo.

Uma lufada de ar frio as atingiu quando Lucy abriu a grande porta que dava para a rua. Estava sombrio lá fora, com a silhueta da escola deserta do outro lado da rua e um vento forte o bastante para fazer uma lata de Heineken sair tilintando pela calçada. Não havia mais ninguém esperando e Lucy olhou para os dois lados da rua.

– Aqui parece até uma cidade fantasma quando escurece – alertou Lucy, ao pegar seu celular. – Tenho o número da conta da Wei & Wei, posso chamar rapidinho um táxi pra você.

Summer não teria se importado, mas tinha noção de que ela já havia aceitado comida grátis, bebidas e roupas de Lucy e Michelle. Sem dúvida elas podiam pagar por isso, mas Summer odiava parecer uma aproveitadora.

– Já fiz esse caminho um milhão de vezes – explicou Summer, recusando a oferta com um gesto de cabeça e um sorriso. – Vou ficar bem.

Guerra do Rock

Jack e Michelle já estavam andando em direção ao supermercado na rua seguinte quando Lucy se despediu de Summer.

– Ligo pra confirmar a que horas vamos ensaiar domingo.

– Perfeito – respondeu Summer. – Vou fazer todo o meu dever de casa amanhã. Assim estarei livre o dia todo.

18. Das cinzas

Kai tinha ido à academia de boxe, o que significava que Jay estava com o quarto todo para si. Ele jogou Lig 4 e Batalha Naval com Hank, deixando o menino ganhar até que Len o chamou do andar de baixo para tomar banho e colocar o pijama.

Depois de guardar o jogo, Jay apagou a luz, deitou-se na cama de baixo, enfiou seu travesseiro no rosto e sentiu pena de si mesmo.

Ele reviveu a cena na casa de Tristan, se perguntando se poderia ter agido melhor. Mas, quanto mais ele pensava, mais se dava conta do quão ingênuo fora: Tristan nunca abriria mão da bateria, independentemente do que ele dissesse.

Jay também imaginou como seria a escola na segunda-feira. Ele se sentava com Salman e Tristan em todas as aulas e isso seria constrangedor. Pensou em ligar para Salman e perguntar o que disseram depois que ele saiu, mas não queria parecer desesperado para voltar à banda, mesmo que estivesse.

— Está tudo bem, Jay?

Surpreso, Jay se sobressaltou e viu seu irmão Adam, de catorze anos, de pé junto à porta. Hank estava numa pose idêntica debaixo da maçaneta.

— Dia difícil — confessou Jay, jogando o travesseiro de lado na esperança de que não houvesse luz suficiente para que vissem os anéis vermelhos em volta de seus olhos. Mas ele já tinha sido descoberto.

— Hank disse que você estava chorando.

— Ele *estava* chorando — insistiu Hank. — Ele não ouviu quando eu vim dar boa noite.

— Você quer conversar? — perguntou Adam, embora parecesse não querer se envolver muito.

Jay era apegado a seus três irmãos mais novos, mas dos quatro garotos gerados por sua mãe e Chainsaw Richardson, Adam era o único com quem ele se dava bem.

— Acho que vocês vão descobrir mais cedo ou mais tarde. — Jay suspirou ao se sentar. — Fui expulso do Brontobyte. Eu queria trazer um baterista novo. Tristan disse que era ele ou eu, e os caras o escolheram.

Adam sabia que a banda significava muito para Jay, então entrou e acendeu a luz.

— Que dureza — disse.

A luz cegou Jay por uns instantes quando Adam se sentou na cama. Ele tinha um rosto bonito assim como Jay e o mesmo cabelo espetado, só que louro. Mas a semelhança de família terminava no pescoço. Adam não lutava boxe como Kai e Theo, mas levantava um pouco de peso e seu físico naturalmente avantajado fazia com que ninguém mexesse com ele.

— Se servir de consolo, ouvi vocês tocarem algumas vezes e nunca chegariam a lugar algum com aquele baterista de merda — afirmou Adam.

Jay deu um sorriso fraco.

— Está tudo bem pra você — disse Jay, observando Adam com inveja. — Você toca um pouco de música, mas tem outras coisas na vida: garotas doidas por você, festas, amigos, futebol. Eu não sou ninguém. Tinha dois amigos e uma banda, mas agora estraguei *tudo*.

— Sou seu amigo — disse Hank com sinceridade, mas a piedade de um garoto de seis anos não era o estímulo de que Jay precisava.

— Você tinha um baterista em mente? — perguntou Adam.

— Gravei um vídeo no celular. Você conhece aquele garoto novo da sua série?

— Babatunde? — indagou Adam.

Jay assentiu.

— Fazemos educação física com a turma de Babatunde — esclareceu Adam. — Não sabia que ele era baterista. Não consigo entendê-lo. Ele travou uma baita briga com o sr. Gilmore porque não queria tirar o capuz quando estávamos jogando tênis de mesa.

— Ele também toca bateria com o capuz — ressaltou Jay.

— Posso ver o vídeo? — pediu Adam.

Adam se sentou entre Jay e o peitoril da janela onde ele guardava o celular e as chaves da porta, então pediu para Hank pegar o aparelho.

— Me dê aqui — pediu Jay enquanto Hank permanecia de pé em frente a ele tocando a tela do celular. — Você não sabe fazer isso.

Hank puxou o celular para ele e abriu um sorriso superior.

— Sei, sim — afirmou. — Vi o telefone de Theo. Tinha uma garota vestindo uma calcinha peluda e um homem estava...

Adam o interrompeu e apontou com severidade para Hank.

— *Não* conte ao seu pai que você viu isso — alertou. — Ele vai ficar louco de raiva.

Hank concordou com a cabeça de modo solene.

— Theo disse que colocaria mostarda na minha língua se eu tocasse no celular dele de novo.

O som de bateria começou a sair do telefone enquanto Adam segurava o aparelho.

— Quero ver — choramingou Hank, antes de se espremer entre os dois irmãos na cama.

— Nada mal — disse Adam entusiasmado, mas Hank parecia estupefato. — Alguém vai acabar chamando ele se você não fizer isso.

— Bem, não é assim que Tristan e Salman veem a coisa — reclamou Jay, suspirando.

— E que tal uma nova banda? – perguntou Adam.

— Hein? – retrucou Jay.

— Você na guitarra, eu no baixo e essa fera na bateria.

Jay calculou: Adam era um guitarrista decente. Talvez não tão bom quanto Alfie, mas com Babatunde na bateria eles ainda seriam muito melhores que o Brontobyte.

— Está falando sério? – perguntou Jay, animado.

— Venho pensando nisso há algum tempo – explicou Adam. – Se eu não fizer parte de uma banda, qual é o sentido de praticar guitarra?

— Precisaríamos de um cantor – refletiu Jay.

— Vamos manter isso em família – sugeriu Adam. – Quer ir à casa ao lado e falar com Erin?

Jay ficou alguns segundos considerando a proposta. Sua prima Erin era dois meses mais nova que ele e da mesma série na Escola Carleton Road. Len costumava dar aulas de guitarra aos dois juntos quando eles eram pequenos e, embora Jay não admitisse nem se enfiassem agulhas debaixo das unhas dele, Erin era melhor guitarrista.

— Ela não tem tocado ultimamente – argumentou Jay. – Gosto muito de garotas cantoras, mas Erin faz parte do clube de teatro. Está mais interessada em virar atriz do que estrela do rock.

— Não custa nada perguntar – rebateu Adam, dando de ombros. – Se ela não topar, tentaremos outra pessoa.

Assim que Jay disse isso, Big Len entrou pela porta aberta e pôs os olhos em Hank.

— Eu *disse* para você dar boa noite. June e Patsy já estão na cama, agora ande logo!

Hank ficou assustado quando seu pai falou sério e se pôs de pé na mesma hora. Ele deu abraços de boa noite em Adam e em Jay antes de correr para o seu quarto.

— Não deixem ele ficar acordado até tarde – avisou Len com firmeza. – Ele tem futebol de manhã.

— Desculpe, Len – falou Jay. – Não reparei que horas eram.

Das cinzas

Len deu uma olhada no corredor, certificando-se de que Hank tinha ido direto para o quarto antes de olhar de volta para Jay e Adam com um sorriso.

– Então vocês vão formar uma banda? Espero que queiram um produtor...

*

O ônibus de Summer estava lotado e barulhento, com pessoas arrumadas para sair na sexta-feira à noite. Um grupo de jovens no fundo bebia cerveja e dava em cima de uma enfermeira que parecia cansada. Estava tenso, mas não mais do que quando o ônibus ficava lotado de crianças da sua escola.

Eram oito horas quando Summer saltou do ônibus próximo ao seu prédio. Sua avó estivera sozinha desde quando havia saído para o colégio de manhã, então ela passou numa loja de conveniência e comprou um Toblerone branco para alegrá-la. Um homem saiu da loja no mesmo instante e começou a andar atrás dela. Ele parecia assustador, com uma barba preta, as mãos enfiadas nos bolsos e a cabeça enterrada no capuz do casaco. Summer disse a si mesma que era pura paranoia, mas, para ter certeza, ela parou de andar num local bem iluminado próximo à loja de bebidas ao final da quadra comercial, e olhou o relógio, fingindo estar à espera de alguém.

O homem prosseguiu em direção ao prédio dela e Summer gastou meio minuto esfregando as mãos e pisoteando o chão antes de seguir para casa.

Ela foi na direção do caminho fendido que levava até seu quarteirão quando um vulto se mexeu, fazendo-a olhar para trás. Era a mesma barba, o mesmo capuz, as mesmas mãos enfiadas nos bolsos. Talvez ele estivesse apenas urinando nos arbustos, mas algo parecia muito errado, e Summer agora se encontrava numa área deserta entre sua casa e as lojas.

Ela tremeu e respirou fundo. Para chegar à escada que levava aos apartamentos seria preciso digitar 528 no portão, mas as pessoas nunca o fechavam, e, naquele exato momento, uma placa o mantinha aberto, possivelmente deixada ali por engenheiros trabalhando nos elevadores ou por alguém se mudando.

De qualquer modo, o portão não oferecia qualquer segurança e o térreo era um labirinto de corredores e depósitos em desuso. Uma mulher havia sido estuprada lá na véspera de Natal.

Summer duvidava de que conseguiria subir oito lances de escada mais rápido que um homem adulto até seu apartamento, então ela cortou caminho para a esquerda através do gramado. Chovera e o chão estava alagado. Ela sabia que havia cocô de cachorro por todo lado, mas estava escuro demais para localizar e desviar da sujeira.

O homem a seguiu. Não havia qualquer razão lógica para ele andar naquela direção, então Summer não tinha mais dúvida de que ele estava atrás dela. A garota acelerou o passo, na esperança de encontrar um grupo de jovens – incluindo Kevin, da sua turma – que passava a maior parte das noites à toa ao lado do prédio.

A luz dos apartamentos acima iluminou o gargalo de uma garrafa quebrada de cerveja Newcastle Brown Ale. Summer percebeu que aquilo poderia ser útil e, sem parar de andar, pegou o caco de vidro do chão lamacento. Mas, assim que ela se endireitou, o homem começou a correr.

19. A boca do leão

Jay abriu a janela que dava para o patamar entre o primeiro e o segundo andares do apartamento. Ele passou pelo parapeito estreito de zinco, da largura de dois sapatos. Em seguida, fez uma manobra e entrou com certa dificuldade pela janela do pub ao lado. Sua mãe e tia Rachel ficavam furiosas quando flagravam alguém fazendo isso, mas a família de Jay atravessava assim os dois prédios geminados fazia anos e ninguém havia caído ainda.

Os cômodos acima do pub foram construídos com a mesma disposição arquitetônica do prédio de Jay, mas tia Rachel tinha quatro filhas, então em vez de bolas de futebol havia sapatos de salto alto e tampa de privada abaixada.

Adam o seguiu, fechando a janela enquanto Jay subia e batia na porta de um quarto do segundo andar que Erin dividia com uma de suas irmãs mais velhas. Era o quarto equivalente ao de Jay e Kai. Até a arrumação dos móveis era idêntica, com o beliche e a escrivaninha junto à porta. As garotas tinham cinquenta vezes mais tralhas, e invariavelmente deixavam pilhas de calças jeans e toalhas bloquearem a porta.

Sozinha em sua mesa, Erin se concentrava nas respostas de um questionário sobre a Segunda Guerra Mundial, o mesmo trabalho escolar de Jay. Ela era uma garota bonita, de olhos escuros e cabelos pretos na altura dos ombros. Ainda vestia o uniforme, tinha desabotoado apenas a blusa, o que deixou à mostra o sutiã turquesa e o umbigo.

– Não sabia que a professora Ambrose também dava aula de história pra sua turma – comentou Jay, examinando as respostas por cima do ombro da prima.

– Vai fazer o *seu* dever – provocou Erin, ao virar a folha para baixo, mas depois deu de ombros. – Pode copiar se quiser. Não me importo *nem um pouco*.

– Hitler invadiu a Polônia em 1939, não em 1940 – afirmou Jay, sorrindo.

Erin resmungou ao rabiscar 1940 com sua caneta Bic.

– Odeio *tanto* história... Quer dizer, já aconteceu, então o que muda na vida da gente? Aliás, o que vocês querem?

Adam deu um sorriso charmoso.

– O que te faz pensar que queremos algo?

– Vocês só sobem aqui quando querem algo. – Erin sorriu com desdém. – E nem pensem que vou substituir o turno de alguém na lanchonete. O cheiro lá embaixo impregna no cabelo. É preciso passar xampu seis vezes, e ainda assim continua fedendo a gordura de batata frita.

– Adam e eu estamos montando uma banda – explicou Jay. – Precisamos de uma cantora e também não seria nada mal se você tocasse guitarra.

Erin sorriu e girou a cadeira para encarar os garotos. Estava descalça com as unhas pintadas de laranja cintilante, dando um toque de vulgaridade nos pés. Jay sentiu vergonha ao perceber que estava ficando excitado com a prima.

– Pensei que você estivesse na banda do Tristan – disse Erin.

– Não é a banda do *Tristan* – rebateu Jay, irritado. – Eu fundei o Brontobyte. Tristan só pensou nesse nome estúpido.

Adam balançou a cabeça com impaciência.

– Não importa de quem era a banda, Jay não faz mais parte dela.

– Então o que vai acontecer com o Brontobyte? – questionou Erin. – Eles se separaram de vez?

— Como é que eu vou saber? – Jay se descontrolou.

Adam estava perplexo.

— Quem se importa com Tristan, afinal de contas? – perguntou ele.

Jay apontou para a prima.

— Erin tem uma quedinha por ele há anos. Ela nunca brincava comigo quando éramos pequenos, mas se Tristan estivesse por perto não dava pra se livrar dela.

— Não vou mentir – admitiu Erin, corando um pouco. – Sempre gostei dele.

— Ele é quase tão perdedor quanto Jay – falou Adam, incrédulo.

— Valeu, mano – resmungou Jay.

— Então – retomou Erin, refletindo seriamente enquanto balançava sua cadeira giratória de um lado para outro. – São vocês dois e quem mais nessa banda?

— Estamos de olho num baterista – esclareceu Jay. – Preciso confirmar com ele, mas acho que vai topar.

— E qual é o nome da banda? – perguntou Erin.

Jay deu de ombros.

— Isso ainda está em aberto.

Erin mordeu a unha do polegar antes de falar de novo:

— É o seguinte – começou ela, incerta. – É o seguinte, é o seguinte, é o seguinte.

— Vamos lá, Erin – insistiu Adam. – Quem não quer tocar numa banda? Vai ser demais!

— Talvez – respondeu Erin, com um sorriso atrevido. – Mas o meu clube de teatro tem uma produção importante prevista para depois do feriado de Páscoa e se eu conseguir um bom papel... Podem me deixar pensar por um ou dois dias? Estou tendendo a dizer sim, mas não quero concordar agora e depois atrapalhar a vida de vocês.

— Nada mais justo. – Jay concordou com a cabeça.

— Ok – disse Erin, apontando para o seu dever de casa. – Tenho pilhas de coisas pra fazer, se vocês não se importam.

– Responde pra gente antes de segunda-feira, ok? — pediu Adam, antes de ir embora.

Descendo a escada, Adam sussurrou constrangido no ouvido do irmão:

– Só eu acho isso ou nossa priminha está ficando *muito* gata? Que pernas!

Adam estalou um beijo para enfatizar o que dizia. Jay se sentiu muito menos depravado ao descobrir que seu irmão pensava a mesma coisa, mas queria se vingar por ter sido chamado de perdedor.

– Eu *nunca* olharia pra Erin desse jeito – declarou Jay com indignação. – Ela é nossa prima. Você é doente, Adam.

*

A respiração de Summer formou espirais no ar frio quando ela apertou os passos e seus livros escolares bateram contra suas costas. Estava quase chegando nas casas de dois andares no fim da quadra. Se os garotos não estivessem por lá, ela encontraria uma casa com luz acesa e esmurraria a porta da frente.

Mas será que ela chegaria tão longe?

O homem estava se aproximando. Summer ouviu a respiração dele e o Toblerone voou do bolso de seu casaco quando ele a empurrou para o lado. Ela tropeçou, quase caiu na lama, e só permaneceu de pé porque a mochila arrastou na parede de concreto do prédio.

O cheiro de bebida atingiu o rosto de Summer. O homem estava a poucos centímetros de distância e os olhos dele piscavam. Pensou que fosse mais velho por causa da barba, mas de perto ele parecia ter vinte anos, com espinhas brotando da testa.

– Peguei você, colegial!

Ele agarrou Summer e apertou seu seio, enquanto tentava colocar a mão sobre a boca da menina.

Summer apertou o caco de vidro do gargalo da garrafa e desferiu um golpe para cima. O vidro fincou no pulso do homem, fazendo com que ele a soltasse. Summer deu um berro agudo quando se abaixou para se desvencilhar da outra mão do homem. Seu pé mais atrás escorregou e ela perdeu o equilíbrio. O joelho nu de Summer atingiu a lama, mas ela conseguiu se levantar com agilidade e se desvencilhou quando o atacante deu um bote, tentando agarrá-la pela mochila.

– Socorro! – gritou Summer, começando a correr.

O homem foi atrás, com os olhos sedentos e sangue pingando do braço. Uma dúzia de passos aos tropeços a tiraram da lama, levando-a para a calçada na extremidade do prédio. Havia iluminação pública ali, e salvação.

Uma dupla, de quinze ou dezesseis anos, vestindo roupas de ginástica, corria na direção da fonte dos gritos. Pararam surpresos ao perceberem a camisa do colégio ensanguentada de Summer e suas pernas enlameadas.

– Você está bem, garota? – perguntou o menor dos dois.

Ela não sabia os nomes, mas seus rostos eram de uma familiaridade reconfortante. Kevin e outros garotos também voltavam a pé do ponto de encontro costumeiro junto à entrada que dava para algumas garagens subterrâneas.

– Um sujeito me perseguiu e me apalpou – revelou Summer num impulso, tentando não imaginar onde estaria agora se não tivesse encontrado aquela garrafa quebrada.

Não era preciso explicar mais nada porque o homem ensanguentado surgiu bem atrás dela. Ele tentou escapar dos seis rapazes, mas não conseguiu porque seus Reeboks enlameados perderam o atrito. O garoto maior agarrou e derrubou o sujeito com uma joelhada na barriga.

Kevin ainda consolava Summer, quando os demais jovens avançaram no sujeito. O grandão chutou o homem barbudo na cabeça e o chamou de pervertido, ao mesmo tempo que um brutamontes de nariz achatado pisoteava as costelas, enquanto seu irmão quase idêntico enfiava com vontade sua bota Timberland nas bolas do sujeito.

– Seu pedófilo de merda.

Summer tremeu dos pés à cabeça. O espancamento estava se transformando num frenesi e, por mais que desejasse que o agressor sofresse, não queria que os rapazes acabassem de vez com ele.

– Vocês vão matá-lo – gritou a garota, se afastando de Kevin. – Segurem ele e chamem a polícia.

Dois homens haviam saído de uma das casas. Eles não faziam ideia do que acontecera com Summer. Tudo o que viram foram os amigos de Kevin – que tinham a reputação de dar trabalho na região – espancando um barbudo caído no chão.

– Venham aqui, seus canalhas! – gritou um dos homens.

Ele era um cara grande de cabelo grisalho, ainda com as botas de quem passou o dia trabalhando numa obra. Ele parecia capaz de arrebentar qualquer um dos adolescentes, sendo que seu colega era ainda maior.

Os garotos deram uma olhada e saíram em disparada. Kevin puxou Summer pelo casaco. Os outros já tinham passado zunindo por eles quando o homem que atacara Summer se apoiou a uma lata de lixo para ficar de pé.

– Vamos – insistiu Kevin, agarrado ao casaco de Summer. – Os policiais daqui estão atrás de nós. Vão nos acusar de agressão.

– Ele podia ter me estuprado – respondeu Summer indignada.

Não queria que seu agressor escapasse, mas os garotos a tinham salvado e ela se sentiu leal a eles.

Quando Kevin e Summer começaram a correr, o homem barbudo andou aos tropeços na outra direção, pelo meio da lama. O operário gigante berrou para ele:

– Precisa de ajuda, amigo? Chamamos a polícia.

Summer e os seis rapazes viraram na rua que dava para as garagens dos edifícios. Tinham sido construídas sob as torres de oito andares, mas há tempos os motoristas haviam abandonado o espaço para os grafiteiros, skatistas e ratos. As calhas estavam parcialmente entupidas, e Summer caminhou chafurdando com a água até os tornozelos sob total escuridão.

– A polícia não pode nos acusar de agressão se a vítima fugiu correndo – alegou o maior dos garotos, sem fôlego. Depois prosseguiu com um tom que mais parecia uma ordem: – Se formos abordados, fechem o bico, aí vai dar tudo certo. Mas digam uma só palavra que nos coloque na cena do crime e a polícia terá a gente nas mãos.

Summer não disse nada, mas estava claro que as instruções serviam para ela também.

– Fugiu correndo porque é um tarado conhecido, aposto – afirmou um dos garotos.

Estava um breu e, exceto por Kevin, Summer não reconheceu nenhum deles pela voz.

– Ouvi as costelas do canalha estalarem quando o pisoteei – falou o outro. – Queria que tivéssemos filmado a cena.

Summer se sobressaltou quando Kevin agarrou seu pulso no escuro.

– Fique desse lado – alertou. – Tem um bueiro sem tampa mais adiante. Um skatista caiu lá dentro uma vez.

– Foi Max Hooker. – Outro garoto riu. – Foi a coisa mais engraçada que já vi.

Kevin ainda segurava a mão de Summer quando sirenes da polícia ressoaram na rua acima. Apesar da escuridão, os rapazes sabiam exatamente aonde estavam indo. Depois de cinquenta metros, cortaram caminho por um corredor com aclive acentuado e cheiro fortíssimo de aerossol usado pelos grafiteiros. O corredor os conduziu até um lance de escada onde no alto frestas de luz contornavam uma porta.

Summer ficou surpresa ao sair junto ao portão que ficava a alguns metros do elevador quebrado do seu prédio.

— Moro aqui há anos — confessou, olhando para trás em direção aos degraus. — Não fazia ideia de que era possível chegar aqui por esse caminho.

– Entrada VIP, não é? – brincou o jovem de nariz achatado.

Mas Summer não riu, porque não conseguia tirar os olhos do sangue respingado na parte de baixo da roupa de ginástica marrom dele. Até que ponto teriam continuado espancando se o operário não tivesse espantado os garotos?

– Certo, rapazes – disse o grandão. – *Bora* pra casa. Se forem pro outro quarteirão, saiam separados para despistar os policiais. A regra de ouro é: *ficar de boca calada*, não falem nada nem pra galera do bairro.

Todos assentiram, e em seguida um deles saiu pelo portão da frente. Kevin olhou para Summer.

– Vou contigo até o teu apartamento.

Ela pensou em dizer não, mas estava tremendo. Tinha gostado do modo protetor de Kevin, dizendo *vou contigo*, em vez de perguntar se ela queria companhia até a porta de casa.

– Desculpa aí, pelos garotos terem se deixado levar desse jeito – falou ele, com os sapatos ensopados afundando em cada degrau escada acima. – Lee e Milo só podem ter problemas mentais. Vão acabar na cadeia, cem por cento de certeza. Mas são caras bons para dar cobertura.

– Fica esperto para que eles não te arrastem junto – alertou Summer. – Você é um cara legal, Kevin.

Quando chegaram ao quarto andar, Summer destrancou a grade de metal da porta da frente.

– Vou nessa, então – Kevin se despediu, apontando para o chão. – Moro no andar de baixo.

– Não se esqueça de dizer aos garotos que eu falei obrigada – pediu ela.

Summer queria fazer algo por Kevin e sentiu que só tinha uma coisa a oferecer. Ela ficou na ponta dos pés e o beijou rapidamente nos lábios. Kevin parecia em choque enquanto Summer puxava a grade de metal e a fechava junto da porta da frente.

– Então boa noite – balbuciou ele através da porta.
– É você, meu amor? – perguntou Eileen.
– Não, são os ladrões de novo – brincou Summer, repetindo uma velha brincadeira enquanto olhava para si própria.

Suas mãos estavam raladas, seus joelhos, cheios de lama, e as sapatilhas que Lucy lhe dera no dia anterior, boas para o lixo.

Summer respirou fundo e achou que ia chorar. Mas não havia lágrimas dentro dela. Pensou em sua banda e em seus novos amigos. Pensou em como pegou a garrafa e revidou, então se surpreendeu com a satisfação vingativa que sentiu quando sua mente reprisou o espancamento brutal. Ela não estava exatamente feliz, tampouco triste, e o alvoroço por tudo o que estava acontecendo lhe proporcionou um estranho sentimento de euforia.

20. Gata morta

As pessoas se lembram dos resultados das batalhas e não de como foram vencidas. Dylan pode ter apunhalado Owen com um garfo, corrido covardemente na direção dos professores e depois acertado seu oponente com uma cotovelada no rosto por pura sorte, mas tudo o que o pessoal de Yellowcote lembrava era de que Dylan tinha enfrentado um dos caras mais durões da sua série, e que o tal sujeito acabou com um nariz quebrado e oito pontos na coxa.

Dylan esperava que sua nova fama pudesse deixá-lo em maus lençóis com os valentões da escola, por isso decidiu passar o fim de semana em lugares públicos, como o refeitório e a biblioteca, onde jogadores de rúgbi vingativos não poderiam encostar um dedo sequer nele. Por sorte, o time estava se comportando da melhor maneira possível depois da decisão de Sir Donald de banir por dois anos qualquer um que se metesse em confusão.

Até a hora do almoço de segunda-feira, Dylan tinha recebido tantos bilhetes e tapinhas nas costas que nem percebeu sua postura arrogante ao sair do refeitório depois do almoço. Ele estava morrendo de vontade de fazer xixi e fumar, e tentou pensar em alguém com quem pudesse conseguir cigarros no caminho para o banheiro.

– Que bom vê-lo por aqui – disse Owen, saindo de uma cabine e andando até a pedra que servia de divisória em frente ao mictório, enquanto Dylan terminava de usá-lo.

Dylan tremeu ao notar de esguelha o olho roxo de Owen e a máscara protetora sobre seu nariz. Owen usava uma camiseta e um short largo em vez do uniforme escolar, porque os curativos em volta de suas coxas enormes tornavam impossível vestir uma calça.

– Passei o dia de ontem me recuperando em casa com meus "velhos" – comentou Owen, encarando a parede por cima do mictório. – Meu pai está procurando outra escola pra mim, já que não posso mais jogar rúgbi aqui.

Dylan continuou em silêncio ao subir o zíper. Ele tentou sair dali, mas Owen bloqueou seu caminho com o braço. Dylan se lembrou de como Owen havia batido sua cabeça no prato de curry sem qualquer esforço três noites antes, e ao que parecia ninguém ia entrar nem sair do banheiro, o que provavelmente significava que alguns parceiros de Owen bloqueavam a porta naquele momento.

– Eu *adoraria* acabar com você – declarou Owen com sinceridade, enquanto baixava o short. – Mas violência pode dificultar minha entrada em outro programa de rúgbi de alto nível.

Owen começou a mijar no mictório, mas mirava na direção de Dylan, molhando sua calça na altura da perna. Dylan logo recuou, mas ele estava a apenas dois passos de uma parede e Owen o derrubou no canto.

Enquanto o sapato de Dylan se encharcava no lago de urina que se formou em volta do ralo, Owen continuava mijando até a calça e os sapatos de Dylan ficarem ensopados com aquele líquido morno e amarelo.

– Ooops – debochou Owen, sorrindo com desprezo ao levantar o short. Então ele fez Dylan encolher-se com um soco que parou a dois centímetros do seu nariz. – Tenha uma vida boa, perdedor.

Owen rosnou uma risada e saiu apressado. Três rapazes, que tinham sido barrados na porta, entraram e flagraram Dylan com as calças pingando pelo piso do banheiro. Um garoto pequeno disparou para dentro de uma cabine para fazer cocô, mas dois adolescentes ficaram ali rindo sem parar.

– Não conseguiu se controlar, Wilton?

– Garoto porco!

– Danem-se vocês dois – gritou Dylan, correndo em direção à porta.

Dylan não podia dedurar Owen. Delatores eram párias e seria humilhante ter que contar a um professor como ele havia deixado outro garoto mijar nele. Tudo o que podia fazer era voltar para o quarto, tomar banho e vestir roupas limpas antes que muitas pessoas vissem o que havia acontecido.

Owen tinha fugido, mas todos os parceiros de rúgbi do nono ano esperavam Dylan no corredor.

– Mijão! – gritou um deles. Um outro tirava fotos com o celular.

Alunos aglomerados abriam espaço enquanto Dylan passava pingando na direção da escada a caminho do seu quarto. Um dos amigos de Owen esticou o pé, fazendo Dylan tropeçar para frente e cair em cima de um garoto.

– Sorria, colega! – berrou o fotógrafo, quando Dylan começou a subir os degraus, deixando um rastro de pegadas molhadas. Os garotos que desciam desviavam do seu caminho.

Dylan não havia chorado por nada em dois anos, mas estava perto disso ao fechar a porta do quarto com um chute e arrancar o cinto da calça ensopada.

*

Meia hora depois, Dylan passou pela porta lateral do salão de apresentações principal de Yellowcote com o cabelo recém-lavado e o uniforme limpo. Trazia nas mãos o case do trombone e, no bolso da calça, uma pequena faca de caça, que de tão furioso poderia até usá-la.

A orquestra da escola se reunia no palco e vários garotos riram e cochicharam quando viram Dylan. A notícia tinha chegado ali depressa, mas não tão rápido quanto a enraivecida professora Hudson.

– Que belo modo de recomeçar, garoto – disse ela, com sarcasmo, olhando para o pulso nu, antes de virar para trás e checar a hora no relógio gigante na parede ao fundo do salão. – Quinze minutos atrasado. Vamos ter uma conversa na minha sala, pode ser?

A srta. Hudson deixou uma dupla de alunos veteranos no comando da orquestra.

– Desculpe, professora – falou Dylan, ainda com tanta raiva por terem urinado nele que mal conseguia manter o foco na conversa. – Fiquei ocupado com algumas coisas.

– Dylan, eu *não* me importo – retrucou a professora, guiando-o para dentro da sua sala e abrindo uma gaveta. – Está satisfeito? Afinal, conseguiu enganar o Sir Donald para que ele o tirasse do time de rúgbi. Falei com o sr. Jurgens hoje de manhã. Ele está irritadíssimo por ter perdido Owen, então eu manteria distância dele se fosse você.

– Não sou o garoto mais popular no momento – comentou Dylan num tom seco.

A professora pegou uma chave presa a um grande triângulo de resina e a balançou diante do rosto de Dylan.

– O que é isso?

– Sala de ensaio número um – explicou a professora. – É bem lá no fundo. A acústica não é uma maravilha, por isso usamos o lugar basicamente para armazenagem.

Dylan parecia perplexo.

– O que espera que eu faça lá?

A srta. Hudson deu de ombros de modo tão dramático a ponto de fazer as pulseiras em seus braços tilintarem.

– O que você quiser – respondeu energicamente. – Agora estou com um aluno do sétimo ano tocando trombone e não vou expulsá-lo da orquestra por sua causa.

– Então vou ficar sentado lá?

– Se quiser, Dylan. Ou você pode praticar música, mandar mensagens de texto para sua namorada, fazer seu dever de casa. Duas regras: você deixa a sala como a encontrou e, se alguém perguntar, diga que está ensaiando para um recital de trombone.

Dylan pareceu um pouco triste ao pegar a chave.

– Bem, era isso que você queria, não? – perguntou a professora. – Duas tardes por semana de ócio absoluto, enquanto eu me concentro nos alunos que realmente se importam.

– É, acho que sim – concordou Dylan.

Ele gostava de suas tardes à toa no quarto, mas o apelo residia no subterfúgio e no cigarro. A ideia de ficar preso sozinho numa sala de música por duas horas era deprimente, e Dylan ficou ofendido com a opinião tão negativa da sra. Hudson sobre ele.

– Pode ir, então – ordenou ela, enxotando Dylan e correndo de volta para a orquestra.

Dylan ouviu grupos e pessoas sozinhas dentro das salas de ensaio enquanto virava à direita em um corredor estreito na direção da sala um. Ele enfiou a chave na fechadura apenas para descobrir que já estava aberta. A sala media seis metros quadrados, com três janelas sujas ao longo da parede mais distante. Embora fosse dia, a maior parte da luz era bloqueada por prateleiras com tralhas sobrepostas.

Ao apertar o interruptor, vários tubos fluorescentes se acenderam, exceto dois que estavam queimados. Ele pegou uma cadeira debaixo de uma escrivaninha, e fez uma pilha de livros de hinos religiosos e gravadores de fita cassete antigos se espatifarem no chão do outro lado.

Então se sentou e sentiu um enjoo só de pensar na faca. Por um lado, tinha que se proteger de Owen. Por outro, portar uma faca poderia provocar uma grande confusão. E não seria um problema escolar apenas, mas também policial, judicial e prisional.

Dylan puxou a faca do bolso, a desdobrou e analisou o reflexo de sua própria silhueta distorcida pela lâmina. Havia uma satisfação em imaginar a lâmina saindo das entranhas de Owen, ou, melhor ainda, com o globo ocular dele espetado na ponta. Mas, acima de tudo, a faca o assustava. E alguém tão durão como Owen poderia simplesmente pegar a faca e enfiá-la no adversário.

Gata morta

A grande questão era se Owen o atacaria novamente. Dylan se lembrava das palavras antes de ele ir embora: *Tenha uma vida boa.* Com sorte, aquilo significava que estavam quites e que Owen não queria mais brigas com ele. Ou será que estaria presumindo demais a partir de quatro palavras ditas por um babaca?

Dylan dobrou a lâmina para guardá-la no bolso, mas, no último segundo, a jogou longe, no canto mais distante da sala. Ela voou num rasante por cima das pilhas de tralhas e retiniu ao atingir algumas prateleiras de metal antes de cair. Ele só conseguiria recuperá-la se puxasse pilhas de caixas, caixotes e arquivos antigos, mesmo assim não havia garantia de que descobriria onde a faca tinha ido parar.

O que diabo eu estava pensando ao andar com uma faca? O que faço se Owen vier atrás de mim de novo?

Um tipo de dilema que não deixa a pessoa em paz, principalmente quando tem duas horas sem nada para fazer, exceto remoer essa questão.

Dylan pensou em ouvir alguma coisa em seu iPhone, mas de mau humor nunca conseguia entrar no clima das músicas. Se tivesse trazido os livros, poderia adiantar um pouco do dever de casa, mas agora não teria estômago para atravessar de novo toda a escola até seu quarto. Então ele começou a observar o que havia nas prateleiras.

A maioria era lixo e quanto mais para o fundo da sala ele ia, mais espessa ficava a poeira. Havia uma caixa com calças leggings usadas numa pantomina natalina, uma sacola de compras cheia de peças de gravadores quebrados, pilhas de antigos livros de música, bongôs sem pele, um tambor gigante virado de lado cheio de objetos perdidos, e havia até mesmo alguns chapéus de palha que os alunos de Yellowcote usaram em algum momento durante o verão.

Havia algo estranhamente atraente em toda aquela tralha. Dylan puxou uma caixa de sapatos cheia de fotografias. Algumas eram de produções de teatro feitas com o vizinho Rustigan. Ele ficou animado ao ver as garotas em uma produção de *Cats*, com maiôs e bigodes desenhados até as bochechas. Quando finalmente encontrou a data – 1986 –, se deu conta de que agora essas adolescentes gatas provavelmente tinham filhos mais velhos que ele.

No fundo da caixa havia alguns recortes de jornal e um exemplar da revista do Rustigan com uma das garotas de bigode de gato na capa: *Sarah Louise McFarland 1970-1990 – Ex-aluna de Rustigan morre depois de batalhar dois anos contra o câncer.*

Ela era a garota mais feliz em todas as fotos e Dylan ficou triste, e depois se sentiu muito estranho pelo volume na calça que surgiu após ver uma garota morta vestida de gato.

21. Suor frio

Summer não contou a ninguém sobre o ataque que sofrera. Se sua avó descobrisse, ficaria nervosa toda vez que Summer saísse de casa. Ela quase contou a Lucy, mas ter escapado por pouco talvez causasse mais pena, e Summer queria que suas novas amigas a tratassem como igual, não como alguém que precisasse de caridade.

Em sua própria mente, Summer alternava entre ser a heroína que lutou contra um homem adulto armada com uma garrafa e a menina assustada que acordava suando frio e conferia todos os cômodos por causa da sensação de que alguém havia invadido sua casa.

Mas ela estava determinada a não deixar o medo vencer, e andou no escuro do ponto de ônibus até seu apartamento depois dos ensaios de domingo, ainda que quase tivesse vomitado de tanto nervosismo.

Na segunda-feira, Summer agiu normalmente nas aulas da manhã, mas percebeu, preocupada, a ausência de Kevin. Na hora do almoço, ela se perdeu de propósito de Michelle e encontrou o grandalhão que tinha liderado o espancamento. Ele estava de pé num corredor coberto, com três outros alunos da sua série. Ela pediu para ter uma conversa em particular.

– Não sei o seu nome – confessou Summer, enquanto os outros garotos olhavam com curiosidade.

– Você engravidou outra das suas vadias? – gritou um rapaz.

– Cale essa boca – ordenou o grandalhão, antes de olhar para trás na direção de Summer. – Desculpe, eles são uns escrotos. Meu nome é Joe.

– Kevin não veio hoje. Está tudo bem?

– Até onde eu sei, sim – confirmou Joe, acenando com a cabeça. – O pai do Kev é do Exército. Ele chegou ontem em casa depois de uma missão e acho que todos foram a Birmingham para ter um almoço chique.

Summer sorriu aliviada.

– Só fiquei preocupada por causa de sexta-feira. Os policiais falaram com alguém?

Joe negou com a cabeça e pôs a mão sobre o ombro de Summer de modo reconfortante.

– O tarado saiu correndo, nós saímos correndo. Então o que os policiais têm pra investigar? O pior que pode acontecer é a segurança comunitária encher nosso saco com isso da próxima vez que patrulhar a região.

– Que alívio – disse Summer. – Embora me assuste um pouco saber que aquele sujeito ainda está à solta.

– Duvido que ele dê as caras por aqui depois das porradas que levou – afirmou Joe. – Os garotos e eu estamos sempre por aí. Ligue pra mim ou pro Kev toda vez que você voltar tarde de ônibus, que nós a acompanhamos até em casa.

– Obrigada – respondeu Summer com gratidão. – Talvez eu peça mesmo a ajuda de vocês.

– Não é incômodo algum, nós fazemos isso por nossas irmãs e namoradas o tempo todo. Me dê aqui sua agenda.

Summer tirou a agenda da parte da frente de sua mochila. Joe se apoiou em um poste e escreveu o número do seu celular na contracapa. Os dois amigos dele estavam longe demais para ouvir e presumiram que Joe estivesse marcando um encontro.

– Não chegue perto dele, gata – brincou um deles. – Ele tem chato.

– Tem um pinto podre, na verdade – acrescentou seu amigo menor, cobrindo a boca com as mãos sujas e dando risadinhas feito uma criança de cinco anos.

Joe reagiu rápido e o atingiu no queixo. O garoto cambaleou para trás esbarrando em um monte de garotas do oitavo ano. Em seguida, se ergueu.

– Eu te desafio – provocou Joe, enquanto o garoto recuava. – Arrisque um soco para ver o que acontece com você.

Summer estava boquiaberta ao ver quão violento Joe era, mas também achou legal tê-lo do seu lado.

*

Dylan deixou cair a caixa de fotos quando a porta se abriu. Seu coração se acelerou, imaginando que Owen tinha aparecido para acabar com ele, mas era um aluno do ensino médio desajeitado chamado Leo Canterbury. A camisa do seu uniforme estava para fora da calça e dava para ver seus mamilos através do fino tecido branco.

As pessoas presumiam que Leo era burro porque ele estava acima do peso e falava devagar, mas, exceto por algumas bolsas de estudo em função do rúgbi, a prova de admissão de Yellowcote impedia que você passasse pelos portões se não fosse inteligente.

– Você é o Dylan – falou Leo, enquanto Dylan permanecia parado em meio a todo aquele lixo com as mãos empoeiradas e uma perna dentro de um caixote para transporte de chá. – É verdade que Owen...

Dylan não deixou Leo terminar a frase.

– É, ele mijou em mim – completou, com raiva.

– Desgraçado – disse Leo se solidarizando. – Pelo menos ele está indo embora.

– Não rápido o bastante pra mim – retrucou Dylan. – Quanto tempo vai levar até que encontre outra escola?

– Não, não – corrigiu Leo, sorrindo. – Owen jogou umas vinte partidas pela seleção subdezesseis da Escócia. O pai dele teve uma briga terrível com o Sir Donald por conta da expulsão do rúgbi. Ele só voltou pra pegar suas coisas.

Os olhos de Dylan se arregalaram.

– Tem certeza?

Leo confirmou com a cabeça.

– Ele dorme a três quartos do meu. Quando subi pra pegar minha guitarra, ele estava no patamar entre os lances de escada se despedindo. Você fez um bom trabalho.

– Você também não era fã dele? – perguntou Dylan.

– Ele estava sempre pegando no meu pé. Batendo em mim ou me chamando de bunda gorda, zepelim, gorducho, baleia, Nhonho. Você está longe de ser o único feliz com a partida de Owen.

– Eu estava com medo de que ele continuasse a me perseguir – explicou Dylan.

– Então por que você está aqui? – indagou Leo.

Dylan pensou em contar a verdade, mas não conhecia Leo direito, então resolveu continuar com sua história de fachada.

– Tenho um recital de trombone.

– Preciso de um conector XLR – esclareceu Leo, olhando em volta. – A srta. Hudson disse que tem uma caixa com isso em algum lugar aqui.

– Pode ser que demore um tempo pra você encontrar.– Dylan riu ao olhar para todas as pilhas em volta. – Vou te dar uma força.

Os dois começaram a vasculhar tudo. Dylan tinha visto uma caixa com fios enroscados perto da porta, mas no fim das contas eram apenas cabos de força e conectores de computador. Ele revirou bolsas e caixas, enquanto Leo fazia o mesmo, gemendo e resmungando.

Depois de alguns minutos, Leo desistiu.

– Temos conectores RCA – comentou Leo, falando consigo mesmo e com Dylan ao mesmo tempo. – Não sei por que um é melhor que o outro. São só cabos, mas meu parceiro de banda Max diz que temos que usar XLP se formos gravar.

Dylan pareceu interessado.

– O XLR é equilibrado – explicou. – Qualquer sinal analógico capta interferência ao passar pelo cabo, que ouvimos como estalos ou chiados. O XLR usa dois cabos correndo em paralelo. A música passa por um e um sinal é espelhado pelo outro. A interferência captada no sinal espelhado passa por um inversor e então é subtraída da música, proporcionando um sinal realmente limpo.

Leo parou, coçou o queixo e, por fim, concordou com a cabeça.

– *Acho* que entendi.

– Tudo de que precisa lembrar é que você sempre deve usar a conexão balanceada se tiver essa opção. O que estão gravando?

– Duas faixas demo da nossa banda.

– Qual é a banda de vocês?

– Pandas of Doom – respondeu Leo.

– Que tipo de música?

– É tipo rock – explicou Leo. – Mas não mainstream. É mais punk rock, low-fi, esse tipo de coisa. Você provavelmente não faz ideia do que estou falando.

Dylan sorriu.

– Quer dizer algo como The White Stripes, Velvet Underground, Iggy and the Stooges, e outros assim?

– Exatamente. – Leo riu. – Você gosta desse tipo de coisa?

– Cresci ouvindo isso – disse Dylan, dando de ombros. – Minha madrasta é muito ligada a toda essa cena musical.

– Estamos tentando gravar a canção "Psycho Killer", do Talking Heads, mas não conseguimos endireitar a introdução de guitarras. Max fica mudando a posição dos microfones, sendo que, toda vez que tocamos, o som acaba sendo abafado pela bateria.

Dylan balançou a cabeça e riu.

– Isso não me surpreende. Uma bateria numa sala de ensaio pequena sempre vai abafar tudo. Mesmo pra uma demo básica vocês deveriam gravar em várias faixas: gravem cada instrumento separadamente e depois junte a música com um mixer. Gravar assim dá a vocês o controle do volume de cada instrumento; além disso, dá para adicionar efeitos como eco nos vocais, ou reverb, dobrar as guitarras, mudar o tom, ou o que mais quiserem.

– Nenhum de nós sabe nada sobre isso – lamentou Leo. – Max gosta de pensar que sabe, mas já tentamos vinte vezes e sempre fica horrível.

Dylan olhou em volta da sala. Ele não estava com vontade de passar mais tempo ali sozinho.

– Bem – falou, dando de ombros de forma casual. – Não sou nenhum engenheiro de som, mas já fiz algumas gravações. Quer que eu vá com você dar uma olhada?

22. Vestidos com conforto

Dylan achou os Pandas of Doom muito esquisitos. Além do desengonçado Leo, havia Max, o alto e magro com cabelo na altura dos ombros. Dylan reconheceu Max, que era do time de cross-country e tinha passado correndo pelo seu quarto quando ele se inclinava na janela para fumar seu cigarro matinal. O aluno do último ano do ensino médio usava camiseta Adidas, em estilo retrô de três listras, suja de brócolis e pudim na barra da frente, e calça do uniforme terminando bem acima dos tornozelos.

O último componente do trio era a irmã gêmea de Max, Eve. Mais corpulenta que o irmão, ela estava sentada atrás da bateria vestindo o uniforme de Rustigan com meias cinza, saia plissada e uma blusa rosa-claro. Ela sofria de timidez crônica e sempre parecia estar olhando para os próprios pés.

– Como você sabe tanto sobre gravação? – perguntou Max.

Ele se considerava o líder do grupo e seu tom contrariado deixava claro que Dylan minava sua autoridade.

Dylan estava sem energia para se envolver em conflitos de ego e se virou em direção à porta.

– Que se dane. Se vocês não me querem aqui, vou embora.

Leo bloqueou o caminho de Dylan.

– Não é nada pessoal. Max só não domina todas as convenções sociais ainda.

Dylan suspirou, como se não quisesse realmente se explicar.

— Meu pai trabalhou na indústria musical. Já passei um tempo em estúdios de gravação algumas vezes. Fiz mixagens para concertos da escola e até editei algumas das minhas canções, quando estava entediado durante as férias de verão.

— Que instrumentos você toca? – perguntou Leo.

— Um pouco de tudo, apesar de teclado ser o meu forte – respondeu Dylan. – Quando fiz minha demo usei uma bateria eletrônica, depois adicionei teclado, baixo e guitarra.

— Você tocou *tudo* sozinho? – questionou Max, desconfiado.

— Era bateria eletrônica – repetiu Dylan. – Mas toquei o resto.

Max não parecia acreditar em uma só palavra.

— Então que tipo de música você tem tocado em Yellowcote?

— O trombone na orquestra – declarou Dylan – Mas era chato e fui expulso por desrespeitar a professora.

Max sorriu triunfante.

— Trombone! Você também sabe andar sobre a água?

— Max, pare de babaquice – falou Leo. – Você está tentando gravar isso desde quinta-feira e não conseguimos porcaria nenhuma.

— Faço qualquer coisa para não esquentar a cabeça – explicou Dylan. – Entrei para a orquestra para sair do rúgbi e escolhi o trombone porque não havia disputa pela vaga. Se eu tivesse tentado piano, teria que aprender cinquenta páginas de música antes de cada recital.

— Está me parecendo alguém bem preguiçoso – afirmou Max em tom acusatório.

Dylan estava cansado das respostas grosseiras de Max e se virou para a porta.

— Por hoje é só, pessoal!

Dessa vez, Leo não tentou impedir Dylan de sair. Mas Eve saltou do banco do baterista e gritou:

— Max, seu pústula egomaníaco! Você não tem ideia do que está fazendo. Deixe Dylan nos ajudar.

Foi a primeira coisa que Eve disse, e Dylan se virou para olhar, apenas para se deparar com Eve se acomodando novamente na bateria como se nada tivesse acontecido.

Max suspirou alto, seguido por um dar de ombros que queria dizer *se você insiste*.

Dylan gostava de brincar com equipamento de gravação e estava mais interessado em participar do que deixava transparecer. Havia um piano vertical encostado na parede. Ao passar em frente a ele, Dylan abriu a tampa e tocou com facilidade os compassos de abertura de "The Entertainer", de Scott Joplin, só para mostrar a Max que não era um mentiroso.

– Nada mal! – Leo riu, enquanto Max se irritava.

Uma mesa de mixagem digital de dezesseis canais ficava junto à janela, com dois microfones conectores plugados atrás. O console parecia intimidador com aquelas fileiras de botões, *faders*, controles giratórios e uma tela de LDC de quatro polegadas, mas Dylan já havia usado o mesmo equipamento para gravar efeitos de batidas e flautas para a pantomina natalina da escola preparatória.

Seus dedos se moveram com habilidade, zerando todos os *faders* e criando uma nova pasta de projeto no HD do console. Ao terminar de fazer isso, ele olhou para a estante de microfone posicionada em frente à bateria e tentou não deixar seu desdém muito óbvio.

– Se vocês estão usando só um microfone, é melhor deixá-lo no alto para capturar a ambiência da bateria toda – explicou Dylan. – Mas uma mixagem estéreo é sempre útil.

– Então você usaria mais de um microfone na bateria? – perguntou Leo.

Dylan sorriu. Era uma prova da arrogância de Max que eles estivessem tentando fazer uma gravação havia dias sem saber informações básicas que qualquer um poderia aprender ao fazer uma busca de dois minutos no Google.

– Num estúdio adequado você teria dois microfones mantidos a distância e microfones direcionais extras posicionados sobre as peças individuais – esclareceu Dylan. – Talvez até oito ou dez microfones no total. Mas só vou gravar com dois.

Max interrompeu:

– Então talvez devêssemos usar microfones direcionais.

Dylan rangeu os dentes.

– Max, parceiro, dois segundos atrás você não sabia o que era um microfone direcional, e agora está me dizendo como fazer meu trabalho. Um engenheiro de estúdio pode gastar metade de um dia ajustando e microfonando uma bateria, mas nós estamos gravando uma demo, não o novo álbum do Radiohead. Se simplificarmos as coisas, provavelmente conseguiremos mixar duas faixas de demo decentes antes do fim da tarde.

– E é exatamente o que queremos – declarou Leo, antes de sair procurando estantes de microfone mais altas.

– Tudo bem – concordou Max, cruzando os braços e fechando a cara.

A escola tinha vários microfones e muitos materiais, mas eram apropriados para performances em palcos em vez do kit mais sutil usado em estúdios de gravação. Levou cerca de dez minutos para Dylan e Leo improvisarem uma arrumação com duas estantes de microfone em cima de carteiras escolares.

A srta. Hudson deu uma passada rápida. Dylan teve medo de que ela o mandasse voltar para a sala um, mas parecia satisfeita que ele estivesse fazendo algo útil.

Assim que a professora saiu, Dylan se posicionou junto à mesa de mixagem e olhou para Eve:

— Comece a tocar essa música só pra ajustarmos o volume de gravação, ok?

Ele apertou o botão vermelho no primeiro canal de gravação e meneou a cabeça para Eve.

"Psycho Killer" começou com uma introdução de guitarra suave, acompanhada por um trabalho delicado de prato. Para ajudar a manter o ritmo, Eve usava fones de ouvido e ouvia uma das gravações com a banda completa que havia sido feita mais cedo. Ela fechou os olhos e bateu o pé durante os compassos de abertura.

Eve parecia frágil e séria, como se dedilhasse uma harpa em vez de tocar uma bateria. Mas quando a música se elevou, Eve explodiu. Ela era baixa e tinha que se levantar do banco para conseguir bater com força na bateria completa. Seu rosto se contorcia e o longo cabelo preto balançava.

Cena um tanto estranha, mas os ouvidos de Dylan lhe diziam o contrário.

De acordo com o display da mesa de mixagem, os níveis de gravação pareciam bons e, quando Eve abriu os olhos para ver se deveria parar, Dylan fez um gesto circular com as mãos e moveu os lábios em silêncio, dizendo *continue*.

– Nada mal mesmo – comentou Dylan, salvando a faixa como *Bateria: Tomada Um*, e tocando, em seguida, um fragmento para todos ouvirem.

– Faremos mais duas tomadas, então vamos reposicionar os microfones pra começar a ajustar as guitarras.

23. Traidora no pedaço

Depois da aula, Adam e Jay esperaram por Babatunde junto ao portão da Escola Carleton Road.

– Como foi com seus dois amiguinhos hoje? – perguntou Adam.

– Horrível – admitiu Jay, com o telefone na mão enquanto mandava uma mensagem para sua prima Erin. – Tudo bem com o Salman, mas Tristan não fala comigo e está monopolizando o Salman o tempo todo. Toda vez que digo alguma coisa, Tristan se intromete com algum comentário idiota ou tenta me cortar. Quando tivemos que formar duplas na aula de educação física, Tristan ficou uma fera porque Salman não queria fazer par com ele.

– Que bom que ele escolheu você, pelo menos – afirmou Adam.

Jay balançou a cabeça.

– Salman cansou de ficar no meio de tudo isso. Ele fez dupla com uma das garotas. Tristan foi o último a formar par e ficou com o esquisito do Peter Frink que cheira a mijo e cê-cê. A cara dele foi *demais*.

– E Erin ainda não se decidiu? – questionou Adam. – Típico das garotas.

Jay deu de ombros.

– Acabei de mandar uma mensagem pra ela.

O telefone tocou no instante que Jay o balançava. Uma foto de Erin com uma laranja enfiada na boca piscava no display.

– Bem na hora – disse Jay ao atender. – Estamos justamente aguardando Babatunde.

– Não vou me juntar a vocês – declarou Erin. – Desculpem.

Então uma voz surgiu ao fundo:

— Diga ao Jay que ele é um grande babaca.

Jay quase deixou o celular cair.

— Você está com *Tristan*?

— Estou — admitiu ela. — O Brontobyte tinha vaga para um guitarrista.

— Você pegou meu antigo lugar! — esgoelou-se Jay. — Temos o mesmo sangue. Não *acredito* que você fez isso.

Adam parecia em choque com o que ouvia.

— Erin entrou para o Brontobyte?

— Desculpem, meninos — falou Erin. — Quando pensei em tocar numa banda, a ideia me pareceu muito legal. Mas não quero cantar, e Tristan me ofereceu a guitarra principal.

Jay estava em choque enquanto Tristan gritava ao fundo de novo:

— Sua banda nova estúpida não tem cantor, seu magrelo otário!

— Erin, como você pode gostar do Tristan? — reclamou Jay. — Sei que o acha atraente, mas ele é o moleque mais mimado que existe. Só se importa consigo mesmo.

Erin riu.

— Se ele é tão horrível, por que vocês eram tão amigos até três dias atrás?

Ela o deixou sem palavras, e Jay percebeu que não ganharia nada discutindo.

— Então que se dane, divirta-se — concluiu Jay. Ele encerrou a ligação e se virou para Adam, balançando a cabeça. — Dá para acreditar nela?

— Um pouco — respondeu Adam. — Sabemos que ela sempre foi caidinha pelo Tristan.

Jay tremeu.

— Se Erin ficar com Tristan, isso nunca vai ter fim. Não seria tão ruim se ela fosse feia.

— Erin e Tristan formariam um casal de capa de revista — provocou Adam. — Serão convidados pra todas as festas legais. Vão comer em restaurantes com o time de beisebol. Irão ao baile do Dia de Ação de Graças. Vão perder a virgindade em um Cadillac estacionado no Pico dos Amantes...

— Cale a boca, cérebro de bosta – esbravejou Jay. – Não me importo com Tristan. O que *nós* vamos fazer pra arranjar um cantor?

Adam olhou para o relógio.

— Onde diabo está Babatunde, aliás? Será que ele saiu pelo portão errado?

— Tem o portão da frente e o dos fundos – lembrou Jay. – Não pode ser tão difícil.

Babatunde demorou mais alguns minutos para chegar e veio com uma surpresa: Theo, o irmão de dezesseis anos de Jay e Adam.

Theo parecia muito com Adam, mas era dez centímetros mais alto e tinha cabelo escuro como Jay. Ele fazia o tipo brutamontes bonitão, com quatro brincos, corte moicano e um escorpião tatuado na nuca. A prova da sua tentativa de parecer uniformizado era a gravata sobre uma camisa xadrez.

— Nunca havia me dado conta de que você tinha dois irmãos – disse Babatunde a Jay. – Pensei que Theo fosse Adam.

— Esse cara surge e começa a falar sobre um ensaio – explicou Theo. – Eu não tinha a menor ideia.

A linha de raciocínio de Theo foi interrompida por uma professora de artes recém-contratada e muito bonita passando pelo portão e atravessando a rua.

— Srta. Tucker – gritou Theo para ela. – Quer ir até a minha casa e ver minha linguiça de vinte e dois centímetros?

A professora parou de andar e fez um gesto de pênis mole com o dedo mindinho.

— Não foi isso que ouvi por aí, Theo.

Adam, Babatunde e Jay riram, junto de alguns meninos do sétimo ano que passavam naquele momento. Theo fez uma careta para esses alunos e eles saíram em disparada.

— A bunda dela é como um pêssego – comentou Adam, enquanto observavam a professora descer a rua em direção à estação de metrô.

— Ela é gostosa mesmo – concordou Babatunde, ao olhar para a professora por sobre seus óculos de sol malucos. – Aposto que ela só sai com caras de primeira linha como eu.

Theo encarou Jay.

— Então por que ninguém me falou sobre essa banda que você está formando?

Mas foi Adam quem respondeu:

— E por que você se importaria? Não vejo você tocar uma só nota desde o primário.

— Estamos montando uma banda séria – complementou Jay. – Foi por isso que saí do Brontobyte.

Adam pôs a mão diante da boca e fingiu tossir:

— *Saiu?*

— Eu posso ser comprometido – afirmou Theo. – Lembram quando aquele juiz me chamou de respeitável?

— Você é um caso para internação – declarou Adam.

Adam se dava bem com Theo e provavelmente era o único garoto que poderia dizer uma frase como essa sem ter a cabeça arremessada no muro de tijolos mais próximo.

Jay lançou um olhar resignado para Babatunde.

— O problema é que nossa cantora caiu fora. Mas ainda podemos voltar pra nossa casa e ensaiar.

— Tenho certeza de que encontraremos alguém – acrescentou Adam.

— Sou um cantor *excepcional* – candidatou-se Theo.

Jay tapou os ouvidos de forma dramática quando seu irmão começou a cantar um música, mas a voz grave de Theo tinha um alcance considerável.

— Já ouvi muito piores – comentou Babatunde.

Mas Jay estava morrendo de medo. Theo era maluco e uma banda com ele não seria o projeto profissional com o qual havia passado semanas sonhando.

– Que tal se eu tentar por um tempo? Se não der certo, me mandem cair fora e arranjem outra pessoa – sugeriu Theo.

A banda era importante para Jay, então ele resolveu se arriscar:

– Você quis dizer para arranjarmos outra pessoa ou arranjarmos outra pessoa *depois* de você surtar e nos matar?

Jay imaginou a própria morte assim que as palavras saíram de sua boca, e tremeu na base quando a expressão de Theo ficou cruel.

– Como disse, Jayden? – sibilou Theo. – Acho que não ouvi *bem* o que você falou.

Adam se intrometeu para salvar Jay:

– Theo, o que ele está dizendo é que se trata de música. Jay é um músico melhor do que você ou eu. Para uma banda dar certo, tem que se basear em quem sabe o que está falando, não no fato de que você é o mais durão.

Babatunde não gostou do rumo que as coisas estavam tomando.

– Já toquei em três bandas – alertou ele. – Tem química ou não. Se não está dando certo agora, não faz sentido continuar.

Theo pressionou uma palma da mão na outra e se curvou em estilo oriental para Jay.

– Prometo solenemente tratar você com absoluto respeito. Só se você fumar minhas drogas ou dormir com a minha garota vou me reservar o direito de esmagá-lo feito um inseto.

Jay falou desconfiado:

– Ok, vou lhe dar uma chance.

– Além disso, mamãe me expulsaria de casa a pontapés se eu machucasse você de verdade – completou Theo.

Babatunde bateu palmas.

– Então as senhoritas vão ficar aí conversando, ou vou poder batucar um pouco?

Theo apontou quando os quatro garotos começaram a andar.

– Meu carro está estacionado logo ali.

Jay engasgou.

– Carro?

Theo olhou para Jay como se ele fosse idiota.

– Sim, você sabe. Aquela coisa de metal, com quatro rodas, portas, volante.

– Mas me lembro de já ter ouvido algo sobre leis – retrucou Jay. – A pessoa precisa ter dezessete anos, ter carteira de motorista, pagar o seguro. E você ainda está sob condicional.

Theo bufou e sorriu.

– Jay, se você vai fazer estardalhaço por qualquer *minúsculo* detalhe burocrático, pode pegar um ônibus.

A principal preocupação de Jay era a reação da mãe deles se todos fossem pegos em um carro roubado. Mas Adam e Babatunde não se importavam, e ele não queria parecer frouxo na frente de seus novos companheiros de banda.

24. Hora de dormir

O Pandas of Doom gravou duas canções antes de Eve ter que voltar ao Rustigan para o treino de hóquei. Por volta do fim da tarde, Dylan havia concluído uma mixagem preliminar. A primeira faixa era "Psycho Killer", do Talking Heads, a segunda era uma música escrita por Max e Eve chamada "Hora de dormir", a qual Dylan havia improvisado no teclado.

Dylan jantou como de costume na sua mesa de canto perto da janela, na companhia de Leo e Max, que, sentados em frente, compartilhavam o fone de ouvido do iPhone de Dylan.

– Tem uns acordes estranhos... – comentou Max, no seu tom ríspido de sempre, mas ao mesmo tempo sorriu numa aprovação quase involuntária.

Leo não tinha ressalvas, e balançava a cabeça, abrindo um grande sorriso.

– Você mandou bem, Dylan – afirmou, enquanto pegava um monte de batatas no garfo, feito uma pá alimentando uma fornalha de trem a vapor. – Suas inserções de teclado realmente fazem a diferença em "Hora de dormir".

– Não tenho tanta certeza – disse Max. – Porque a demo é *nossa* e nós não temos um tecladista.

Leo estendeu as mãos em direção a Dylan.

– Sei onde podemos arranjar um.

Dylan estava lisonjeado. Não conseguia conter o sorriso enquanto aguardava a alfinetada inevitável de Max.

– Uma banda é um compromisso sério – declarou Max. – Não faz muito o seu estilo, não é, Dylan?

Dylan deu de ombros enquanto mastigava a torta de peixe. Ele havia se dado conta de que gostaria de se juntar à banda quando estava mixando a faixa, mas não queria tirar todas as cartas da manga apenas para Max acabar com ele.

– Eu me diverti essa tarde – falou Dylan, evitando a questão. – Algum de vocês gosta de Black Flag?

Leo confirmou com a cabeça.

– "Damaged" é um ótimo álbum.

– Também acho – concordou Dylan. – E você, Max?

Max mudou de assunto, em vez de admitir que não conhecia Black Flag.

– Talvez a gente precise mesmo de um tecladista – admitiu Max. – Isso daria mais amplitude ao nosso som.

Leo sorriu.

– O que você acha, Dylan?

– Poderia dar certo – respondeu ele, ainda tentando não parecer entusiasmado demais. – Que tal ensaiarmos juntos algumas vezes e ver o que acontece? E quanto à Eve, ela vai aceitar isso numa boa?

– Acho que ela gostou de você – comentou Leo. – Ela nunca fala muito, mas você sem dúvida vai ficar sabendo se ela não gostar.

– Enviei um MP3 de uma de suas faixas pra ela por e-mail – avisou Dylan.

Max parecia menos empolgado após ter se esquivado do constrangimento de admitir que desconhecia a banda Black Flag.

– Tenho que discutir isso com ela, com certeza – afirmou com ar superior.

Mas Leo o ignorou e se esticou por cima da mesa para apertar a mão de Dylan.

– Bem-vindo ao Pandas, garoto!

*

Big Len entrou na lanchonete, passou por baixo do balcão e deu um beijo na mãe de Jay. O estabelecimento estava naquela meia hora de calmaria entre a saída das crianças da escola e a correria do lanche.

– Como foi? – perguntou ela.

Big Len respondeu puxando uma bolsa de tecido cheia de moedas ruidosas do bolso.

– Sessenta e duas libras do bingo – explicou. – Um bando de velhinhas animadas. Valeu muito a pena viajar ao sul do rio.

– Vou precisar de ajuda daqui a pouco – avisou Heather. – Os garotos estão todos lá embaixo ensaiando.

Len pareceu empolgado.

– Uma nova banda? Tenho que ouvir isso!

Uma barulheira de guitarras vinha diretamente do andar de baixo. Len pendurou seu casaco e desceu correndo. O porão cheirava levemente a mofo, com paredes de tijolos nuas, teias de aranhas e piso de cortiça deteriorado. O som parou quando Len entrou. June e Patsy correram para abraçar o pai, mas Hank estava engatinhando para ajudar Babatunde a revestir o interior de um bumbo com papel-alumínio com o objetivo de aguçar sua sonoridade.

Depois de apertar e beijar cada uma das filhas, Len acenou para Jay, Adam e Theo, depois foi até a bateria no fundo da sala para se apresentar a Babatunde.

– Ouvi dizer que você é muito especial – disse Len. – Tenho medo de que esses meus tambores velhos já não deem mais para o gasto.

– Eles têm personalidade – respondeu Babatunde com gentileza. – Quem se importa se parecem um pouco acabados.

— Revestir um bumbo com papel-alumínio é o sinal de uma verdadeira loucura – ressaltou Len. – Você sabia que esse é um trinta polegadas? Resgatei o conjunto todo quando o Lovegroove Studios faliu, mais de vinte anos atrás.

– Jay mencionou que você já foi músico de estúdio – disse Babatunde. – Você ainda toca?

Hora de dormir

Big Len parecia envergonhado, então Adam respondeu por ele:
– Ele canta em centros comunitários e asilos.
– Para minha vergonha eterna – disse Len, rindo, enquanto Hank engatinhava para longe da bateria e abraçava a coxa do pai. – O que eu faço é tocar algumas músicas, e consigo a participação de todos com um bom e velho repertório de sucessos. Depois pego as cartelas de bingo e faço com que gastem alguns trocados enquanto estão alegres. Não é nada glamoroso, mas dá algum dinheiro e é sempre durante o dia, assim posso estar aqui quando a lanchonete fica cheia.
– Todo mundo precisa pagar as contas – declarou Babatunde, se inclinando para inspecionar o trabalho manual de Hank com o papel-alumínio. – O rapazinho fez um bom trabalho. Vamos tocar "Christine" de novo?
– Essa eu tenho que ouvir – falou Big Len, sentando-se ao pé da escada, com Hank e Patsy em ambos os lados e June no seu colo.
– Não espere muita coisa – alertou Jay. – Só estamos trabalhando nela há meia hora. Ainda não chegamos ao terceiro verso sem errar.
Theo pigarreou e fez uma rápida leitura da letra. Jay e Adam pegaram suas guitarras e as três crianças mais novas taparam os ouvidos com os dedos mindinhos.
– Prontos? – perguntou Babatunde. – Vamos? Agora!
Ele começou a batucar e Len percebeu por que Jay havia ficado tão entusiasmado. O som não tinha o entrosamento de uma banda que ensaiara junta, mas Jay era um bom guitarrista e Adam, um baixista sólido. Embora Len tivesse notado que Erin não estava lá, só depois de passados os compassos iniciais ele passou a se perguntar se Theo conseguiria cantar.

> Christine, Christine, não estou sendo cruel,
> Seu corpo não me leva ao céu,
> Mas sou um cara desesperado,
> Nunca chamei a atenção de uma garota...

A resposta era não. Ao menos não no sentido de uma grande voz capaz de arrepiar o público. Mas no rock a voz costuma ser menos importante do que a presença de palco. Theo cuspia os versos como se quisesse apunhalar a plateia. Tinha uma postura forte, fazendo gestos musculares ágeis que pareciam ter saído direto de um ringue de boxe. Ele era o cara mau bonitão, que toda garota gostaria de domar.

Len sabia que tinha visto potencial enquanto "Christine" se desintegrava no fim do terceiro verso. Era o mais longe que haviam chegado e ainda não tinham trabalhado no último refrão, e tampouco na finalização. As duas garotinhas bateram palmas e, ao mesmo tempo, Hank colocou dois dedos na boca e assobiou alto.

– Estou sentindo a onda aí – disse Len com entusiasmo, ao se levantar.

Jay deu um enorme sorriso. *Dane-se Tristan, dane-se Erin.* Ele sentia como se tivesse abandonado uma bicicleta e entrado numa Ferrari com propulsão a jato.

– Mais alguns ensaios e nós estaremos mandando ver, porra! – gritou Adam, estendendo a palma da mão para tocar na de Theo.

Len apontou para as crianças.

– Olhe o linguajar!

– Você já tocou em outras bandas – falou Jay, olhando para Babatunde. – O que está achando?

– Precisamos dar uma afiada – respondeu. – Mas os ingredientes estão todos aqui.

– Tomei um café na Starbucks com meu parceiro Steve mais cedo – comentou Len. – Ele é gerente do Old Beaumont em Camden Lock. Quando contei sobre vocês, ele mencionou que a Terror FM promove uma batalha de bandas lá durante o feriado de Páscoa. Ele me passou o site pra vocês darem uma olhada.

Len vasculhou o bolso do casaco de couro até encontrar um guardanapo dobrado e entregar a Jay.

Hora de dormir

– Já ouvi falar do Rock The Lock – disse Jay. – Existem algumas competições bem toscas por aí, mas essa parece ser uma das melhores. Eu diria que vale tentar se ainda der para nos inscrever.

– Mas três semanas são suficientes para nós? – perguntou Adam.

– Acho que sim – afirmou Jay, assentindo. – Não é como um *gig*, no qual temos que tocar um repertório completo. Só temos que praticar algumas músicas, três no máximo.

Babatunde rufou um tambor e bateu num prato.

– Estou dentro.

Theo concordou com a cabeça.

– É bom ter um objetivo para focar – disse Adam.

Jay olhou para os irmãos.

– Só não deixem a Erin ficar sabendo disso. Não quero que o Brontobyte apareça.

TRÊS SEMANAS DEPOIS

25. Minha adorável família

Summer tinha programado o despertador para as sete da manhã, mas estava tão animada com sua primeira viagem a Londres que já tinha tomado banho e secado o cabelo quando o alarme começou a tocar. Vestindo sutiã e calcinha, ela correu para desligar o despertador. Uma lufada de ar entrou pela porta vaivém e fez voar alguns dos cartões de seu décimo quarto aniversário para fora do baú na cabeceira da cama. Ela havia recebido oito no total, sete a mais do que no ano anterior.

– Posso usar o banheiro agora? – perguntou Eileen do corredor. – Eu não queria atrasar você.

– Sem problemas, vovó – disse Summer, alegre. – Vou fazer ovos mexidos para o café da manhã num minuto, e preparar seu sanduíche para o almoço. Não sei a que horas chegarei em casa, mas tem uma lasanha Tesco pra descongelar se você ficar com fome.

– Ponha um vestido de gala ou algo assim – sugeriu Eileen. – Você nem se secou direito. Vai acabar pegando um resfriado.

Summer observou a luz do sol brilhando através da janela.

– Vovó, olhe lá pra fora! Deixei o rádio ligado durante o banho. O homem do tempo disse que vai fazer um dia lindo.

Summer pegou uma roupa que estava em cima da cama e a ergueu: um vestido curto preto brilhante e meias-calças listradas de vermelho e preto.

– Tenho uma camiseta do The Clash para botar por cima do vestido pra parecer mais punk.

– Muito legal – disse Eileen. – São da Lucy?

— Peguei o vestido emprestado com ela — confessou Summer. — Mas comprei as meias-calças no mercado. Quatro e cinquenta do meu dinheiro de aniversário. Consegui com o vendedor um desconto de cinquenta centavos.

Summer não queria vestir a roupa antes de preparar o café da manhã, porque sabia que acabaria respingando manteiga ou algo assim. Para manter sua avó satisfeita, ela colocou uma blusa branca do uniforme, de manga comprida, atravessou o corredor aos pulos e começou a fazer os ovos.

O sol batia na janela da cozinha e o calor nas costas de Summer era agradável enquanto ela mexia a frigideira com ovos. Então a menina ouviu o chiado do inalador de sua avó e correu para o corredor.

— Você está bem? — perguntou Summer.

— Não se preocupe — respondeu Eileen, ao se recostar na parede.

Mas sua respiração estava entrecortada e seu rosto, branco como giz.

— Venha — disse Summer com gentileza, agarrando a avó sob o braço. — Vou colocá-la na cadeira e pegar seu oxigênio.

Para reduzir a distância até o banheiro, a poltrona de Eileen e o cilindro de oxigênio ficavam junto à porta da sala, do lado de dentro. Mas os quatro passos levaram meio minuto. Enquanto Eileen afundava desajeitada nas almofadas, Summer acionou o oxigênio e colocou a tira elástica da máscara de inalação em volta da cabeça da avó.

— Respire lentamente, o mais fundo que puder — disse Summer, mantendo a voz calma, mas ansiosa por dentro.

Sua avó tinha ataques como esse cerca de uma vez por mês e podia demorar várias horas para ela se sentir forte o bastante para ir até o banheiro ou a cozinha sem ajuda.

Eileen ergueu a máscara e se esforçou para sorrir.

— Não se preocupe, querida — falou, sem ar. — Vou ficar bem em um instantinho. É melhor se vestir. A que horas o carro vem buscar você?

— Às oito – respondeu Summer. – Mas eles sabem que não posso ir se você estiver passando mal.

— Você vai para a escola quando estou assim.

— Só que ela fica logo ali na rua – argumentou Summer. – O máximo de tempo que fico fora são as três horas entre o começo da aula e o almoço. Se eu for para Londres, talvez você não consiga ir ao banheiro ou beber algo até de noite.

— Acabei de ir – ponderou Eileen. – Vou dar um jeito.

Summer se chateou um pouco com a avó. Entre tantas datas possíveis, isso tinha que acontecer naquele dia.

— Vou ligar para os Wei agora mesmo – falou a menina, tentando lembrar onde havia deixado o celular. Mas então sentiu um cheiro de algo queimando. – Ah, droga. Deixei a frigideira acesa!

*

Jay estava deitado na cama com um olho aberto sobre o edredom. A aparência forte e bela de Kai era revoltante enquanto ele fazia flexões com os punhos cerrados no chão.

— Por que você está me encarando? – perguntou Kai, rolando de barriga para cima e começando a fazer abdominais. – Está ficando excitado?

Jay deu um sorriso irônico.

— Kai, *se* eu fosse gay, não me interessaria por alguém que dorme com o uniforme de boxe fedido.

Kai prendeu os pés sob o aquecedor e recomeçou a fazer abdominais.

— As garotas que estavam lá na academia na noite passada não pareceram se incomodar – falou com presunção. – Não tenho visto muitas garotas andando com *você* ultimamente.

Essa frase foi certeira porque Kai já havia saído com duas garotas, enquanto Jay nunca tinha ficado com ninguém. Felizmente, o orgulho de Jay foi salvo porque a mãe deles entrou, acertando Kai com a porta ao escancará-la.

— Bacon e ovos na mesa em dez minutos, no lixo em onze, então levem logo esses corpos cheios de espinhas lá para baixo. E, Kai, você está fedendo demais. Que tipo de mãe vão pensar que eu sou?

Jay sorriu quando sua mãe levantou Kai pelo uniforme de boxe, arrastou ele até o corredor e o jogou em direção ao banheiro.

— Não tranque a porta – gritou ela. – Os outros podem querer usar a privada.

— Preciso de uma toalha – protestou Kai.

— Você vai ganhar mais do que uma toalha de mim já, já – berrou Heather. – Use uma das que estão no chão.

Jay riu ao rolar para fora da cama, e passeou pelo corredor, coçando as próprias bolas. A mãe dos rapazes abriu a porta ao lado. Ela podia parecer severa para alguém que não a conhecesse, mas aquela mulher tinha oito filhos e um negócio para tocar, portanto não sobrava muito tempo para sutilezas.

— Adam, Theo, café da manhã em dez minutos, lixo em... Adam, onde diabo está o seu irmão?

Jay ouviu, cheio de curiosidade, quando Adam falou:

— Não veio pra casa ontem à noite.

— O que quer dizer com "não veio pra casa"? O que ele anda aprontando? – perguntou ela.

— Não sou a babá dele – respondeu Adam. – Ele não veio pra casa depois do boxe. Pode ser que Kai saiba.

— Como é que eu vou saber? – berrou Kai do banheiro, enquanto Hank e June passavam correndo por Jay vestindo seus pijamas.

— Vocês dois, não se atrevam a pisar nessa escada até trocarem de roupa! – gritou a mãe do corredor, antes de virar-se mais uma vez para Adam. – O que eu devo fazer se o oficial da condicional do Theo ligar? Ele deveria estar debaixo deste teto às nove da noite.

Jay ainda estava sorrindo por causa do que tinha acontecido com Kai, mas demonstrar alegria era um grande erro quando a mãe deles estava furiosa.

— Fui até o porão ontem pegar uma lata de óleo de cozinha – esbravejou ela. – Está uma desgraça: copos, pacotes de biscoitos, latas, brinquedos, pares de tênis. Quando tiver terminado seu café da manhã, pode descer lá e arrumar tudo.

— Hoje tem uma batalha de bandas – argumentou Jay.

— E você não vai a lugar nenhum até que o porão esteja arrumado, então ande logo.

Kai se curvou para fora do banheiro.

— Dê bronca nele, mãe! – berrou, entusiasmado.

— Kai – rugiu ela. – Se você não estiver debaixo desse chuveiro em dez segundos, vou entrar aí e esfregar você com a escova da privada.

Adam atravessou o corredor até o banheiro. Jay ouviu Kai protestando enquanto descia para a cozinha:

— Adam, seu nojento! Você não pode fazer cocô enquanto estou no chuveiro.

*

O sr. Wei atendeu ao telefone e notou a voz de Summer chorosa. Ele estava em uma cozinha espaçosa e bem equipada, com Michelle sentada em um banco para tomar o café da manhã, comendo cereal de chocolate e deixando de propósito o leite marrom escorrer do próprio queixo até o pijama.

— Summer, preciso que você se acalme – pediu ele. – Tenho certeza de que podemos dar um jeito nisso.

Assim que Michelle ouviu o nome de Summer, ela correu para perto, com os pés descalços estapeando o assoalho. Seu pai apontou para a escada.

— Chame sua mãe, *rápido*.

— Sinto muito mesmo – desculpou-se Summer, arrasada, do outro lado da linha. – Eu me sinto tão mal. Ensaiamos tanto pra isso, mas não posso deixar minha avó aqui nesse estado.

O sr. Wei passou meio minuto tranquilizando Summer antes que a esposa entrasse de roupão na cozinha. Seus ombros eram largos, o cabelo preto comprido ia quase até a base da coluna, e parecia emburrada.

– Summer, pode esperar uns minutinhos? – perguntou o sr. Wei.

– Me ligue de volta – disse Summer, desesperada. – Só tenho sessenta centavos de crédito. Você tem o meu número?

– Está no histórico de chamadas – respondeu.

Ele pôs o telefone sem fio no lugar quando Lucy entrou no cômodo, penteando o cabelo úmido.

– A avó de Summer está tendo uma manhã difícil – explicou o pai. – Ela provavelmente ficará bem, mas vocês só devem voltar de Londres à noite e Summer não pode deixá-la sozinha por tanto tempo.

A sra. Wei deu de ombros e disse:

– E o que você espera que eu faça com relação a isso?

– Você disse que ia trabalhar de casa hoje – afirmou o sr. Wei. – São apenas dez minutos de carro daqui, então imaginei que você pudesse passar lá algumas vezes e checar como ela está.

– Não quero chegar perto daqueles prédios – disse a sra. Wei, estremecendo de modo teatral. – Nem gosto de *dirigir* por aquela área.

– Mãe, não podemos tocar sem Summer – explicou Lucy.

– Você é tão chata – acrescentou Michelle, nada construtiva. – Sempre odiou nossa música.

A sra. Wei não negou a acusação enquanto seu marido esfregava a palma da mão na testa, imerso em pensamentos.

– É um barulho pútrido – declarou a sra. Wei com frieza. – Eu ajudaria se vocês tocassem música de verdade. Por isso matriculei as duas em aulas de violino e piano.

Lucy franziu a testa com ódio ao bater a porta da geladeira e beber grandes goles de suco de laranja direto da garrafa.

– Duas garotinhas asiáticas com vestidos floridos em recitais de piano. Existe estereótipo maior?

– Também não vejo boas notas – disse a sra. Wei. – O que eu vejo são horas sentadas no fosso, produzindo um barulho terrível e com garotos entrando e saindo.

– De que século você é? – gritou Lucy exasperada.

A sra. Wei se virou para o marido.

– Tenho um tour de palestras para preparar e trabalhos para corrigir. Se eu quisesse ser enfermeira, teria estudado para isso.

– Eu queria que você morresse logo, mãe – berrou Michelle.

A sra. Wei olhou com completa indiferença para a filha.

– Foi seu pai quem disse a vocês que podiam ter uma banda de rock.

Enquanto a sra. Wei subia tranquilamente a escada, o marido suspirou, resignado, antes de pegar o telefone da bancada e ligar para o celular de Summer.

– Como está a sua avó? – começou ele num tom calmo

– Recuperando a cor aos poucos – respondeu a menina. – Ela diz que está bem, mas sem chance de deixá-la aqui por dez horas.

– Eu sei – disse o sr. Wei. – Se eu buscar sua avó aí, ela pode passar o dia em meu escritório. Temos um banheiro para deficientes. Tenho certeza de que conseguimos arranjar um DVD para ela assistir e, na hora do almoço, posso levar Eileen na cadeira de rodas até o refeitório para comer algo muito bem preparado. O que você acha?

– Os elevadores estão funcionando, então deve dar certo – disse Summer. – Tem um cilindro de oxigênio cheio no corredor, e você vai ter que levar o aparato respiratório, mas... – Summer fez uma pausa para pensar se havia esquecido algo. – Não, vai dar tudo certo – confirmou ela.

– Ok – disse o sr. Wei, fazendo um sinal de positivo com o dedão para as filhas. – Vou pegar o carro agora mesmo para ajudar você e sua avó a descerem com o oxigênio. A mãe de Coco vai buscar você às oito, como combinado, então ela deve dirigir até aqui para pegar Lucy, Michelle e os instrumentos que estão no fosso. Vou sair assim que vestir uma camisa e calçar os sapatos.

Summer riu e conteve as lágrimas.

– Tem certeza? – Ela fungou. – É muita gentileza. Vou só confirmar com minha avó, mas estou certa de que ela vai concordar.

Guerra do Rock

O sr. Wei desligou e sorriu quando as filhas enroscaram os braços em torno dele.

– O melhor pai de todos. – Michelle sorriu, dando um beijo numa bochecha do sr. Wei enquanto Lucy beijava a outra.

26. Sanduíche de ovo voador

Jay saiu da cozinha com um sanduíche de ovos fritos com bacon, justo quando duas cuecas sujas passaram voando pelo corredor. Acertaram seu rosto e caíram no prato. Jay ergueu os olhos e viu Kai na escadaria fazendo mira com meias emboladas.

– Esse é o meu café da manhã, seu filho da mãe imundo! – gritou Jay, e em seguida jogou o prato e o sanduíche, com força, escada acima, na direção do irmão mais novo.

O arremesso atingiu Kai na perna, deixando uma grande mancha de ketchup na sua calça jeans recém-lavada.

– Jay e Kai estão brigando de novo! – berrou Patsy, enquanto Kai saltava a metade restante da escada, agarrando Jay pelo pescoço e jogando-o com força no carpete.

– Me solte – disse Jay aos berros, tentando se desvencilhar do irmão.

Mas Kai sabia usar sua força. Virou Jay de bruços, pressionou o joelho com força nas costas dele e torceu o braço do garoto mais velho numa chave dolorosa. Adam ouviu a comoção da sala de estar e houve um som agudo de algo quebrando quando acertou Kai no rosto antes de arrastá-lo por trás.

– Quer brigar com alguém, então lute comigo! – exclamou Adam, ao empurrar Kai na parede e encará-lo.

Kai adorava uma briga, mesmo contra um oponente maior. Ele se contorceu até se libertar e socou Adam na lateral da cabeça.

Adam era dois anos mais velho que Kai, mas não tinha a mesma experiência no boxe que o irmão e se perguntou se não estaria encarando um desafio grande demais quando Kai desferiu uma sequência veloz de socos, empurrando-o de forma perigosa para perto da escada que levava à lanchonete.

Jay ficou de pé e correu atrás de Kai, chutando-o nas costas.

– Ai – gemeu Kai, levando um soco nas costelas e desabando no chão.

Jay estava prestes a pisotear o irmão quando Big Len o ergueu no ar e o atirou na direção da cozinha.

– Parem com isso – explodiu Len. – Vocês estão ficando muito velhos pra essa merda.

Heather rugiu do alto da escadaria com filetes diabólicos no lugar dos olhos.

– Nem posso ir ao banheiro por dois minutos sem que vocês três comecem? – berrou a mãe ao descer correndo.

Adam estava mais perto da escada, por isso levou um tapa na nuca.

– Olhem pra isso – gritou ela enquanto os mais jovens espiavam com nervosismo da sala de estar. – Comida por toda a escada. Roupas nesse estado, que a idiota aqui vai ter que lavar, é claro. Por que vocês não podem deixar o outro em paz?

No meio disso tudo, Kai estava caído na parede do corredor estreito, apertando a mão no peito e gemendo um pouco.

– Com essa idade você deveria saber se comportar melhor! – disse Heather a Adam.

– Foi um acidente, acertei ele com meu joelho – justificou Adam.

Jay se sentiu mal, porque Adam havia defendido ele e, no momento, estava levando a culpa.

– Ele começou me acertando como sempre – afirmou Jay, apontando para Kai. – Ele *sempre* começa a briga.

Sanduíche de ovo voador

– Você jogou seu café da manhã na minha cabeça – queixou-se Kai. – Você é uma mulherzinha. Surtou só porque joguei uma peça de roupa em você.

Jay se preparou para dar um chute em Kai, mas Len o puxou de volta.

– Não quero suas cuecas fedidas na minha cara – gritou Jay, prestes a chorar com a frustração de ter que conviver com Kai. – Eu odeio você.

Heather esfregou as mãos furiosamente e soluçou ao olhar para Len.

– Não consigo mais ter que lidar com isso toda manhã – disse ela. – Meus nervos estão em frangalhos.

Jay e Adam se sentiram culpados quando a mãe deles correu escada acima abalada. Len os encarava furioso enquanto ajudava Kai a se levantar.

– Belo trabalho, garotos – declarou Len com raiva. – Sua mãe trabalha sete dias por semana na lanchonete. Ela tem que cuidar de sete filhos, e os mais velhos não movem um maldito dedo sequer.

– Vou arrumar toda a bagunça – falou Jay, culpado. – E empilhar a louça do café da manhã no lava-louça lá embaixo.

– Tudo bem – disse Len. – Adam, certifique-se de que os mais novos tomem café e se vistam. Kai, vá arrumar o porão.

Ao contrário dos irmãos, Kai se sentiu desafiador, em vez de culpado.

– Ainda não tomei café da manhã.

Len riu.

– Teve o que mereceu ao menos uma vez, não é? Você está sempre abusando dos outros, mas não gosta de ter trabalho.

– Você não é meu pai – disparou Kai. – Não vou fazer o que está mandando.

Len raramente erguia o tom de voz, mas Kai o estava tirando do sério. Ele o agarrou e o ergueu a ponto de os pés do garoto balançarem a um metro do chão.

— Conheci seu pai — berrou Len. — Se Chainsaw Richardson visse você aborrecendo sua mãe desse jeito, ele o mandaria para o hospital por um mês.

Depois que Len o colocou no chão, Kai desceu para o porão. Jay se ajoelhou na escada, pegando o bacon e colocando restos de ovo no prato. Ele jogou tudo na lixeira da cozinha, enquanto Len estava de pé no balcão preparando outro sanduíche para ele.

— Aqui está — disse Len com carinho. — Você jogou o último ovo no seu irmão, então só sobrou bacon.

Jay deu um meio sorriso e ergueu a fatia de cima do sanduíche para acrescentar ketchup.

— Eu tento não aborrecer a mamãe — explicou Jay, ao ficar de pé junto à pia e dar uma grande mordida. — Mas Kai me irrita muito e, dividindo quarto, não tenho como escapar dele.

Len concordou com a cabeça enquanto preparava um café instantâneo para si.

— Ele é mesmo um escroto.

— Mamãe não percebe — argumentou Jay. — Kai me provoca, mas ela sempre dá bronca em nós dois. Ele é forte como um tanque. Eu teria que ser um completo idiota pra *arranjar* briga com ele.

Len sorriu.

— Sua mãe sabe que Kai é um pequeno idiota, mas ela ama todos vocês do mesmo jeito.

— Se o porão não fosse tão úmido, eu dormiria lá embaixo. — Jay suspirou.

Do lado de fora, um carro buzinou. Jay espiou pela janela atrás da pia e ficou chocado ao ver o enorme Porsche Cayenne da sra. Jopling no pátio de paralelepípedos nos fundos. Tristan e Alfie estavam sentados no banco de trás e havia guitarras e peças de bateria no porta-malas.

— Parece que nosso segredinho foi descoberto. — Len sorriu, enquanto Erin corria lá fora.

— Boa sorte a todos — gritou Rachel, a tia de Jay, da porta dos fundos do pub.

Jay derrubou o detergente na pia quando debruçou para gritar pela janela:

— Aonde vocês estão indo, perdedores?

Era uma manhã ensolarada. Erin estava bonita, usava camiseta justa e calça legging verde-escura ao se virar e mostrar o dedo do meio para Jay.

— Acho que pro mesmo lugar que você — berrou Erin.

— Como você descobriu? — perguntou Jay.

Erin sorriu deliberadamente.

— Irmãzinhas têm bocas grandes.

Jay ficou aborrecido com o fato de o Brontobyte estar indo ao Rock The Lock, mas o que realmente o irritou foi como Erin ignorou o assento vazio do carona e entrou no banco de trás do grande Porsche, se aconchegando junto a Tristan.

— Não estou preocupado — disse Jay a Len ao fechar a janela. — Se não conseguirmos derrotar uma banda que tem Tristan como baterista, é melhor queimarmos nossos instrumentos.

— Não sem um cantor — respondeu Len. Assim que o Porsche da sra. Jopling entrou na ruela, ele chamou: — Adam, posso dar uma palavrinha contigo, cara?

Adam veio da sala acompanhado de Hank, que estava com o rosto todo sujo de ketchup e se contorceu inteiro enquanto Jay o colocava sobre o balcão e limpava seus lábios com um pano de prato úmido.

— Onde está o seu cantor? — perguntou Len.

Adam sempre ficava irritado quando lhe perguntavam sobre Theo. Eles se davam bem, mas socializavam com grupos totalmente diferentes.

— Kai acha que Theo foi atrás de alguma garota depois do boxe. Ele não voltou pra casa, então acho que se deu bem.

Len deu de ombros e riu.

– Ai, meu Deus! Nem quero imaginar *ele* transando. Sem falar na reação da sua mãe.

– O que é *se dar bem*? – perguntou Hank.

– Contanto que ele não tenha ido em cana de novo – comentou Jay, ignorando a pergunta complicada de Hank.

– Theo é menor de idade – afirmou Adam, balançando a cabeça. – A polícia teria que ter entrado em contato imediatamente com o pai ou o guardião legal se prendesse um menor, então ele não foi preso.

Len olhou para o relógio de parede.

– Bem, precisamos estar no Old Beaumont em uma hora, então é melhor ele aparecer logo.

27. Malditos operários

Coco tinha as pernas mais compridas, por isso se sentou na frente com sua mãe, Lola. O tráfego estava pesado quando Industrial Scale Slaughter seguiu para Londres pela rodovia M1, mas nada comparado ao terrível engarrafamento matinal em direção a Birmingham.

O carro era uma van Peugeot bastante rodada, com Michelle, Lucy e Summer nos bancos do meio, e as guitarras e a bateria, na última fileira, que foi dobrada para dar espaço.

– Então, eu tive um sonho – começou Michelle.

Lucy resmungou e tapou os ouvidos.

– Não quero dar nenhuma margem para sua mente perturbada.

Michelle cruzou os braços contrariada.

– Está bem, então não vou te contar.

– Caminhoneiro de merda! – gritou Lola.

Ela fora forçada a pisar no freio quando um caminhão com a caçamba aberta transbordando entulho de obra invadiu a pista à frente delas, costurando o trânsito. Lola reagiu dando duas buzinadas.

– Mãe! – censurou Coco, antes de virar-se e olhar para as amigas atrás. – Ela fica *tão* agressiva dirigindo.

Lola respirou fundo e desviou de propósito a discussão de seus rompantes ocasionais de fúria ao volante.

– Não consigo mais me lembrar dos meus sonhos – disse Lola.

Coco bufou.

– Tanta bebida praticamente detonou seu cérebro.

Lola riu e então provocou de volta a filha.

— Vou me lembrar dessa frase sexta que vem quando eu ouvir: Mamãe, minha mesada acabou. Preciso de dinheiro pra sair no fim de semana.

Enquanto as meninas riam, o caminhão à frente delas caiu num buraco. A carroceria tremeu e a porta de trás balançou quando blocos de entulho de isolamento de parede caíram. Nuvens de poeira branca espiralavam do asfalto à medida que os materiais atingiam o chão.

Lola não queria estar por perto quando o próximo amontoado despencasse e já estava dando seta para a pista da esquerda, fora de perigo, no momento em que outro monte de entulho acertou o asfalto. Essa segunda leva caiu com mais violência, e tijolos, fios elétricos e um aglomerado de cabides de arame foram parar na estrada.

O entulho passava por baixo do Peugeot de Lola quando o pneu da frente acertou um pedaço de tijolo, lançando-o no para-lama e fazendo um enorme barulho metálico que sacudiu o carro todo.

Michelle recuou instintivamente, debruçando-se sobre Summer. Lola olhou ansiosa pelo retrovisor. O motorista na pista da esquerda tinha visto o entulho cair do caminhão e desacelerou para abrir espaço para elas. Mas o volante estava tremendo e os medos de Lola se confirmaram quando um pedaço de borracha voou da lateral do carro.

— Segurem-se — mandou Lola, fazendo o possível para conter o volante chacoalhando. — Perdemos o pneu da frente.

Ela tirou o pé do acelerador e o motorista atrás dela buzinou quando o Peugeot reduziu a velocidade para menos de oitenta quilômetros por hora. Se Lola pisasse no freio, uma dúzia de carros bateria nelas, portanto decidiu ir para o acostamento manobrando lentamente até a pista da esquerda.

O movimento lateral fez o último fragmento do pneu se soltar e atingir a lataria embaixo do carro. O motorista de trás finalmente percebeu que elas estavam com problemas e desacelerou o máximo que pôde.

Malditos operários

Summer estava grudada no assento do meio com as unhas de Lucy cravadas em seus pulsos por conta da ansiedade. Lola estava desesperada para encostar, mas temia que a van alta feita para transportar pessoas capotasse se ela fizesse qualquer movimento brusco com apenas uma roda na frente.

Reduziu a velocidade para sessenta e cinco quilômetros por hora à medida que se deslocavam suavemente para o acostamento. Parecia lento depois de viajarem no limite máximo da estrada, mas Lola ainda se esforçava para controlar o volante. Ela queria parar o carro o mais rápido possível, então resolveu pisar de leve no freio.

O carro deu um solavanco violento em direção ao tráfego, mas os freios ABS detectaram que havia algo errado e travaram antes que a guinada causasse um desastre.

Lola endireitou o veículo enquanto o trânsito seguia ao seu lado quase no dobro da velocidade. Depois de sentir o perigo uma vez, ela ficou com medo de pisar no freio de novo. Então seguiu pelo acostamento, apertando a embreagem, até que o carro finalmente parou a quase três quilômetros de onde foram atingidas pelo entulho.

Elas suspiraram de alívio quando Lola tirou a chave da ignição.

– Estou me sentindo mal – confessou a motorista, se permitindo respirar fundo para retomar o controle e voltar a agir como mãe. – Todas saiam pelo lado do carona e fiquem de pé na grama.

Lucy e Coco foram as primeiras a descer do carro. Enquanto Lucy ligava para a polícia do celular, Summer avaliava o dano. Além da falta de um pneu frontal havia um vinco do tamanho de uma bola de tênis onde o destroço acertara o capô. O para-choque dianteiro estava pendurado, quase caindo, o spoiler do lado do motorista fora envergado, e ainda havia arranhões e amassados por toda a lateral, além de um furo discreto no pneu traseiro.

– Poderia ter sido muito pior – afirmou Summer, enquanto Coco abraçava a mãe, que tremia.

– Você está sangrando – observou Michelle.

Summer olhou para baixo e notou quatro semicírculos vermelhos onde as unhas ansiosas de Lucy tinham perfurado seu braço.

*

Theo sempre se achava o máximo, ainda mais quando passava a noite com uma menina. Ele continuava deitado nu numa cama de solteiro, enquanto desenhos de pinguins faziam guerra de bolas de neve na estampa do edredom. Suas roupas estavam espalhadas pelo carpete e o blazer verde de uma garota de escola pública, pendurado na porta do armário.

A conquista de Theo estava tomando uma ducha no banheiro da suíte. Ele tentou entrar e se juntar a ela, mas a garota havia trancado a porta. Ela saiu vestindo um inevitável roupão rosa. Tinha longos cabelos negros e olhos grandes.

– Você está gata – disse Theo, antes de sorrir.

Ela admirou o torso musculoso do garoto, mas seu tom de voz era prático:

– Você quer tomar um banho rápido antes de ir?

– Boa ideia – disse Theo, desapontado porque sabia que as garotas gostam de ficar suficientemente no controle a ponto de magoá-lo. – Mas não ganho uma xícara de chá e um sanduíche de bacon?

– Você devia ficar feliz com o que já conseguiu – provocou ela.

Ela abriu uma gaveta e pegou um sutiã e uma calcinha limpos enquanto Theo tentava se lembrar do nome dela. Felicity? Fiona? Fran? Era um típico nome de garota rica e com certeza começava com F.

– Então você simplesmente escolhe um sarado na academia de boxe, leva pra casa e o descarta na manhã seguinte? – perguntou Theo.

A garota parecia irritada.

– Theo, mando uma mensagem pra você, ok? Mas meus pais estão em casa. Preciso ficar bem com eles. Tenho prova mês que vem e meu pai me prometeu um Honda Jazz se eu passar.

Malditos operários

A garota enfiou os dedos do pé em um dos tênis de Theo e o jogou no colo do rapaz.

– Dez minutos – disse ela com firmeza, ao recolher um monte de coisas de Theo do carpete e jogá-las no banheiro.

Theo fez uma expressão digna de pena, como a de um cachorrinho ferido, ao seguir para o chuveiro. Ele foi recompensado com um sorriso meigo, um beijo e dedos do pé acariciando a parte de trás de sua perna.

– Você está muito cheirosa – elogiou Theo.

– Nem tente – falou a garota, depois lhe deu uns tapinhas na bunda enquanto ele andava tranquilamente até o banheiro. Ao chegar lá, os dois ouviram passos apressados pela escada estreita que levava ao sótão.

– É a voz do meu irmão! – exclamou a garota. – Entre aí. Feche a porta!

Assim que Theo fechou a porta do banheiro, a menina olhou ao redor, enfiando rapidamente a calça jeans de Theo sob os lençóis e chutando a bolsa de equipamento de boxe dele para baixo da cama. Um menino de doze anos entrou, vestindo camiseta e calças de pijama. O cabelo do garoto estava arrepiado em todas as direções, como se tivesse acabado de sair da cama.

– Phoebe...

– Você não sabe bater, Marcus? – interrompeu ela.

Phoebe, pensou Theo, parado de pé atrás da porta do banheiro. Ele sabia que começava com o som F.

Marcus continuou:

– Mamãe está dizendo que o café da manhã está pronto e temos que guardar as malas no carro para viajar até a casa da vovó.

– Eu podia estar totalmente nua – protestou a menina.

– Bônus. – O irmão dela riu. – Especialmente se eu tivesse feito você gritar.

– Diga à mamãe que vou descer assim que me trocar.

Quando Marcus se virou para sair, um celular tocou sob o edredom de Phoebe. Marcus se voltou e percebeu que o celular da irmã estava carregando na mesa.

– De quem é isso? – perguntou.

Phoebe pensou depressa.

– Naomi deixou o telefone dela na escola no último dia de aula. Tenho que devolver depois das férias.

– Então por que você não atende? – insistiu Marcus.

Phoebe empurrou o irmão em direção à porta.

– Por que *você* não mantém seu nariz fora disso?

Este foi um erro terrível, porque uma das leis do universo é que irmãos mais novos sempre vão fazer o oposto do que você quer se tentar lhes dar ordens.

Marcus empurrou Phoebe de volta e se lançou para frente, alcançando a cama da irmã. Seu queixo praticamente caiu no chão quando ele viu que o toque vinha do bolso da frente da calça jeans de um garoto. Quando o irmão dela ergueu os olhos, se deparou com Theo espiando ele através de uma abertura na porta do banheiro.

Marcus abriu um enorme sorriso.

– Você está *tão* ferrada.

Phoebe agarrou o irmão pela cintura.

– Pago cinquenta libras para você ficar de boca calada.

– Não confio em você. – Marcus se contorceu, arrastando a irmã para mais perto da porta. – Além de tudo, isso é bom demais. Você *sempre* foi a garotinha de ouro do papai.

Theo saiu do banheiro.

– Você quer que eu cale a boca desse garoto?

Por mais que Phoebe estivesse odiando Marcus naquele momento, não queria que ele se machucasse.

– Não seja estúpido – disse a Theo ao soltar o irmão.

O garoto de doze anos saiu correndo do quarto e gritou a plenos pulmões enquanto descia correndo a escada:

– Mãe, pai! Tem um cara no quarto de Phoebe. Ele está sem roupa!

– Vista-se – falou Phoebe furiosa, enquanto tirava as coisas de Theo da cama.

O celular de Theo parou de tocar enquanto ele se apressava para vestir a calça jeans. No andar de baixo, Marcus estava tendo dificuldade em convencer os pais a acreditarem nele.

– Pai, juro pela minha vida. Ela anda fazendo isso!

Theo não se deu o trabalho de colocar as meias e enfiou os pés descalços nos tênis enquanto o pai de Phoebe falava com um tom de voz severo e ligeiramente alarmado ao pé da escada:

– Phoebe, querida. Está tudo bem aí em cima?

A garota encarava Theo sem conseguir pensar direito quando o pai entrou. Ele era um sujeito comum, que tinha certa elegância e vestia calça chino e mocassim.

– Quem diabo é você? – gritou ele. – O que está havendo aqui?

O estado da cama, as roupas espalhadas pelo chão e o fato de Phoebe não estar vestindo nada sob o roupão deixavam as coisas bastante óbvias.

– Ah, mas que *ótimo* – berrou o pai dela.

– Tenho dezessete anos – ponderou Phoebe na defensiva, enquanto lágrimas brotavam em seus olhos. – Posso fazer o que quiser.

– Enquanto estiver morando sob este teto, não.

A mãe de Phoebe entrou e fez uma careta para o marido.

– Donald, ela já é grande. Pare de drama.

Mas Donald não ia tolerar nada daquilo e se aproximou de Theo.

– Bem, e o que você tem a dizer em sua defesa?

Theo sorriu com desdém.

– Você tem uma bela casa, senhor. Mas sua filha realmente precisa de uma cama maior.

– Um engraçadinho – disse Donald, balançando a cabeça, irritado. – Junte suas coisas e saia da minha casa.

Phoebe o interrompeu:

— Papai, você está agindo como se estivéssemos em 1950.

Donald apontou para Theo.

— Estive na Força Aérea Real, se quer saber. Se eu o vir aqui novamente, vou acabar com você.

Theo sorriu enquanto enfiava o colete de treino suado pela cabeça.

— Não vá ter um ataque cardíaco, *Donald*. Estou longe de ser o primeiro cara que dormiu com sua princesinha.

Phoebe estapeou as costas de Theo.

— Não fale assim de mim.

— Seu desgraçado arrogante! — rugiu Donald. — Você vai ver só.

Donald tinha altura média e era bem forte. Seu soco teria acertado a maioria dos garotos de dezesseis anos, mas Theo tinha um armário cheio de troféus de boxe. Ele abaixou e se desviou do golpe de Donald, em seguida, se ergueu e o atingiu na barriga.

Theo poderia ter acertado a cabeça de Donald, nocauteando-o na hora, mas apenas lhe empurrou com as mãos, jogando-o na cama de Phoebe.

— Foi um prazer conhecer todos vocês — disse Theo.

Enquanto Donald continuava prostrado na cama da filha, sem fôlego, Theo verificou se estava com seu celular, sua carteira e as chaves, antes de pegar sua bolsa do chão. Então ele olhou brevemente para Phoebe e sua mãe, que estavam à beira das lágrimas.

— Ele deu o primeiro soco — argumentou Theo. — O que esperavam que eu fizesse?

O irmão de Phoebe saiu correndo quando viu Theo descendo apressado a escada. Ele se sentiu tentado a dar uns tapas no menino, mas como era apenas uma criança, acabou saindo direto pela porta da frente.

Theo sorriu para si mesmo ao passar pelas casas geminadas inspiradas na família Tudor, de banqueiros e médicos. Ele concluiu que tinha arruinado suas chances com Phoebe, mas tinha uma grande história para contar a Adam e aos rapazes do clube de boxe.

Malditos operários

Um Nissan Pathfinder com seis anos de uso estava parado no fim da rua, junto a uma caixa de correio. Theo o havia roubado quatro meses antes e um homem que trabalhava com comércio de automóveis havia lhe dado documentação falsa e um número de placa clonado como pagamento por ter roubado um Golf GTI.

O interior fedia ao kebab que tinha comido com Phoebe na noite anterior e ele chutou as caixas de isopor gordurosas na sarjeta antes de ligar o motor. Estava prestes a ir para casa quando se lembrou da chamada não atendida que havia desencadeado tudo aquilo. O nome de Adam apareceu no visor e Theo ligou de volta para o irmão.

– E aí, cara – disse Adam. – Não liguei em má hora, né?

28. Entulho no meio do caminho

O Old Beaumont ia abrir as portas para o Rock the Lock às 9h30. Babatunde não tinha morado em Londres tempo suficiente para saber quanto tempo levava para chegar aos lugares e às 8h55 ficou esperando em pé do lado de fora, diante das portas fechadas, com as mãos nos bolsos.

A sala de concertos de tijolo enegrecido ficava junto ao Grand Union Canal. Havia sido construída para ser um cinema, acabou bombardeada na guerra, reinaugurada, queimada e abandonada por dezesseis anos antes de voltar a emergir como um local popular entre bandas punk e new wave no final dos anos setenta e oitenta.

Babatunde não conhecia Camden Town, mas ficou entediado só de permanecer em pé observando as barracas de comida chinesa fechadas. Então, decidiu matar o tempo indo fazer um passeio.

Quase lugar nenhum estava aberto tão cedo, mas ele encontrou um na rua principal, onde comprou um café e um croissant de muçarela, antes de ir se sentar na parte de trás da lanchonete.

– Babatunde! – gritou o sr. Currie com entusiasmo.

Ele ficou surpreso ao ver seu professor de música da escola sentado com Erin, Tristan, Alfie, Salman e uma mulher com um chapéu de caubói de couro marrom e óculos de sol, que só podia que ser a sra. Jopling.

Babatunde arrastou um banco de couro da mesa próxima e se espremeu entre Erin e o sr. Currie.

– O que está fazendo aqui, professor? – perguntou Babatunde.

O sr. Currie sorriu com culpa.

– A sra. Jopling tem me pagado para dar algumas aulas particulares ao Brontobyte nas últimas semanas.

Babatunde riu.

– Isso me parece parcialidade – disse ele, ao dar uma mordida no croissant, deixando cair uma chuva de migalhas em seu casaco de moletom.

– De jeito nenhum – disse o professor. – Estou orgulhoso de ter duas bandas da Escola Carleton Road na competição. Eu ficaria muito feliz se qualquer um de vocês vencesse.

A sra. Jopling parecia ter chupado limão quando ele disse isso. Tristan também não parecia muito feliz, porque Erin estava tirando farelos de comida do casaco de Babatunde.

– E tem uma mancha de tomate no seu nariz – disse Erin.

Embora ele parecesse excêntrico com sua voz grave, óculos de sol retrô gigantes e casaco com capuz, Babatunde era bem-educado.

– Você deve ser a mãe de Tristan e Alfie – falou Babatunde, olhando para a sra. Jopling.

– Isso mesmo. – Ela confirmou com a cabeça, ainda parecendo aborrecida. – E você é baterista como meu Tristan.

– Ele é melhor do que eu – admitiu Tristan.

– Bem, é de se esperar – disse a sra. Jopling na defensiva. – Ele é mais velho que você.

Tristan parecia um pouco envergonhado.

– Então, por que sua família se mudou para Londres? – perguntou o sr. Currie.

– Papai arranjou um emprego no hospital Royal Free.

A sra. Jopling assentiu com a cabeça.

– O desemprego está terrível mais ao norte, não é? O que ele faz, é porteiro ou algo assim?

Babatunde sorriu levemente.

– Meu pai é cirurgião. Ele é chefe consultor numa nova unidade de câncer. Minha mãe é clínica geral, mas ela está trabalhando lá em Nottingham, até que seja transferida em um alguns meses.

– Dois médicos. – Erin sorriu. – Sua família deve ser rica.

– Você já pensou em se tornar médico quando for mais velho? – perguntou o sr. Currie.

Babatunde deu de ombros e parecia um pouco envergonhado.

– Meus dois irmãos mais novos ficaram com toda a inteligência.

– Acho que vi seu pai na televisão – comentou Alfie. – Ele é um cara negro, não é?

Todo mundo caiu na gargalhada e Alfie ficou vermelho.

– Deixem eu terminar – protestou Alfie. – Quer dizer, ele estava no noticiário local há um tempo com o prefeito e o príncipe Andrew quando a unidade de câncer foi inaugurada.

– Ah, sim – disse a sra. Jopling rigidamente. – É bom ouvir que parte do seu povo está indo bem.

Babatunde tinha ouvido de Jay histórias sobre a sra. Jopling e teve que disfarçar um sorriso com o último terço do seu croissant. Ela era *exatamente* como ele a havia imaginado.

– Então, qual é o nome da sua nova banda? – perguntou Salman.

Babatunde riu.

– Isso é tema de debate acalorado. Nós ensaiamos três horas ontem e os três irmãos, Jay, Adam e Theo, ficaram discutindo o tempo todo. Eu meio que gosto de Pony Baloney. Adam queria que nos chamássemos "Está Alto Demais e Eu Não Consigo Entender as Palavras", mas é longo demais pra falar. Nós até pensamos em cada um colocar seu nome favorito num chapéu e fazer um sorteio. Mas não dá porque Theo é doido e não para de sugerir nomes absurdos como "Calcinhas Seriamente Manchadas" ou "Os Mineradores de Vaginas".

– Esse é o nosso Theo – disse Erin, enchendo o peito com um orgulho sarcástico pela família.

Tristan zombou:

— Eu toleraria ficar com Pony Baloney, mas todos os nomes são horríveis.

— A gente que o diga — brincou Erin. — Brontobyte é o nome mais nerd de uma banda *de todos os tempos*. Eu disse a meus colegas que entrei para uma banda e eles todos acharam *muito legal*. Em seguida, ouviram o nome e disseram que talvez *não* fosse tão legal assim.

— Bem, o nome da banda foi definido muito antes de você entrar — afirmou a sra. Jopling rispidamente.

Babatunde sentiu um atrito entre Erin e a sra. Jopling, e a resposta da menina confirmou essa impressão.

— Bem, vamos encarar os fatos, mães sempre são tendenciosas — argumentou Erin. — Tristan poderia escrever o nome dele na parede com bosta e você consideraria aquilo uma obra-prima.

Alfie, Salman e Babatunde começaram a rir, mas a sra. Jopling ficou indignada.

— Não *se atreva* a usar esse tom comigo — berrou ela. — Talvez sua família fale assim, mas eu não tolero esse linguajar.

— E o que *você* sabe sobre a minha família? — perguntou Erin, revoltada.

— Ei, ei! — interveio o sr. Currie delicadamente. — Não vamos ganhar nada com esse tipo de atitude. Vamos todos respirar fundo e contar até dez, está bem?

*

Michelle era uma das pessoas menos pacientes do planeta e esperar pelo reboque a estava enlouquecendo. Ela permaneceu na elevação ao lado da estrada, arrancando ervas daninhas do chão e jogando-as para o alto, cobrindo tudo ao seu redor com terra seca.

— Se você me acertar mais uma vez com isso, vou chutar a sua bunda — avisou Lucy, ao tirar coisas pretas do cabelo.

Summer estava perto da mãe de Coco, que falava com o serviço de reboque no celular. A coisa não parecia nada boa.

– Estamos esperando aqui há quase uma hora – informou Lola. – A polícia esteve aqui e foi embora... Bem, quanto tempo mais... Mas, como pode ser, é exatamente o que você me disse trinta e cinco minutos atrás?... É claro que vou esperar. Eu estou a pé, na beira de uma estrada, para onde você quer que eu vá?

Lola encerrou furiosamente a ligação e balançou a cabeça.

– Nosso caminhão de reboque está preso num engarrafamento no sentindo Birmingham. Eles estão a onze quilômetros daqui, mas não têm ideia de quando vão chegar.

Summer parecia desapontada. A reação de Michelle foi correr para o topo da elevação e gritar. Então ela se virou e notou que estavam a menos de cem metros de um terreno de aparência deprimente com casas recém-construídas.

– Lucy, dê uma olhada aqui em cima – gritou Michelle, enquanto pegava seu iPhone e clicava no ícone de localização.

A estrada e o conjunto de casas surgiram na tela do telefone. Michelle ampliou o mapa para ter uma ideia melhor da localização delas.

– Qual é o problema agora? – perguntou Lucy, impaciente subindo até o topo.

Michelle apontou para a tela de seu celular.

– Rugby – disse Michelle. – O centro da cidade fica a menos de cinco quilômetros de distância. E se a gente pegar nossas guitarras, chamar um táxi para nos buscar e seguir para a estação? Lembra aquela vez em que pegamos o trem para Londres quando mamãe nos arrastou para ver um maldito musical? Rugby fica a apenas uma hora de Londres. Nós ainda conseguiríamos chegar a Camden às onze horas.

– Se arranjarmos um táxi rapidamente em algum lugar por aqui e não tivermos que esperar muito tempo por um trem para Londres... – pensou Lucy em voz alta. – Mas não faço ideia de quanto tempo demoraria para chegar ao Old Beaumont. Mesmo se levarmos as guitarras, eu não vou ter nenhuma bateria.

– Haverá meninos com baterias – disse Michelle, ao abrir um mapa do metrô de Londres no celular. – Use seu charme e vai arrumar uma. O trem chega na estação Londres Euston. É uma parada na Linha Camden Town Norte. Fácil, fácil.

Lucy ainda parecia insegura.

– Tente encontrar o número de uma cooperativa de táxi local – pediu. – Vou falar com a mãe de Coco.

29. Colina gramada

O trem de alta velocidade de dois andares havia deixado Edinburgh Waverley cinquenta minutos antes. Agora seguia por uma ferrovia única, com campos escoceses estéreis espalhados por ambos os lados. Como era período de férias escolares, e um dos primeiros dias quentes do ano, o trem estava lotado de ciclistas e famílias vestindo capas de chuva e botas de caminhada.

Gêmeos de quinze anos, Max e Eve Fraser sentavam espremidos em extremos opostos em um banco de três lugares, entre eles um sujeito enorme de joelhos à mostra lia um livro de Ian Rankin. Seus mochilões estavam na prateleira acima, e as guitarras foram precariamente deixadas no compartimento de bagagem e precisavam segurá-las toda vez que o pequeno trem parava, começava a andar ou seguia morro acima. Leo estava espremido duas fileiras atrás, ao lado de uma criança com olhos esbugalhados na ponta dos pés de suas galochas.

A parada deles era numa plataforma sem cobertura no meio do nada e o trio teve a vaga sensação de estar no lugar errado quando o segurança do trem os ajudou com a bagagem.

– Onde ele está? – perguntou Eve, pois o único outro passageiro a deixar o trem entrou rapidamente em um dos três veículos no estacionamento.

Eles ficaram ainda mais nervosos quando o trem deu partida soltando uma nuvem de fumaça de óleo diesel, apenas para Dylan surgir de trás dos trilhos do trem.

Colina gramada

– Vocês chegaram! – disse ele com alegria, ao pular de um trator e atravessar os trilhos.

Isto pareceu errado para os outros três quartos dos Pandas of Doom.

– Não se preocupem – afirmou Dylan. – O próximo trem virá no outro sentido daqui a 40 minutos. E eles não se atrevem a ir muito rápido aqui, porque as vacas cruzam a linha e há muita confusão se atropelarem uma delas.

– Você é mesmo um homem do interior! – Leo riu, enquanto atravessava a linha do trem com a mochila em uma das mãos e o violão na outra, avaliando as galochas pretas e a jaqueta de Dylan.

O terreno além das pistas era lamacento e Dylan, visivelmente nervoso, deu uma ajuda a Eve ao passarem por uma vala.

– Transporte de luxo – disse Dylan, apontando para o trailer aberto na parte de trás de seu trator. – Alguém vai na frente comigo. A bagagem e mais duas pessoas vão atrás.

– Isso é seguro? – perguntou Max, com sua suspeita típica.

– Carona – gritou Leo, ao invadir a cabine.

– Dirijo em propriedades privadas desde que tinha doze anos e ainda não matei ninguém – respondeu Dylan.

Leo olhou impressionado ao se sentar ao lado de Dylan na cabine.

– Sua família é dona de toda esta terra? – perguntou.

– Tudo neste lado dos trilhos do trem, até mais ou menos aquela terceira colina com os postes de luz.

Quando o motor do trator ganhou vida, Dylan se inclinou para fora da janela lateral e deu um berro para alertar Max e Eve lá atrás.

– Vai balançar!

Ele pisou fundo no acelerador e seguiu com o trator por um campo. O local era pitoresco, com antigos muros de pedra cruzando a terra e ovelhas espalhadas por todo lado. Depois de uma parada para abrir e fechar um portão de metal, Dylan dirigiu por uma estrada particular na direção da casa dele.

Quatro séculos antes, ali havia um castelo com torres em cada ponta, mas restavam apenas uma torre e uma grande parte da parede do castelo. O que agora formava um dos lados de uma vasta mansão, com gramados extensos e um lago. Numa ilha central havia um pavilhão hexagonal grandioso e uma sereia de seios à mostra erguia-se do centro.

– Isso é o que eu chamo de casa – disse Leo. – Embora você nunca tenha me parecido um garoto do interior.

Dylan riu.

– Passei por uma fase Rambo entre os oito e dez anos. Corria por aí com alguns rapazes locais usando estampa de camuflagem, capturando coelhos, enfiando fogos de artifício em estrumes de vaca, esse tipo de coisa. Depois, fiz onze anos e resolvi que não estava mais disposto a lidar com coisas frias e lamacentas.

– Então o que seus pais fazem exatamente?

– Desculpe – disse Dylan, quando o trator passou por cima de um barranco profundo e balançou com violência. Foi pior para os passageiros de trás e Eve soltou um gritinho. – Minha mãe é americana – explicou o garoto. – Ela mora na Califórnia com meus dois meios-irmãos. Mas não os vejo há uns quatro anos. Minha madrasta é artista. Ela é bastante famosa se você é o tipo de pessoa que conhece fetos de borracha de sete metros de altura, e meu pai é dono de uma gravadora.

– Estou oficialmente com inveja – declarou Leo quando eles se aproximaram da mansão.

Dylan usou um controle remoto para abrir a porta de um bloco de estábulos que tinha sido transformado em garagem.

Para a surpresa de Leo, o trator desceu por uma rampa íngreme, atravessando o celeiro rústico e indo parar dentro de uma garagem subterrânea cavernosa, tão escondida quanto o covil de algum vilão de James Bond.

Colina gramada

O espaço bem iluminado estava repleto de Ferraris, Porsches e Lamborghinis, ao lado de coisas malucas como uma limusine russa blindada e um carro em forma de uma bola de golfe gigante. Ao longo da parede de trás havia mais de sessenta motos, desde Triumphs de antes da guerra até Harley-Davidsons personalizadas de forma exótica.

Uma moto de corrida Norton estava em cima de um elevador hidráulico e o pai de Dylan trabalhava embaixo dela, vestindo um macacão azul. Ele saiu dali assim que o filho desligou o trator. O pai era alto e tinha perdido a maior parte do cabelo no topo da cabeça, mas compensava com um bigode desgrenhado e mechas cinzentas encaracoladas que tinham sido enfiadas dentro de uma touca.

— Pegue a lavadora com jato de alta pressão e limpe esses pneus — ordenou o pai de Dylan, enquanto Max e Eve saíam do trailer para pegar suas coisas. — Não deixe minha garagem fedendo como a bunda de uma vaca.

— Pai, estes são os amigos de quem eu estava falando — esclareceu Dylan. — Eve, Max e Leo. Nós vamos ficar ensaiando e coisas assim. Talvez assistir a uns filmes e relaxar boa parte do tempo.

O pai de Dylan ergueu as palmas das mãos cobertas de graxa de motocicleta.

— Eu apertaria suas mãos, mas talvez vocês não gostem das consequências.

Eve ficou olhando para baixo, como de costume, mas tanto Leo quanto Max notaram algo estranhamente familiar no pai de Dylan, embora a touca tenha dificultado o reconhecimento.

Max foi o primeiro a reparar.

— Terraplane — disparou.

— Jake Blade — berrou Leo, antes de olhar para Max e cair na gargalhada. — Caramba, Dylan, você não me contou que seu pai era Jake Blade.

Guerra do Rock

Eve não reconhecia o rosto do homem, mas ela já tinha ouvido aquele nome. Guitarrista e membro fundador da lendária banda de rock Terraplane.

Formado em 1981, o Terraplane era um dos maiores grupos de rock do mundo em 1985. Eles haviam gravado três dos vinte e cinco melhores álbuns de heavy metal de todos os tempos segundo a revista Rolling Stone, vendido quase duzentos milhões de discos, e lançado um filme de animação que tirou Steven Spielberg do topo da bilheteria dos cinemas.

Quando se separaram, em 1997, o comunicado que deram à imprensa dizia que tinham feito tudo o que sonhavam e queriam parar enquanto ainda estavam no topo. Desde então, eles têm recusado todos os anos ofertas de cem milhões de dólares para voltar a fazer turnês.

– Por que você não nos contou? – perguntou Max, enquanto Dylan caminhava até o trator segurando uma mangueira de alta pressão.

– Porque eu sou eu, não o filho de Jake Blade – retrucou Dylan, sendo direto. – Não quero as pessoas falando sem parar sobre o meu pai, ou me pedindo para pegar autógrafos, ou que sejam meus amigos porque somos ricos. Portanto, não contem a ninguém quando voltarem para Yellowcote, ok? Agora cheguem pra trás e tirem essas guitarras do caminho, a menos que queiram que elas fiquem sujas de lama.

*

– O táxi está aqui – gritou Michelle da colina gramada com vista para seis faixas do trânsito em alta velocidade e para o Peugeot encalhado.

Lucy correu até a colina com uma guitarra em cada mão, enquanto Coco continuou na estrada com a mãe.

– Você tem certeza de que vai ficar bem sozinha? – perguntou Coco.

– Estamos em plena luz do dia – disse Lola. – O reboque deve chegar a qualquer minuto.

Colina gramada

Coco deu um beijo rápido na mãe, então correu atrás de Summer pela elevação.

– Boa sorte! – gritou Lola.

Michelle levou-as para o lado oposto do barranco aterrado, passando por um pequeno parque com balanços enquanto seguia em direção ao táxi Toyota que esperava ali. Ficou apertado, com quatro meninas, além das bolsas e guitarras.

Lucy olhou para o relógio e falou com o motorista assim que ele deu partida no carro. Eram 9h41.

– Você acha que conseguimos chegar à estação a tempo de pegar o trem de 10h03 para Londres?

– Vou fazer o possível. – O homem confirmou com a cabeça. – Mas há algumas obras rodoviárias no centro da cidade, então não posso prometer nada.

Enquanto seguiam no carro e avançavam a uma velocidade razoável pela estrada principal até Rugby, Lucy vasculhou a própria bolsa procurando o formulário que tinha imprimido quando se registraram no Rock the Lock. Ela o encontrou sob o estojo de maquiagem, mas não havia nenhum número de telefone ali, apenas um e-mail e um aviso ameaçador afirmando que todas as bandas tinham que chegar ao Old Beaumont até as 10h30.

– Michelle, pesquise o número do Old Beaumont – mandou Lucy, enquanto examinava cuidadosamente os formulários, para ver se tinha deixado passar algo da primeira vez.

Michelle arranjou o número, mas simplesmente caía numa gravação que informava outro número para o qual se podia ligar se quisesse reservar entradas para shows, ou dava alguns sites a que podiam acessar. Ao mesmo tempo, Coco havia pesquisado em seu celular e encontrado outro número. Tinha um folheto dizendo que o Old Beaumont pertencia a uma empresa chamada Regal Entertainment Ventures e ela encontrou o número da sede do escritório deles.

Após discar, ela deu uma explicação confusa a uma secretária, que disse saber quem estava organizando a batalha de bandas, mas tinha que verificar com o chefe se tinha autorização para dar o número dele. Depois de deixar Coco ouvindo Bach por sete minutos, a secretária voltou à linha e deu à menina o número do celular de um homem chamado Steve Carr.

A esta altura já eram 9h54. Eles estavam no centro de Rugby e o motorista apontou para um shopping.

– Há várias obras rodoviárias em torno da frente da estação – explicou ele. – Mas se saltarem aqui, poderão correr em linha reta até o outro lado. Desçam pelo beco entre Debenhams e Shoeland, que vai levá-las até a lateral da estação. São só duzentos metros.

Lucy jogou uma nota de dez libras para o motorista enquanto Summer e Coco tiravam as guitarras do porta-malas. Michelle saiu correndo à frente, saltando sobre as pernas estendidas de um morador de rua e entrando na estação de Rugby por uma porta lateral que tinha uma fita adesiva prendendo o vidro no lugar.

Dando uma olhada no painel, ela constatou que eram 9h59 e que o trem das 10h03 estava no horário e chegaria pela plataforma dois. Havia várias pessoas na fila do guichê para comprar passagem e Michelle correu para o limite da plataforma.

– Podemos comprar bilhetes para o trem de Londres? – perguntou ela com urgência.

O guarda de jaqueta fluorescente assentiu.

– Sim, mas vai ter que pagar o preço inteiro da tarifa única. É caro.

Lucy, Coco e Summer se amontoaram atrás de Michelle enquanto o guarda abria o portão para deixá-las passar sem bilhetes.

– É só entrar – avisou o guarda. – Passar pela ponte e seguir para a plataforma dois. Subam logo.

As quatro meninas subiram a escada apressadas e correram pela ponte logo que o trem vermelho e prata abriu as portas na plataforma abaixo delas. Quando chegaram à escada que levava para a plataforma dois, pessoas que tinham acabado de sair do trem bloqueavam o caminho delas.

– Saiam da frente! – exigia Michelle, se espremendo até a parte inferior da escada e disparando até a porta do trem quando o guarda da plataforma apitou. Summer e Coco passaram depressa por uma porta que dava no próximo andar quando as luzes de aviso das portas começaram a piscar.

Michelle tentou segurar a porta aberta para Lucy, mas não conseguiu agarrar a borda de borracha. O degrau de metal estava se dobrando de volta para o lado do trem quando Lucy se chocou contra a porta fechando. Ela evitou cair agarrando uma alça, mas Michelle a ficou encarando boquiaberta e com um olhar horrorizado através do vidro obscurecido.

– Afaste-se do trem! – gritou o guarda da plataforma. – Ele está prestes a partir.

Enquanto o trem sacudia ao avançar, Michelle olhou em volta freneticamente até avistar o alarme de emergência de passageiros e se esticar para puxá-lo.

30. Vagão silencioso

Big Len era um dos doze motoristas que pagaram dez libras para estacionar em um monte de cascalho com vista para o Grand Union Canal, ao lado do Old Beaumont. Isso se somava à taxa de inscrição de quarenta libras por banda, ingressos a três libras para cada espectador, sem contar o bar lá de dentro que preparava sanduíches de bacon, chá e café, além de um bando de garotos que alimentavam máquinas de fliperama e mesas de *pinball* enquanto esperavam suas bandas tocar.

Durante toda a vida, Len fez parte do mundo da música e estava fazendo as contas em sua cabeça enquanto passava com o bumbo de bateria de Babatunde pelas enormes portas laterais do Old Beaumont. Ele olhou para Jay, que vinha logo atrás transportando um stand de prato.

– Acho que eles conseguem ganhar mil, até mesmo mil e quinhentos com esta competição – explicou Len a Jay. – Nada mal para uma casa que fica vazia todo dia. Aposto que eu mesmo poderia montar uma batalha de bandas como essa e ganhar uma grana extra.

Len não entendeu a expressão de Jay até chegarem ao meio da sala e Jay virar-se de um lado para outro, impressionado. O Old Beaumont tinha capacidade para três mil pessoas, com assentos inclinados para o balcão nobre e uma grande pista diante do palco. Havia cinco metros de alto-falantes empilhados, telões montados em um pórtico acima e um autêntico cheiro de casa de rock, composto de suor velho e cerveja derramada.

— Curti. — Jay deu um largo sorriso. — É *enorme*.

A mente de homem de negócios de Len enxergava só uma maneira de ganhar dinheiro com uma sala de concertos vazia, mas para Jay e todos os outros garotos o Rock the Lock representava uma oportunidade para ligar suas guitarras em um PA de 25.000 watts e saciar suas fantasias de ser verdadeiras estrelas do rock.

— Legal esse lugar. — Babatunde riu, ao dar um giro de trezentos e sessenta graus. — Talvez eu saia pelos fundos pra ver se tem algumas groupies me esperando.

A cena em torno do palco era caótica. Pais e membros de bandas haviam trazido baterias, guitarras e equipamentos e não tinham a menor ideia de onde deixar tudo aquilo. De um lado, duas mulheres vestindo camisetas da Terror FM tentavam descobrir como montar o display de metal da estação de rádio. A mesa ao lado estava mais organizada. Vendiam camisetas do Rock the Lock, gorros e palhetas de guitarra e já tinham atraído uma menina segurando uma nota de dez libras.

— Estamos prontos para o rock! — gritou um magricela no palco, exigindo atenção porque sua voz era amplificada pelos alto-falantes gigantes empilhados. Ele tinha um estilo meio geek, usava uma calça apertada quadriculada e uma jaqueta branca de couro com *Música Country É Uma Droga* escrito nas costas com strass. — Todos os competidores podem se juntar ao redor do palco, por favor?

Demorou cerca de um minuto para uma multidão se reunir. Jay acabou ficando em pé perto de Salman e Alfie, mas os dois agiram de modo amigável.

O homem vestindo *Música Country É Uma Droga* não usou mais o PA depois que a multidão estava em frente ao palco.

— Bom dia a todos — disse ele. — Sou Steve Carr. Bem-vindos ao Rock the Lock, que é a etapa de Londres da batalha de bandas da Terror FM de 2014. Temos dezoito bandas inscritas para hoje. Quem só está marcado para tocar depois do almoço, *não* deve trazer o equipamento para dentro ainda.

"Cada banda pode ser acompanhada por no máximo dois adultos. Acompanhantes extras precisam sair *agora* mesmo, então voltem lá para frente e comprem ingresso quando os portões abrirem. Para que dezoito bandas possam tocar em um dia, dividimos o palco ao meio. Quem for o primeiro, terceiro, quinto, sétimo ou nono a tocar, deve se posicionar na Zona A à minha esquerda. Quem for o segundo, quarto, sexto ou oitavo, precisa ir para a Zona B à minha direita.

"As bandas têm quinze minutos para montar tudo e fazer a passagem de som com o engenheiro, e em seguida fazer sua apresentação de dez minutos. Assim que acabarem de tocar, retirem o equipamento rapidamente. Se a apresentação ultrapassar dez minutos, o PA será desligado. Quem demorar muito para montar o equipamento, vai perder tempo de execução.

"A primeira banda da parte da manhã tocará às 10h45. A próxima, às 11h, 11h15 e assim por diante. A última banda da manhã vai terminar de tocar às 13h. A sessão da tarde vai das 13h45 às 16h e os resultados finais e a cerimônia de premiação ocorrerão logo depois. Alguma pergunta?"

Alguns pais fizeram perguntas e uma mãe reclamou do preço abusivo do estacionamento.

— As bandas vão tocar em ordem alfabética — afirmou Steve, por fim. — Primeiro Os Albinos na Zona A. Seguidos pelo Brontobyte na Zona B.

Jay sorriu para Alfie e Salman.

— Boa sorte. Vocês podem acabar ficando em segundo atrás de nós, se tocarem *muito* bem.

Salman deu uma banana para Jay enquanto seguia para o palco. Tristan estava mal-humorado e deu um empurrão nas costas de Jay ao passar por ele. Adam empurrou Tristan de volta e rosnou:

— Você está arranjando briga com meu irmãozinho?

Tristan parecia assustado, mas a sra. Jopling viu o que estava acontecendo e logo interveio.

— Ande, vá se preparar, Trissie — disse ela rispidamente. — Ele só está tentando irritar você.

Adam riu e fez uma voz aguda.

— Beijinho, beijinho, Trissie querido! Mamãe ama você!

A sra. Jopling encarou Jay e sacudiu o dedo.

— Fique longe dos meus meninos. Você já causou problemas demais.

As botas dela bateram no chão de madeira quando Adam e Theo notaram que a mãe deles vinha do fundo do salão com Hank arrastando-a pela mão. No momento em que os meninos foram até lá cumprimentá-la, Len puxou Jay para o lado e o apresentou a Steve Carr.

— Steve gerencia o Old Beaumont agora — explicou Len. — Mas trabalhávamos juntos nos Estúdios Lovegroove nos velhos tempos.

— Bom conhecer você, Jay — disse Steve. — Temos um pequeno problema com seu registro. Não posso colocar sua banda em ordem alfabética se vocês não têm um nome.

— Ah — respondeu Jay, olhando em volta à procura de seus companheiros de banda.

— Isso realmente não importa — argumentou Len. — É só por hoje.

— E tem que começar com uma letra entre C e N, porque A e B já estão se aprontando e de N até Z vão tocar depois do almoço — acrescentou Steve.

Jay pensou em todos os nomes sobre os quais eles discutiram no dia anterior. Pony Baloney era o seu favorito, mas P ficava muito no fim do alfabeto, por isso, no calor do momento, ele deixou escapar "Jet".

— Legal e curto. — Steve riu. — Isso deve colocá-los em oitavo. Vocês precisam estar a postos na Zona B às 12h15.

*

O trem parou depois de se mover poucos metros na plataforma, mas as portas permaneceram fechadas. Uma sirene soou, sendo interrompida após cada terceiro grito que uma senhora bem articulada dava.

– *O sinal de alarme foi ativado no vagão C. Por favor, permaneçam sentados e aguardem instruções do guarda ou do condutor.*

Michelle se sentiu desconfortável quando leu o aviso abaixo da porta. *Multa de até £1000 para uso indevido.* Seu pai iria arcar com o valor, mas sua lista de Natal ficaria severamente ameaçada.

Summer e Coco surgiram do vagão seguinte. Um guarda de trem correu na direção oposta, com seu uniforme cinza bojudo com tanto trocado e uma máquina de bilhetes pesando em volta do seu pescoço suado.

– O que está havendo aqui, afinal? – perguntou ele, sem fôlego.

Michelle tinha um plano e fez um sinal discreto pedindo que Summer e Coco saíssem dali.

– Minha irmã está lá fora – choramingou ela, em um tom agudo extraordinário. – Sinto muito, fiquei com bastante medo.

O barulho era como giz arrastando num quadro-negro e o guarda recuou.

– Tudo bem, querida, acalme-se, ok?

Ele pegou seu walkie-talkie e disse para o motorista abrir as portas.

Assim que Lucy subiu a bordo, o guarda da plataforma se apressou.

– Você não deveria deixá-la entrar – resmungou ele. – Elas correram para a porta. A menina quase caiu entre o trem e a plataforma. Eu perderia meu emprego se isso tivesse acontecido.

– Estamos indo visitar nossa mãe no hospital! – gritou Michelle dramática. – Ela tem câncer de mama. Pode morrer!

Summer e Coco permaneceram nos últimos assentos do vagão seguinte. Trocaram olhares sem saber se Michelle tinha exagerado sua história e deixado-a sem credibilidade. Mas Michelle era tão inteligente quanto louca, e mencionar mamas e câncer foi algo perfeitamente calculado para abalar o guarda do sexo masculino.

— Não vou ficar aqui discutindo, estamos perdendo tempo — afirmou o guarda do trem ao colega, embora, ao ver Lucy sorrir para Summer e Coco com seus estojos de guitarra, ele tenha se perguntado se fora enganado.

O trem saiu de Rugby com nove minutos de atraso, e as quatro meninas viram as caretas que os passageiros irritados fizeram para elas quando atravessaram um vagão cheio. Elas avançaram com dificuldade pelo vagão seguinte e a metade do próximo até encontrar uma mesa vazia com quatro assentos livres em torno. A esta altura, o trem já estava quase atingindo a velocidade máxima.

Logo que Lucy e Summer esconderam as guitarras no compartimento de bagagens, Coco pegou o celular do bolso e discou um número. Steve Carr atendeu depressa, mas foi difícil ouvir com a mistura de barulho de trem numa ponta e afinação de guitarras na outra.

— É o Steve que está falando? — gritou Coco, ao notar um adesivo escrito *Vagão Silencioso* na janela do trem.

As outras três escutavam ansiosamente Coco contar sobre o acidente de carro e, em seguida, suspiraram de alívio quando Steve disse que elas poderiam ficar com a última vaga da manhã e só estavam marcadas para montar o equipamento às 12h30.

Se o trem chegasse na hora, elas teriam uma hora para andar até uma estação de metrô e encontrar o Old Beaumont. O próprio Steve falou com alguém chamado Big Len, que disse ficar feliz em deixar as meninas usarem sua bateria.

Coco estampou um enorme sorriso no rosto quando encerrou a ligação.

— Steve disse que ele sempre desconsidera a orientação de chegar cedo se ocorre uma emergência de verdade. Temos tempo e uma bateria.

– Pode ser que eu não consiga dar o meu melhor tocando em um instrumento desconhecido, mas tirando isso está tudo certo – disse Lucy.

Um homem de terno inclinou-se para frente dos bancos de trás e apontou para o adesivo *Vagão Silencioso*.

– Com licença, estou tentando ler aqui.

Summer lançou um olhar pesaroso.

– Acabamos de ter uma pequena emergência, desculpe.

– Tem aviso em *todas* as janelas – bufou o homem.

Michelle olhou para a etiqueta e falou com uma voz de idiota:

– Va-gão si-len-ci-o-so – leu ela. – Então significa que não posso fazer isso?

Michelle ficou de pé na cadeira, bateu os braços como uma galinha e cacarejou a plenos pulmões:

– COCORICÓ! COCORICÓÓÓÓ! COCORICÓÓÓÓÓÓ! Quem é um passarinho bonito? COCORICÓÓÓÓÓÓÓ! Não faça barulho. COCORICÓÓÓÓÓÓ! Vagão silencioso. COCORICÓÓÓÓÓ! COCORICÓÓÓÓÓ! COCORICÓÓÓÓÓÓ! Fiquem quietas e deixem o careca sentado ali atrás ler o seu Kindle.

Metade do vagão olhava para elas quando Lucy agarrou as pernas de Michelle e empurrou os pés dela para fora do banco. Summer e Coco estavam em uma situação desconfortável, divididas entre o riso e a raiva.

– Pare de palhaçada – ordenou Lucy, enquanto tentava tapar a boca de Michelle com a mão.

– COCORICÓÓÓÓÓÓÓÓÓÓ!

Michelle finalmente se acalmou quando o guarda que tinha aberto a porta para Lucy veio correndo pelo corredor. Ele já havia se sentido enganado ao ver as guitarras e não estava feliz.

– Se eu pegar vocês fazendo mais baderna, vou chutá-las para fora na próxima parada – gritou ele. – Aliás, onde estão seus bilhetes?

– Nós não temos nenhum – disse Lucy, enfiando a mão na bolsa para pegar a carteira. – O cara que cobrava os bilhetes disse que podíamos comprar no trem.

Vagão silencioso

O guarda concordou com a cabeça e apertou alguns botões na máquina de bilhetes em torno do seu pescoço.

– Quantos anos vocês têm?

Lucy apontou para Coco.

– Nós temos dezesseis anos, elas duas têm quatorze – disse ela.

– Então são dois adultos e duas crianças, de Rugby para Londres Euston. Isso dá cento e setenta e seis libras e oitenta centavos.

As quatro meninas engasgaram.

– Como é que é? – perguntou Lucy, antes de olhar para Coco. – Você tem dinheiro?

– Mamãe me deu cinquenta pratas – respondeu a menina. – Mas eu não tinha ideia de que era *tão* caro.

– Teria custado cerca de setenta libras se vocês tivessem ficado na fila da estação – explicou o guarda. – Nós só podemos vender os bilhetes individuais mais caros no trem.

– Estávamos atrasadas – argumentou Michelle. – Tivemos que correr.

Lucy deu uma olhada na bolsa. Ela estava com as quarenta libras que o pai lhe dera e cerca de mais dez libras. Michelle tinha mais ou menos o mesmo, Coco estava com trinta libras.

– Só tenho dinheiro para o almoço – explicou Summer sentindo-se culpada, tirando uma nota amassada da bolsa.

Juntando todo o dinheiro no meio da mesa, Lucy contou e só chegava a cento e cinquenta e duas libras.

– E vamos precisar de dinheiro para voltar para Birmingham esta noite – disse Summer com cautela.

O guarda grunhiu enquanto levava o rádio aos lábios.

– George falando. A gerente do trem pode vir até o vagão B com urgência, por favor?

Coco olhou suplicante para o guarda.

– E o que vai acontecer agora?

– É uma decisão da gerente do trem – explicou. – Se vocês não têm como pagar, ela provavelmente vai mandar o BTP buscá-las na estação Milton Keynes.

– O que é BTP? – perguntou Summer.

O guarda sorriu diante da ingenuidade da garota.

– É a Polícia Ferroviária Britânica.

31. Mosca-varejeira azul gigante

Dylan era modesto demais para fazer um tour pela casa com seus companheiros de banda, mas eles tiveram uma boa noção do tamanho do local quando seus passos ecoaram por um amplo corredor com vigas de carvalho de mais de cem metros de comprimento. Arte conceitual bizarra enfeitava as paredes, desde um balão gigante em forma de cão em metal polido de Jeff Koon até uma mosca-varejeira azul de dois metros de altura com todas as patas de um único lado rachadas.

– O pátio contorna uma praça – explicou Dylan, enquanto os outros olhavam admirados. – Foi construído originalmente para que o dono pudesse exercitar os cavalos dentro da mansão durante o inverno.

Para variar, Eve estava olhando para o teto, em vez de encarar o chão.

– Seu pai tem cavalos? – perguntou ela.

– Não – respondeu Dylan. – Mas ele é conhecido por fazer corridas de moto ao redor daqui quando está aborrecido. Foi assim que Dave Ingram esmagou a mosca-varejeira azul Natal passado. Cara, minha madrasta ficou muito brava com isso.

Leo riu com a menção a Dave Ingram.

– Não me importo com o que os outros dizem, Ingram é o melhor guitarrista de todos os tempos. Hendrix e Clapton nem se comparam a ele. Você o conhece?

– Ele é o meu padrinho – contou Dylan. – E é casado com a minha tia.

Max estava com sua aparência irritada de sempre enquanto observava uma escultura feita com centenas de assentos de privadas.

– É obsceno mesmo, não é? – comentou Max. – Que você consiga juntar toda essa riqueza material tocando rock, enquanto outras pessoas são escravizadas durante a vida inteira para ganhar quase nada.

– Ah, olha quem fala, Max. – Leo riu. – Seu pai é um advogado especializado em divórcios. Pelo menos os discos do Terraplane deixavam as pessoas *felizes*.

– Este é o estúdio e ala de ensaio – disse Dylan, ao abrir uma enorme porta de nogueira. – Aqui costumava ser o salão de baile, mas hoje em dia não há mais muitos bailes.

– Legal – exclamou Leo, ao entrar em uma longa e estreita sacada com enormes sofás de couro e um bar em uma extremidade.

Havia cartazes de filmes pouco conhecidos ao longo de todas as paredes, a maioria deles escoceses. Lá embaixo havia um grande espaço para ensaios, com uma enorme coleção de guitarras exóticas na parede de trás.

– Já vi esse filme – disse Max, analisando um pôster com um estudante drogado parado junto a um carro acidentado. – É bizarro. Não faz sentido algum.

– O cinema é o principal interesse do meu pai agora – explicou Dylan. – Ele investe dinheiro em filmes de baixo orçamento e faz as trilhas sonoras. Na opinião dele, trilhas sonoras são mais criativas do que quatro minutos de rock pesado.

– E aí, você acha que seu pai algum dia vai reunir o Terraplane? – perguntou Leo.

Dylan deu de ombros.

– Os cinco membros da banda se dão muito bem, mas meu pai diz que essa é uma razão tão boa para ficarem separados quanto é para se juntarem novamente. E não faça essa pergunta ao meu pai. Ele pode passar a noite toda falando sobre festas loucas, hotéis destruídos e todas essas coisas malucas de estrela do rock numa boa, mas está de saco cheio de pessoas perguntando sobre o retorno do Terraplane.

Dylan desceu alguns degraus e abriu a porta que dava para uma grande sala iluminada pela luz do sol forrada com telhas escuras e isolamento acústico. Havia salas menores em três lados, visíveis através de janelas estreitas.

— Este é o espaço de gravação principal — esclareceu Dylan. — Lá no fundo há duas cabines de som para gravar baterias, vocais e coisas assim. Daquele lado fica a principal mesa de mixagem digital. Do lado oposto há mais uma mesa de mixagem que veio de Lovegroove. Já ouviram falar desse lugar?

— É o estúdio de gravação mais famoso do país, depois de Abbey Road. — Leo assentiu com a cabeça.

— O Terraplane gravou todas as faixas no Lovegroove — explicou Dylan. — Esta sala foi cuidadosamente feita para ficar o mais parecida possível com o estúdio principal de Lovegroove. Quando faliram, meu pai comprou a mesa de mixagem antiga deles e mais algumas coisas que valessem a pena colocar aqui.

— Então é só uma peça histórica? — perguntou Leo.

Dylan negou com a cabeça.

— Está tudo funcionando e produz um som ambiente *lindo*, completamente diferente de gravações digitais modernas. Mas é um equipamento de cinquenta anos, a maior parte dele feito à mão, por isso não é muito confiável e infelizmente costuma dar defeito. Quando meu pai decide usá-la, ele traz de avião dois engenheiros só pra isso.

Max riu.

— Então, se fizermos alguma gravação, vamos usar o estúdio moderno?

— Exatamente — confirmou Dylan. — Vocês querem uma bebida ou algo para comer antes, ou vamos começar a montar nosso equipamento?

– Comi três McMuffins na estação de Edimburgo – disse Leo, esfregando a própria barriga com grande orgulho. – Acho que devemos tocar um pouco de música.

Dylan deu um passo em direção a Eve, que estava inspecionando uma bateria.

– Montei esse conjunto para você na noite passada – explicou o garoto. – É quase idêntico ao que você tem em Yellowcote, mas há vários outros equipamentos lá no salão de baile se você quiser dar uma olhada.

Eve deu sua aprovação com um aceno de cabeça e um sorriso, em seguida, pegou a mochila e abriu o zíper do bolso lateral. A garota estava usando o mesmo par de baquetas Zildjian de ponta dupla havia anos. Ela as mordia com frequência, da mesma forma que algumas pessoas mastigam lápis, e o resultado eram milhares de minúsculas marcas de dentes.

– Há cerca de uma centena de pares de baquetas novas lá atrás – ofereceu Dylan.

Eve balançou a cabeça, aproximou suas baquetas do peito e as ninou como se fossem bebês. Ficar tímida com pessoas novas era uma coisa, mas já fazia três semanas que Dylan estava na banda e quanto mais tempo passava com Eve, mais estranha ela parecia.

Max tomou a iniciativa enquanto tirava a guitarra do estojo.

– Escrevi duas músicas novas – afirmou ele, com ar de importância. – Acho que são muito boas e devemos começar a trabalhar nelas.

Leo riu e começou a vasculhar sua mala à procura de um moletom. Estava muito frio no estúdio.

– Modesto como sempre, hein, Max?

Quando Leo tirou o casaco da mala, uma lata dourada e preta caiu e rolou pelo chão do estúdio até os pés de Dylan.

– Rage Cola – disse Dylan, ao pegar a lata e ler o que estava escrito. – Atenção: *Esta bebida de cola pode ser perigosamente refres-*

cante. Que tipo de idiota eles contratam para pensar nestes slogans terríveis?

– Nunca provei – comentou Leo, assim que enfiou o moletom pela cabeça. – Estavam distribuindo brindes na estação.

Dylan estava prestes a devolver a lata a Leo quando viu a descrição na parte de trás.

– *Guerra do Rock: Você sabe tocar rock?* – leu ele em voz alta. – *Estamos procurando as doze melhores bandas jovens de rock da Grã--Bretanha, para participar de uma grande competição na tevê. Entre em ragecola.com agora mesmo para enviar o perfil da sua banda, votar no seu grupo preferido e receber cupons para downloads gratuitos de música no celular.*

– Parece mais tosco do que um balde de cola para papel de parede – zombou Max. – É como *X-Factor* ou *The Voice*. As chances de entrar são de cerca de uma em um milhão. É tudo baseado na aparência, em vez de no talento, e até mesmo se você ganhar vai ficar estereotipado para sempre como um grupo brega saído de um programa de TV.

Dylan observou a lata com mais atenção, guardando sua opinião para si.

– Meu tio Teddy diz que não existe publicidade ruim.

– E do que o seu tio Teddy entende? – perguntou Max.

Dylan zombou de Max com um tom arrogante:

– Tio Teddy é empresário do Terraplane e de cerca de outras vinte bandas. Ele vendeu sua gravadora para uma das maiores do mundo por trinta milhões de libras. Então, Max, é *até* possível que ele seja uma das pouquíssimas pessoas no mundo que saibam um tantinho a mais sobre a indústria da música do que você.

Eve deu uma de suas raras gargalhadas.

– Acho que nós devemos, pelo menos, dar uma olhada no site – sugeriu Leo. – Existem milhares de garotos como nós com bandas por todo o país. É preciso agarrar todas as oportunidades.

Guerra do Rock

— Talvez mais tarde — disse Max, relutante, pegando o bloco de notas que usava para compor músicas. — Mas vim aqui para ensaiar bastante e é nisso que deveríamos nos concentrar.

Leo bateu os calcanhares, fez uma saudação militar e proclamou:

— Sim, senhor.

32. Chegada tardia

Theo se sentiu o máximo ao avançar no trânsito totalmente engarrafado da rua Camden High num grande Nissan. O dia estava ensolarado, um CD do Foo Fighters tocava bem alto, e ele batucava o volante. Theo tinha um carro decente, dinheiro no bolso e havia passado a noite com uma garota gostosa que praticamente se jogara em cima dele. Agora estava indo passar algumas horas como músico de rock com os irmãos e até mesmo a menina bonitinha no ponto de ônibus parecia estar sorrindo para ele.

Será que a vida podia ficar melhor do que isso?

Fazendo uma curva aberta, o 4x4 subiu no meio-fio em frente ao Old Beaumont. Theo pensou em ser cauteloso e estacionar o carro roubado em algum lugar a poucos minutos dali, mas sentia-se invencível, então decidiu entrar no estacionamento. Não tinha mais vaga, portanto, ele parou junto à saída de incêndio ao lado do edifício.

Ele tinha ido a alguns shows no Old Beaumont, por isso conhecia o lugar e seguiu direto para os banheiros. Não havia tomado banho nem comido nada de café da manhã, mas ficou em frente ao espelho estourando uma espinha no queixo.

– Quem é esse cara bonitão? – brincou Adam, rindo, ao dar um tapinha nas costas do irmão. – Espero que ontem à noite tenha valido a pena, porque mamãe está lá dentro e não está nada feliz com você.

Theo ficou incomodado.

– Você podia ter me dado cobertura.

– Você sabe como mamãe é – disse Adam, dando outra risada. – Ela invadiu nosso quarto hoje de manhã. O que eu poderia fazer? Fingir que você estava debaixo da cama?

Theo sorriu ao empurrar Adam para fora do banheiro.

– *Valeu* a pena, de qualquer maneira. Tirei uns nudes da garota com o celular, enquanto ela dormia. Vou postar no Facebook mais tarde.

– Que tipo de ser humano faria uma coisa dessas? – perguntou Adam, sorrindo.

Os irmãos seguiam por um curto corredor que dava no lado direito do palco, quando Os Albinos chegavam ao fim de sua apresentação. O grupo era formado por quatro rapazes, todos arrumadinhos, usando suéter com capuz. Tocaram bem e o cantor tinha uma voz decente, mas de um modo geral a apresentação foi sem graça.

Havia quase uma centena de pessoas, entre componentes das bandas e espectadores, espalhada por todo o salão. Por respeito às crianças pequenas e aos pais na plateia, o PA foi regulado um pouco abaixo do nível ensurdecedor que se espera em um show de verdade. Dava para conversar sem precisar elevar muito o tom de voz.

Theo sentiu cheiro de bacon ao chegar no meio da pista de dança.

– Estou morrendo de fome. Pode me emprestar alguma grana, parceiro?

Adam tinha dez libras, mas emprestar dinheiro para Theo era a mesma coisa que doar.

– Estou completamente duro, cara – falou ele. – Desculpe.

Theo remexeu os bolsos e encontrou uma nota de cinco libras. Enquanto esperava na fila de sanduíches com Adam, uma mulher alta e loura com um isopor de bebidas pendurado no braço e *Rage Cola* escrito em dourado na camiseta se aproximou. Ela puxou latas douradas e pretas junto de folhetos brilhantes.

– Aqui está, garotos – disse ela, dando um grande sorriso, mostrando seus dentes brilhantes.

Chegada tardia

– O seu número de telefone está escrito aqui, gata? – perguntou Theo, erguendo descaradamente uma sobrancelha enquanto inspecionava o folheto com certo desprezo.

A jovem continuou sorrindo com os dentes cerrados.

– Aí diz tudo sobre a *Guerra do Rock* – explicou. – Vai ser *incrível*. Doze bandas, formadas por músicos menores de dezoito anos, serão escolhidas para participar de uma competição. Os vencedores assinarão um contrato com uma gravadora e, em seguida, vão passar o Natal no Caribe gravando o primeiro álbum. O programa vai ao ar no Canal 3 nas férias de verão.

Adam assentiu e balançou o folheto no instante em que chegou a vez de Theo na fila e ele pediu um enrolado de bacon.

– Vou mostrar isso para o meu irmão mais novo – disse Adam. – Um brinde aos brindes.

Theo deu uma mordida enorme no salgado e os dois se voltaram para o palco. A mãe deles, Heather, Jay, Babatunde, Len e Hank estavam reunidos no fundo da escada que levava até a área dos assentos.

– Tenho que enfrentar o dragão em algum momento – sussurrou Theo, nervoso, para Adam, então falou com a mãe num tom entusiasmado: – Que bom que você veio apoiar a banda, mamãe.

Heather esfregou o dedo no rosto de Theo.

– Não tente me amolecer com essa conversa, Theodore. Assinei os formulários de liberdade condicional, concordando em cuidar de você e ajudar a cumprir seu toque de recolher quando saiu da prisão. O que eu ia fazer se alguém aparecesse lá em casa para conferir se você estava lá? Ou se o seu agente da condicional tivesse batido na nossa porta?

– Acabei esquecendo – disse Theo atordoado.

– Você é um tremendo idiota – esbravejou Heather, agarrando o filho pelo pescoço. – Está de castigo pelo resto das férias escolares.

Theo ficou horrorizado.

– Você não pode me deixar de castigo. Tenho dezesseis anos!

– Se você quer viver sob o meu teto, vai ter que seguir as minhas regras – gritou Heather.

– Então vou me mudar – declarou Theo num tom desafiador.

Heather riu.

– Quem ficaria com você? Não tem emprego nem dinheiro. E tem mais uma coisa: seu acordo diz que você deveria frequentar a escola. Você vai acabar ficando um bom tempo na cadeia, como seu pai e seu irmão mais velho.

Os Albinos terminaram a apresentação no meio do discurso acalorado de Heather e a frase *você vai acabar ficando um bom tempo na cadeia, como seu pai e seu irmão mais velho* ecoou ainda mais que a salva de palmas. Diversas pessoas olharam ao redor, inclusive a sra. Jopling e o sr. Currie, que estavam a menos de dez metros de distância acompanhando a última passagem de som do Brontobyte.

– Conheci uma garota que estava a fim de mim – berrou Theo sabendo que todos iam ouvir. – Que homem em sã consciência dispensaria uma oportunidade dessas?

Jay estava ficando inquieto. Eles já haviam levado a mãe às lágrimas naquela manhã. Ela não parecia feliz com a atitude desafiadora de Theo, tampouco com o salão inteiro observando-os.

– É melhor nos acalmarmos, hein? – sugeriu Len.

A sra. Jopling não conseguiu resistir e fez um comentário:

– Algumas famílias fazem jus à má fama que têm.

– Por que não fica de bico calado, princesa? – gritou Len de volta para ela.

Jay sentiu certo alívio. Bastava um estranho criticar a sua família, que eles se uniam novamente.

Heather cruzou em disparada a pista de dança.

– Como vai o seu marido? – perguntou ela à sra. Jopling. – É com a secretária ou com a professora de squash que ele está tendo um caso este mês?

Chegada tardia

A sra. Jopling parecia ter levado um soco, mas o tempo de apresentação do Brontobyte já estava passando e a fileira mais próxima foi inundada pela voz de Salman vindo do PA de vinte e cinco mil watts.

– Somos o Brontobyte – berrou Salman. – Esta é a nossa primeira música.

E começou a cantar:

> Christine, Christine, não estou sendo cruel,
> Seu corpo não me leva ao céu,
> Mas sou um cara desesperado,
> Nunca chamei a atenção de uma garota,
> E não posso negar, você tem belas coxas.

Jay se voltou para Len completamente indignado.

– Essa música é minha! – gritou mais alto que o barulho. – Eles não podem tocar isso. Eu escrevi a letra e fiz todos os arranjos.

– A vida é muito curta – respondeu Len, apoiando suas mãos gigantes nos ombros de Jay. – Não ligue para isso.

As aulas particulares do sr. Currie valeram a pena para o Brontobyte, que estava tocando melhor. A princípio, Jay pensou que tinha algo a ver com o fato de Erin ser uma guitarrista melhor do que ele, mas ela precisava de prática após ficar bastante tempo parada e parecia bem enferrujada.

O golpe de mestre do sr. Currie foi colocar Tristan para tocar mesmo com sua habilidade limitada. Ele se sentou atrás de uma bateria menor, sem surdo e com apenas um prato. O ritmo de "Christine" saiu um pouco desacelerado e um trecho inteiro do refrão foi suprimido.

Tudo o que Tristan precisava fazer era tocar no mesmo ritmo durante dois minutos e meio. O som não era grande coisa, mas os quatro membros se mantiveram no tempo, e a voz poderosa e peculiar de Salman cantando distraía o ouvinte para o fato de a música ser bem básica.

– Eles estão tocando muito melhor do que há três semanas – comentou Jay para Adam com preocupação.

Mas o irmão desconsiderou a ameaça.

– Não se preocupe, cara. Nós vamos acabar com eles.

33. Pequenina Tina

Tina, a gerente do trem, era uma mulher pequena com uma bunda grande, óculos escuros e o nariz mais largo que Summer já tinha visto. Ela retirou as quatro meninas do vagão B e as conduziu, junto de suas guitarras, por seis vagões até a primeira classe, que estava vazia.

– Muito bem – resmungou a mulher assim que as garotas se sentaram, nervosas, em torno de um mesa maior e mais luxuosa do que aquela de onde haviam se levantado minutos antes.

O bilheteiro ficou atrás da chefe, de olho nas meninas, desconfiado.

– Cuidado com elas – alertou o homem. – Já me contaram uma história absurda sobre uma mãe doente.

– É uma coisa idiota correr para pegar um trem – afirmou Tina sem rodeios. – Um vagão de vinte e duas toneladas deceparia suas pernas como uma faca cortando uma fatia de queijo cheddar. Isso aconteceu uma vez há alguns anos. Os pés da pessoa foram parar a cinco quilômetros da cabeça. Pedaços dela ficaram espalhados ao longo dos trilhos e algum pobre coitado teve que limpar tudo.

Esta imagem deixou Summer enjoada enquanto o trem de alta velocidade passava disparado por uma estação.

– Há duas maneiras de resolver isso – explicou Tina. – Se vocês puderem me informar a identidade ou o número de telefone de alguém que possa pagar com um cartão, lhes darei passagens para Londres. Se não puderem me fornecer nenhuma dessas opções, vou ter que entregá-las aos policiais em Milton Keynes ou em Euston.

– Não estamos longe de Milton Keynes agora – comentou o bilheteiro. – Acredito que será em Euston.

Michelle olhou para Lucy.

– Ligue para o nosso pai – ordenou ela.

Lucy estava insegura porque, ainda que tivesse uma boa relação com o pai, ele era muito inflexível quando se tratava das duas filhas saírem sozinhas.

– Ele vai surtar se souber que estamos indo para Londres sem Lola.

Michelle pegou o telefone.

– Eu ligo porque você é muito covardona pra isso.

Lucy agarrou o pulso de Michelle em cima da mesa.

– *Você* não vai falar com papai. Você é tão delicada quanto um touro selvagem e vou acabar ficando de castigo pelo resto da vida.

Tina parecia irritada e bateu sua aliança de casamento na mesa para obter a atenção de todas.

– Ok, vamos começar com algumas identificações, pode ser? – Ela apontou para Summer primeiro. – Qual é o seu nome?

Antes que Summer pudesse responder, Lucy gritou quando Michelle a chutou por baixo da mesa.

– Solte meu braço – exigiu Michelle.

– Vou ligar para a *minha* mãe – informou Coco a Tina. – Ela sabe onde estamos e não vai se importar de pagar, contanto que receba o dinheiro de volta.

Mas Lucy e Michelle haviam ultrapassado os limites. Michelle chutou a irmã por baixo da mesa outra vez, forçando Lucy a saltar de seu assento.

– Sente-se! – ordenou Tina.

– Fiquem quietas ou eles vão mandar a polícia nos levar! – exclamou Summer, nervosa.

Pequenina Tina

Michelle imitou Lucy, levantando-se da mesa e deixando Tina espremida entre as irmãs. A gerente tentou empurrar Michelle de volta para o assento, mas a garota não cedeu.

O bilheteiro se aproximou por atrás de Michelle.

– Parem com isso – exigiu ele.

– Não me chute – gritou Michelle para Lucy.

– Ok, vocês pediram isso – rugiu Tina. – A polícia vai dar um jeito em vocês.

O trem estava começando a desacelerar em Milton Keynes quando a gerente pegou o rádio. Lucy entrou em pânico e tentou agarrá-lo.

– Ah, não, de jeito nenhum – vociferou o bilheteiro, ao se mover para proteger a chefe.

– Por que todos nós não ficamos calmos? – berrou Summer desesperada.

Tina ativou o rádio enquanto o bilheteiro segurava Michelle.

– Código três, código três – gritou a mulher. – Preciso de toda a tripulação do trem no vagão.

O trem desacelerando sacolejou antes que Tina pudesse terminar a frase. Não foi muito, mas bastou para Lucy perder a disputa pelo rádio de Tina. A gerente cambaleou para trás e a lateral de seus óculos escuros bateu na borda dura de um encosto de cabeça.

Summer e Coco gritaram horrorizadas quando o globo ocular de Tina saltou da órbita e quicou na mesa antes de rolar em direção à janela.

– O olho dela! – gritou Coco, tapando a boca com as mãos.

Mas, assim que Coco falou, as duas meninas perceberam que não estavam olhando para um globo real. Os óculos escuros de Tina escondiam um olho falso, que tinha pulado do rosto quando ela atingiu o encosto de cabeça.

– Isso é *terrível*! – deixou escapar Summer.

Tina se libertou e saiu apressada para a frente do trem a fim de conseguir ajuda.

– Vamos correr! – bradou Michelle pegando o case da guitarra e mirando no bilheteiro.

Ele ergueu os braços para se defender, mas o case acertou em cheio o cotovelo do homem, derrubando-o em uma fileira de assentos enquanto Michelle abria caminho.

– Correr pra onde? – perguntou Coco.

Summer se sentia dividida: parte dela estava revoltada e não queria se envolver nisso, mas quem acreditaria em sua inocência? E sua avó morreria de choque se a neta fosse presa.

– Vamos lá – berrou Coco, agarrando o outro estojo de guitarra e passando por cima do bilheteiro caído.

Michelle e Lucy pareciam ter esquecido suas diferenças ao saírem em disparada pelo trem para a classe econômica. O quarteto só atravessou um vagão antes de acabar preso em uma fila de pessoas esperando para sair. O lado bom é que qualquer um que as perseguisse teria que enfrentar o mesmo obstáculo.

– É melhor essas portas abrirem – disse Lucy, se agachando ligeiramente e observando a plataforma e uma cafeteria passarem devagar pelas janelas.

Cinco segundos terríveis decorreram entre a parada do trem e o *bling blong* do sinal tranquilizador, que foi seguido pela abertura das portas.

As meninas saíram do trem e subiram correndo as escadas para longe da plataforma. Alguns gritos vieram lá de baixo, sendo que um deles parecia muito ser de Tina caolha.

No alto das escadas, as meninas se viram em um amplo corredor, construído acima das plataformas. Havia roletas eletrônicas à frente, mas elas não tinham bilhetes para atravessá-las, por isso recuaram até a parede enquanto os outros passageiros as cercaram.

Pequenina Tina

– Acho que devemos correr para as roletas – propôs Michelle. – Vou saltar por cima primeiro e agarrar as guitarras.

– E depois? – perguntou Summer ansiosa.

– Pegamos um ônibus ou um táxi – respondeu Lucy esbaforida. – Qualquer coisa que nos tire daqui.

Mas Coco olhou para as placas da plataforma.

– Dez e trinta e oito para London Euston, plataforma três – leu a menina. – Vamos tentar isso, faltam só seis minutos.

– Mas e se eles nos virem? – questionou Summer ofegante. – Mesmo que a gente escape, podem nos identificar pelas câmeras de segurança e nos pegar mais à frente.

Porém, a multidão que saía do trem começou a se dispersar, e a sorte foi lançada assim que a pequenina Tina surgiu no topo da escada. Em pouco tempo haveria quatro garotas facilmente identificáveis em um corredor vazio.

Lucy deu um empurrão em Michelle.

– Plataforma três, anda logo!

Enquanto Coco liderava a corrida até a plataforma três, seu celular começou a tocar. Ela viu que era sua mãe, Lola.

– Estamos trocando de trem em Milton Keynes – disse Coco sem fôlego. – Posso ligar de volta em um minuto?

– Claro – respondeu Lola. – Só queria dizer que estou no caminhão de reboque e está tudo bem. E quanto a vocês?

– Sim, estamos ótimas – mentiu Coco, chegando à plataforma. – Amo você, mãe, nos falamos mais tarde.

O painel de informações na plataforma mostrava 10h34 e que o trem das 10h38 para Euston continuava no horário.

– Será que ainda dá tempo de nos apresentarmos? – perguntou Michelle.

Lucy fez uma careta para ela.

– Duvido. Este trem vai fazer cerca de seis paradas.

– Quem se importa com o Rock the Lock? – declarou Summer, com as mãos tremendo. – Só quero sair daqui sem ser presa.

– Quatro meninas, dois estojos de guitarra – disse Lucy, enquanto seguiam pela plataforma. – Nós ainda aguentamos mais um quilômetro, caramba.

As garotas levaram um susto quando um anúncio do alto-falante ecoou por toda a estação.

– Senhoras e senhores, lamentamos informar que, devido a um ataque à tripulação de um dos trens, o serviço na plataforma um será interrompido neste momento. Passageiros com destino a Londres serão aconselhados a passar para a plataforma três, onde poderão embarcar em uma composição que seguirá para Londres em aproximadamente quatro minutos.

Summer teve vontade de se jogar na plataforma.

– Se formos pegas teremos sérios problemas – sentenciou ela.

– Pare de dizer o óbvio, por favor! – disse Michelle sem compaixão.

– Está chegando – comentou Coco ao ver um trem surgindo na plataforma.

– Chamaremos menos atenção se nos separarmos.

– Seria muito mais difícil de nos notar se nos livrássemos das guitarras – sugeriu Lucy.

Coco balançou a cabeça.

– Esta guitarra custa seiscentas libras. Nem todas nós somos meninas ricas, sabia?

– Então o que vamos fazer? – perguntou Summer. – Saltar daqui a algumas estações, ou o quê?

O locutor falou novamente.

– Todos os bilhetes do expresso para Londres serão válidos para a composição de Midland que está chegando agora na plataforma três. Infelizmente, não podemos atrasar esta composição, portanto pedimos aos passageiros que se dirijam o mais rápido possível para a plataforma três. Este trem deve chegar em Londres Euston aproximadamente às 11h22.

As quatro meninas se entreolharam.

– Só vinte minutos de atraso – disse Lucy. – É apertado, mas vai dar pra gente chegar ao Old Beaumont a tempo da nossa apresentação.

Uma multidão já se aglomerava na plataforma três, no momento em que o trem em péssimo estado chegava.

– Nós viemos de longe – disse Lucy. – Não vou desistir agora.

34. Enorme bolota de bronze

Depois de tocar "Christine", o Brontobyte fez muito barulho com uma versão bem trabalhada de "Start Me Up", dos Rolling Stones, e terminou seus dez minutos de apresentação com Erin se juntando a Salman nos vocais para um dueto de "Stan", do Eminem. O dinheiro que a sra. Joplin gastou com o sr. Currie tinha sido bem investido, porque o grupo soava dez vezes melhor do que na competição da escola quatro semanas antes.

Erin deu um beijo rápido em Tristan, antes de ajudá-lo a carregar a bateria para fora do palco. Alfie e Salman sorriam radiantes quando o sr. Currie saiu da coxia e deu tapinhas nas costas deles.

Jay queria que o Brontobyte fosse para o inferno e estava nervoso quando as luzes do palco piscaram para a banda do lado oposto do palco.

– Somos os Free Rangers e vamos fazer barulho! – berrou um rapaz cabeludo no microfone.

– "Christine" é música minha – esbravejou Jay, quando Tristan surgiu por uma porta no canto do palco, ao lado da pilha de amplificadores.

Tristan estava empolgado depois da performance do Brontobyte e do beijo que ganhou de Erin. Ele mostrou o dedo do meio para Jay e deu um sorriso confiante.

– Nós arrasamos, Jay, seu magricela de merda.

O sr. Currie, Salman e Alfie tinham saído pela porta de trás e a sra. Jopling estava vindo parabenizar os meninos. Sentindo-se em

Enorme bolota de bronze

desvantagem numérica, Jay recuou em direção à sua família nos fundos da pista de dança, mas Tristan desviou da própria mãe e foi atrás dele.

– Isso mesmo, cai fora, seu maldito covarde – provocou Tristan, enquanto os Free Rangers destruíam uma música dos Red Hot Chili Peppers no palco. – Você realmente se acha o máximo, não é? Pensou que não seríamos nada sem o grande Jay, mas tocamos melhor sem você.

Jay parou de andar a poucos metros de sua família, virou-se e apontou para o sr. Currie e para a sra. Jopling.

– Tristan, sua mamãezinha ricaça pagou um tutor. E tudo o que *ele* fez foi simplificar a bateria para torná-la tão banal que até mesmo um idiota como você consegue tocar.

– Não importa – zombou Tristan, apontando para Heather. – Pelo menos minha mãe não dá pra qualquer um. *Ela* provavelmente vai ter mais três bebês até o fim do dia.

Theo estava longe demais para ouvir o que Tristan dissera, mas ver a expressão do garoto e para onde ele apontava ativou seu radar para encrenca, e ele atravessou correndo a pista de dança.

– Você está falando da minha mãe? – perguntou Theo.

Tristan recuou, mas não tinha a proteção do sr. Currie nem da própria mãe, porque os dois estavam carregando o equipamento do Brontobyte até o Porsche.

– O que você disse? – insistiu Theo, aproximando-se de Tristan com os punhos cerrados.

Jay estava dividido: não se importava que Tristan levasse uma surra, mas sua mãe ficaria aborrecida e eles com certeza seriam expulsos da competição por brigar.

– Theo, ele não vale a pena – disse Jay, dando um passo à frente de Tristan.

– Quem perguntou sua opinião? – rosnou Theo, afastando Jay para fora do caminho com os braços.

Não foi um golpe forte, mas o piso polido estava escorregadio. Jay cambaleou para trás e acabou caindo de bunda no chão. Mas sua intervenção deu alguns segundos para Tristan se virar e sair correndo.

O salão não estava muito lotado, mas não havia espaço para adolescentes correrem a toda velocidade sem esbarrar nas pessoas. Tristan seguiu para a porta lateral, na esperança de ser protegido pelo sr. Currie e por sua mãe no estacionamento. Mas era uma corrida de trinta metros até o espaço aberto, e Theo pôs a mão no ombro dele em menos de quinze.

Com medo de levar uma surra do campeão de boxe da categoria dezesseis anos, Tristan se abaixou e girou. Theo era mais pesado e o impulso o fez deslizar pelo piso escorregadio. Assim que Theo passou direto, Tristan começou a correr no sentido oposto. Pessoas bloqueavam seu caminho, então a única rota de fuga possível era para o balcão superior.

Quando chegou ao primeiro degrau, Theo já estava correndo novamente. Adam reparou o que estava acontecendo e tentou se colocar no caminho do irmão.

– Ele é só um babaquinha – gritou Adam. – Você vai fazer com que a gente seja expulso.

Mas Adam estava dois passos atrasado e Theo acelerou, saltando três degraus de cada vez. Da pista de dança, Jay viu Tristan correr pelo balcão à frente dos assentos que pareciam de uma sala de cinema. Ele parecia aterrorizado e por um bom motivo: o vulto musculoso de Theo estava se aproximando depressa, e Jay suspeitava de que ele seria louco o bastante para jogar Tristan do balcão.

Erin tinha corrido para chamar o sr. Currie, que seguia em disparada pela pista de dança, e a sra. Jopling vinha correndo atrás dele.

Len também tinha farejado encrenca e subiu correndo as escadas atrás de Adam, mas ninguém conseguiria alcançar Theo antes que ele agarrasse Tristan.

Enorme bolota de bronze

Theo estava a um palmo de distância dele quando Tristan chegou a uma escadaria na extremidade oposta do balcão. Jay ficou sem ar quando Tristan jogou uma perna por cima do corrimão de bronze da escada. Ele quase perdeu o equilíbrio, o que teria resultado em um mergulho de quinze metros e seus miolos espalhados por toda a pista de dança, mas o rapaz manteve o equilíbrio e começou a escorregar para baixo.

Theo decidiu que não valia a pena descer deslizando e começou a correr escada abaixo. Após atravessar o patamar na metade da descida, Tristan começou a deslizar pela segunda vez até lá embaixo. Theo havia perdido terreno, mas Tristan se movia depressa com as pernas enroscadas no corrimão e havia uma enorme bolota de bronze no final prestes a acertá-lo no meio das pernas.

Tristan pressionou uma coxa na outra, tentando desacelerar, mas enquanto espremia o corrimão, seu tênis ficou preso entre duas hastes da escadaria, arremessando-o violentamente nos degraus. Ele aterrissou com força em cima do próprio ombro e rolou os últimos quatro degraus.

Tristan estava desnorteado, mas ao chegar à pista de dança pôde ver Theo descendo a escada em direção a ele. Com medo de ser acertado nas vísceras por uma bota, Tristan ergueu os joelhos para proteger o peito. Ao rolar, ele atingiu um homem que saía a passos largos do lounge.

O sujeito era alto e magro, usava botas e calça preta e segurava uma grande sacola de compras de papel. Vestia também blazer preto com três listras no braço e quepe policial. Tristan olhou por cima do ombro e notou Theo recuando, intimidado, para a varanda.

– Você está bem aí embaixo, Tristan? – perguntou o policial, oferecendo a mão ao rapaz para levantá-lo.

Jay veio correndo enquanto o sargento Chris Ellington ajudava Tristan a ficar de pé.

Guerra do Rock

– Oi, pai – disse Jay sem conseguir conter o sorriso. – Eu não fazia ideia de que você viria hoje.

– Não falei nada porque não tinha certeza – explicou o sargento Ellington, enquanto entregava a sacola a Jay. – Aqui está, filho. Sua insistência e dicas nada sutis finalmente valeram a pena.

35. Espremidas como sardinhas

Summer foi ultrapassada por passageiros mais astutos do que ela ao embarcar no trem. Como o expresso mais espaçoso tinha sido cancelado, ela acabou ficando tão espremida que sequer conseguia levantar o braço para agarrar o corrimão, embora fosse impossível cair em meio a tanta gente.

Coco havia embarcado duas portas adiante, mas sua visão de Summer foi bloqueada por uma parede de homens que se formou em torno dela. Summer sentiu como se estivesse invisível, mas isso não seria nenhum consolo se as outras fossem identificadas por suas guitarras e ela acabasse sozinha em Londres, sem dinheiro para comprar a passagem de volta para casa.

A cada parada, Summer imaginava os policiais com cães retirando passageiros do trem enquanto procuravam por elas. Imaginava algemas, celas, sirenes, camburões, salas de interrogatório. Todas as coisas que tinha visto na TV, sendo que dessa vez ela estaria no centro de tudo.

Porém, ela chegou a Londres Euston incólume e as pessoas começaram a sair apressadas do trem lotado, como ar sendo expelido de um pulmão gigante. Assim que os primeiros passageiros desembarcaram, Summer ganhou um pouco de espaço para respirar e perceber uma dormência horrível na perna direita.

Summer conseguiu encontrar Coco ao olhar rapidamente para trás, enquanto os passageiros sentados empurravam com impaciência. Quando deu um passo, sentiu como se sua perna fosse um peso morto.

Ela foi a última a deixar o vagão, exceto por uma idosa vestida de preto, como num funeral.

O cabelo afro de Coco balançava para cima e para baixo vinte metros à frente enquanto Summer acompanhava a idosa até a plataforma. Sua perna ainda estava esquisita, mas pelo menos ela sabia que poderia se apoiar nela sem cair de cara no chão.

– Tenho que pegar um táxi – explicou a senhora. – Você tem ideia de onde eles ficam?

– Eu nunca estive em Londres – confessou Summer, começando a ficar nervosa por causa das catracas iminentes. – Acho que talvez eu tenha perdido meu bilhete.

– Está tudo aberto aqui – observou a senhora. – Eles geralmente os destacam no trem, mas, com a superlotação, o guarda não teve como passar entre as pessoas.

Isso soou como a primeira boa notícia que Summer tinha ouvido o dia inteiro. Os passageiros seguiam por ambos os lados, mas ela permaneceu junto da idosa, considerando esse um disfarce quase perfeito.

À frente do trem, uma rampa de concreto cinzento conduzia os passageiros ao saguão principal da estação. A idosa estava certa, pois as catracas foram liberadas. Em compensação, havia uma falange de oficiais da Polícia Ferroviária Britânica, vestindo coletes de alta visibilidade e os tradicionais capacetes policiais.

Summer ficou em dúvida, mas talvez os policiais estivessem lá por causa delas. Sua esperança era que a idosa desse a impressão de que ela estivesse viajando com sua avó. No entanto, Coco tinha a pele escura e era desengonçada, com um cabelo grande e um case de guitarra. Era óbvio que a sorte dela estava prestes a acabar.

– É o funeral de um velho amigo – disse a idosa, de forma espontânea. – Nós trabalhamos juntos no departamento de cortinas.

Summer não respondeu, incapaz de pensar em outra coisa além do cabelo afro da amiga balançando. Assim que Coco alcançasse o topo da rampa o piso ficaria plano e Summer não conseguiria mais distingui-la. Então ela se concentrou nos capacetes dos policiais, que pareciam imóveis. Pelo visto, Coco tinha conseguido passar, mas não podia afirmar com certeza.

– Por quase quarenta anos – continuou a idosa.

– Sinto muito – disse Summer, com um sorriso forçado. – Isso é tempo pra caramba.

Com o aparente sucesso de Coco, Summer ficou mais confiante.

– Vocês dois juntos devem ter vendido um monte de cortinas – comentou a menina.

A senhora riu com apreço.

– Ah, suponho que sim.

Continuaram conversando ao passarem pelas catracas. Summer olhou para baixo, evitando contato visual com qualquer policial. Sentiu-se mal, e depois aliviada ao avistar Coco em meio à multidão. Ela estava falando com um rapaz com cara de estudante. Ele tinha costeletas gigantes e levava a guitarra de Coco pendurada no braço.

– Foi bom conversar com você – disse Summer. – Espero que chegue na hora para o funeral.

– Foi um prazer conhecê-la – despediu-se a idosa.

Summer olhou para trás. Michelle e Lucy tinham entrado nos últimos vagões do trem; portanto, deviam estar em algum lugar atrás dela. Então acelerou para alcançar Coco e seu novo amigo.

– Vou ficar em Londres por alguns dias – contou Coco a ele. – Me ligue esta noite para a gente sair. Vou comprar uma cerveja pra você, porque me ajudou com a minha guitarra.

O rapaz tinha pele oleosa e andava curvado para frente. Coco era areia demais para o caminhãozinho dele e o cara sorria tanto que Summer sentiu pena dele.

– Foi muito bom conversar com você, Ariel – respondeu ele, devolvendo a guitarra a Coco. – Seu ombro está melhor agora?

– Vou sobreviver – disse ela, e depois acenou enquanto o rapaz seguia para a escada rolante que dava no metrô.

Coco localizou Summer, mas elas não se falaram até que tivessem passado por várias portas automáticas e saíssem para o dia mais quente do ano até aquele momento.

– Ariel? – ironizou Summer, conseguindo dar um sorriso tenso. – Belo nome.

Coco deu de ombros.

– Quando comecei a falar com ele, eu estava entalada junto à porta do trem com a minha cabeça esticada – explicou Coco. – Eu fiquei olhando para as antenas de TV no topo das casas.

Havia bancos de piquenique de madeira espalhados em frente à estação e uma barraca de comida ao lado de outra, com Krispy Kreme e Starbucks no meio. Summer estava prestes a perguntar se Coco tinha visto as irmãs Wei quando as avistou sentadas numa mesa. As quatro meninas sentiram como se tivessem enfrentado uma guerra ao se abraçarem e sorrirem.

– Pensei que fosse *morrer* quando passei por todos aqueles policiais – desabafou Coco.

– Como vocês duas chegaram aqui tão rápido? – perguntou Summer.

– Nós estávamos no vagão de trás – explicou Lucy. – Então saltamos sobre os trilhos e atravessamos para a plataforma oposta.

– Arriscado, mas funcionou – disse Michelle sorrindo.

– Não devemos ficar juntas aqui por muito tempo – alertou Coco. – É provável que tenha câmeras de segurança.

– Vi táxis com luzes acesas passando ao lado da estação – comentou Lucy. – Vamos pegar um por lá?

Assim que Coco e Summer concordaram com a cabeça, Michelle tirou a mão do bolso e falou com uma voz rouca:

– Meu nome é sr. Globo Ocular. Posso ir também?

As outras meninas recuaram quando Michelle segurou o olho de vidro da gerente do trem entre as pontas dos dedos e mexeu a mão de um lado para outro como se estivesse brincando com um fantoche de meia.

Espremidas como sardinhas

— Ai, você é *doente*! – exclamou Coco, ao se afastar da mesa. – Pra que roubar o olho de vidro dela?

— Ela provavelmente tem caixas cheias deles – respondeu Michelle dando risadinhas, antes de olhar para a própria mão e falar com uma voz meiga: – Não se preocupe, meu querido Globo Ocular, a mamãe ama você de montão, não importa o que essas meninas horríveis digam.

36. A morte de Summer

Enquanto Tristan cambaleava aliviado e ofegante em direção ao sr. Currie e sua mãe, Jay abriu a sacola que o pai tinha lhe dado. Encontrou uma jaqueta de couro, mas sua primeira reação foi de desconfiança. Sempre achou que, se fosse para ganhar uma jaqueta de couro, alguém lhe daria o dinheiro para comprá-la ou o levaria para fazer compras. Jay não tinha tanta certeza sobre o gosto do pai, pois as roupas casuais dele se revezavam entre camisas polo cor de limão e sapatos cinza sem cadarço.

Mas o garoto não precisava ter se preocupado. Era exatamente a mesma jaqueta que ele tinha experimentado cerca de seis semanas antes, quando saíra com a mãe. Naquela ocasião, Jay pensou que ela estava apenas deixando-o viver sua fantasia como recompensa por ajudá-la com a compra mensal de comida congelada, mas estava claro que os pais haviam se telefonado nos bastidores.

— Que *demais* — agradeceu Jay com um grande sorriso, ao vestir a jaqueta por cima de um casaco com capuz e dar um abraço no pai.

Ficou um pouco comprida nos braços, mas isso era bom porque significava que no outono ainda caberia, quando começasse a esfriar de novo.

— Fiquei com vontade de mimar você — explicou o pai. — Afinal, tenho motivo para comemorar.

— Você passou na prova para inspetor? — perguntou Jay, animado. — Parabéns!

Os dois caminharam juntos na direção do restante da família de Jay.

— Oi, Chris – cumprimentou Heather, enquanto abraçava o pai de seu filho e lhe dava um beijo. – Você acha que Jay vai parar de encher o saco agora?

— Se ele não parar, eu atiro nele – respondeu Chris.

Len apertou a mão de Chris. Babatunde foi apresentado a ele e todos sorriram, exceto Theo, que se sentia instintivamente nervoso perto de policiais e o evitou. Jay não deixou evidente as suas emoções, mas estava encantado com a nova jaqueta e com o pai e a mãe ali juntos para vê-lo tocar.

— Posso experimentar seu quepe policial? – perguntou Hank, olhando para cima, suplicante.

— Só por um minuto – autorizou Chris, entregando-o.

— Posso experimentar sua arma de choque? – brincou Adam.

Chris deu uma risada.

— Está descarregada, na verdade. Eu a usei em um gato amarelado que vive cagando no meu jardim.

— Eu não me importaria de ter uma dessas coisas que dão choque para manter esses garotos na linha – disse Heather, e sorriu.

— Eu não me importaria de ter uma para usar no Kai – comentou Jay. – Você já eletrocutou alguém com isso?

Todos ficaram desapontados quando Chris negou com a cabeça.

— Passo mais tempo atrás de uma mesa hoje em dia. Com um monte de formulários e um horário de expediente regular, do jeito que eu gosto.

— Você não disse que vinha – observou Heather.

— Na realidade, estou em dia de tribunal – explicou Chris. – Mas o juiz adiou a sessão, por isso estou livre até uma da tarde. Você vai tocar antes disso?

— Acho que vai dar – disse Jay. – Estamos marcados para as 12h30.

— Consigo esperar até essa hora – ponderou o pai. – Mas vou ter que sair correndo logo depois. Imagino que vocês tenham finalmente escolhido um nome, não?

— Os organizadores nos pressionaram e Jay sugeriu Jet, por algum motivo — disse Len.

— Podia ter sido um nome pior — opinou Adam.

Babatunde concordou com a cabeça.

— Pode ser que a gente mantenha, só para evitar mais conflitos.

Chris olhou para Jay.

— Então você nomeou a banda com base em você mesmo?

Jay olhou para o pai com uma expressão que dizia *Por que você tinha que contar pra eles?*, antes de se virar, nervoso, para os companheiros de grupo. Adam levou alguns segundos para compreender tudo.

— Jay Ellington Thomas — deixou escapar ele, encarando o irmão. — J-E-T, seu cretino atrevido!

Babatunde uivou com uma risada e sacudiu a cabeça.

— Jay, você é um cachorro malandro.

Jay fingiu inocência, mas não conseguiu evitar um sorriso.

— O nome simplesmente escapou — argumentou ele. — Nem percebi que eram minhas iniciais.

Adam bufou.

— Claro, claro.

Mas Jay foi salvo de uma nova bronca porque os olhos de seus companheiros de banda se fixaram em quatro garotas de aparência aflita que entraram pelas portas laterais.

— Que bela visão — ronronou Babatunde. — A de pernas longas e cabelo afro é minha.

— Vou ficar com a gata loura de vestido preto. — Adam riu. — Jay e Theo podem disputar as duas asiáticas. Ai, isso dói!

— Não seja um *tremendo* machista — esbravejou Heather, esfregando a orelha de Adam novamente. — Você fala delas como se fossem gado.

— Suponho que sejam as meninas que querem usar minha bateria — concluiu Len, observando-as conversar com Steve Carr.

A morte de Summer

Isso se confirmou quando Steve levou as meninas até ele. Apesar das bravatas de Adam e Babatunde sobre quem ficaria com quem, os dois emudeceram assim que as quatro se aproximaram.

– Este é o Industrial Scale Slaughter – apresentou Steve.

– Obrigada por nos emprestar sua bateria – disse Coco a Len.

– Faço qualquer coisa por uma moça bonita – respondeu Len, sorrindo. – Pelo sotaque vocês são todas de Birmingham.

– Quase – disse Coco. – De Dudley. Alguns quilômetros seguindo a estrada.

– Fizeram boa viagem até aqui?

As meninas se entreolharam, todas sorrindo culpadas, mas não confessariam nada com Chris de pé a três metros dali, com uniforme de polícia.

– Normalmente preparamos uma banda de um lado do palco enquanto outra toca – esclareceu Steve. – Mas, como vocês vão usar a mesma bateria, vou fazer uma passagem de som rápida com as duas bandas. Depois que o Jet tiver tocado, vocês terão que trocar as guitarras com eles e o técnico irá ajustar os níveis de som. Vocês têm tempo pra beber alguma coisa e se arrumar. Se tiverem mais perguntas, é só me encontrar.

– Sem problemas – disse Lucy.

– Agradecemos a sua ajuda – acrescentou Coco.

Enquanto Steve se afastava, Jay notou que estava parado a meio metro de Summer. Ele normalmente ficava tímido perto de garotas, mas os dois estavam tão próximos que parecia mais constrangedor ficar em silêncio do que dizer alguma coisa.

– Há quanto tempo vocês quatro tocam juntas? – perguntou o rapaz.

Summer sorriu ao se virar. Ela era poucos centímetros mais baixa que Jay. Seu cabelo estava bagunçado e sua pele, brilhosa, como se ela tivesse corrido ou algo assim, mas a garota tinha um rosto meigo e um belo corpo.

— As outras três estão juntas há quase dois anos — explicou Summer. — Só entrei como vocalista há algumas semanas. Gostei muito da sua jaqueta nova, aliás.

Jay ficou perplexo.

— Como você sabe que ela é nova?

A menina estendeu a mão e puxou um pedaço de papelão pendendo de um bolso com fecho no braço de Jay.

— Ah! — exclamou ele. Seu rosto ferveu, ganhando um tom vermelho brilhante quando arrancou a etiqueta. — Eu teria ficado muito ridículo no palco com isso na jaqueta.

— Ah, que bonitinho! — disse Summer, quando Hank ficou ao lado de Jay com seu quepe de polícia. — Você não veio para me prender, não é?

Hank fez uma pistola com os dedos.

— Vou matar você com minha arma de choque.

— Eu me chamo Jay, aliás — apresentou-se ele, constrangido, enquanto Hank imitava o som de uma arma.

Summer cambaleou para trás, agindo como se tivesse sido baleada.

— Eu me *chamava* Summer — brincou ela. — Que bom que te conheci antes de morrer.

37. Guerra do Rock

Adam e Babatunde conseguiram falar de novo antes de Theo descer e se apresentar para as quatro meninas. O fato de fazer parte de uma banda deu assunto a todos e Hank desempenhou o papel de uma criança bonitinha de seis anos, para o bem e para o mal, sentando-se no colo das meninas e devorando as balas de Coco.

Erin, Alfie e Salman também se aproximaram. Atrás deles havia alguns adultos reunidos: Chris, Len, Heather e o professor Currie. Só Tristan e a sra. Jopling ficaram para trás, pois estavam sentados no lounge com xícaras de chá e expressões igualmente emburradas.

Jay adorou a sensação de fazer parte de um grande grupo de amigos, usando sua jaqueta nova e falando sobre música. O melhor de tudo era que Summer continuava sorrindo e conversando com ele, mesmo depois de seus irmãos mais velhos e mais musculosos terem chegado.

– Então, como está a competição até agora? – perguntou Lucy, olhando para o palco.

A banda que estava tocando se chamava Frosty Vader. O som dela era dominado por um órgão Hammond e samples de explosões eletrônicas e ovelhas balindo, enquanto o vocalista dançava no palco de óculos de laboratório de ciência e camiseta com imagens de Jairo e do dr. Bunsen, personagens dos *Muppets*.

– O nível não está *tão* alto – comentou Adam. – Ainda mais considerando que esta é supostamente uma das maiores competições do país.

— A apresentação do Brontobyte pegou *fogo* — afirmou Salman, antes de dar uma risada.

— Nós mandamos muito bem — disse Erin com orgulho.

— Vocês roubaram *minha* música e seu baterista não toca porcaria nenhuma — retrucou Jay. Mas se arrependeu de suas palavras porque soaram grosseiras, e Summer parou de sorrir para ele.

— Rage Cola? — ofereceu uma mulher segurando uma bolsa térmica.

Era a mesma garota que Theo tinha encontrado mais cedo na fila do café da manhã, mas, no momento, ela estava com um cara alto de vinte e tantos anos. O homem tinha pele morena e usava uma calça jeans boca de sino e uma camisa florida. Ele se apresentou enquanto as pessoas enfiavam as mãos na bolsa térmica para pegar as latas de refrigerantes.

— Sou Zig Allen — começou ele. — Vocês já viram o folheto da *Guerra do Rock* que estamos distribuindo?

Ele recebeu como resposta uma mistura pouco entusiasmada de acenos e cabeças balançando enquanto as latas eram abertas.

— Trabalho na Vênus TV — continuou Zig. — Sou o diretor e gerente de projetos da *Guerra do Rock*. Nós colocamos nosso site no ar há dez dias, e estou aqui para encontrar jovens como vocês, para ter um gostinho dessa cena e incentivar grandes bandas a enviar seus perfis.

Jay olhou para Zig e ficou constrangido ao falar com sinceridade:

— Sem ofensa, mas todos esses reality shows são um pouco toscos.

Lucy tinha acabado de receber um folheto da *Guerra do Rock*, mas concordou com a cabeça.

— Especialmente se for para crianças. No Canal 3 Kids só tem camisas polo, dentes perfeitos e todo mundo pulando na piscina! Ninguém com mais de cinco anos assiste a isso.

Adam apontou para Hank.

— Até mesmo ele já superou essa fase.

Zig balançou a cabeça.

– Não é um programa para crianças. Todo o nosso patrocínio e a maior parte do orçamento da produção de *Guerra do Rock* vêm da Rage Cola. Eles estão comercializando o refrigerante para um público masculino de quatorze aos vinte e quatro anos. Esse público não vê programas para crianças e eles são tão reticentes em relação a shows de talentos quanto vocês.

"Tenho experiência com videoclipes de rock e documentários sobre o meio ambiente. Eu nem sonharia em pedir para vocês cantarem músicas bregas dos Backstreet Boys. Não quero que seus avós façam comentários no ar, enquanto nós exibimos fotos da sua festa de aniversário de seis anos, com algum apresentador de TV careca condescendente fazendo piadas idiotas. Vai ser um programa hardcore, focado no rock."

– Se me pagar dez mil, estou dentro – interrompeu Theo.

Algumas pessoas riram antes de Zig continuar:

– A primeira parte da *Guerra do Rock* irá ao ar três dias por semana durante as férias de verão. Vamos escolher as doze melhores bandas que enviarem os perfis para o site ragecola.com. Então vamos colocar todo mundo numa grande casa de campo. Haverá algumas verdadeiras estrelas do rock lá para lhes dar aulas e praticar exercícios de integração de equipes, mais um monte de coisas como festas e passeios.

"Todos terão as próprias filmadoras, assim poderão gravar vídeos diários, que podem ser postados no site, e exibiremos trechos no programa. Quero que tudo seja arrojado e um tanto arriscado. Portanto, vamos mostrar vocês cozinhando as próprias refeições na casa, saindo uns com os outros, tocando com seus companheiros de banda e, de modo geral, simplesmente curtindo por lá. Se entrarem, acho que será o melhor verão da vida de vocês.

"No final das seis semanas, vamos organizar uma tenda especial da *Guerra do Rock* no Festival de Medway, e todos vocês vão poder tocar para 140.000 pessoas.

"A segunda fase da competição começa em setembro. Vamos filmá-los de volta em suas vidas normais, indo para a escola e ensaiando com a banda durante a semana. Em seguida, todo sábado vamos mandá-los de avião para fazer shows por todo o país. Provavelmente em locais como este aqui. Também vamos selecionar grandes bandas com as quais alguns de vocês vão tocar e passar o dia. E, claro, se for em suas casas, também poderão convidar todos os seus amigos.

"Esta parte do programa *Guerra do Rock* irá ao ar no Canal 3 aos domingos à noite, e uma ou duas bandas deixarão o programa por meio de uma votação toda semana. A banda vencedora ganha um belo contrato com uma gravadora e vai passar o Natal no Caribe para gravar seu primeiro álbum."

O discurso de Zig tinha surtido efeito e todos os garotos pareciam totalmente convencidos.

– Mas aposto que mais de um milhão de bandas já mandou seus perfis – argumentou Salman.

– Suas chances são maiores do que parece – disse Zig a Salman. – Estou procurando uma coisa bastante específica: boas bandas com três ou quatro membros, todos entre doze e dezessete anos. O site está no ar há algum tempo e só recebemos cerca de oitenta perfis, a maioria é uma verdadeira piada.

"Não posso oferecer garantias, mas eu me arriscaria a dizer que qualquer banda boa o suficiente para acabar numa das melhores posições em uma batalha como essa aqui hoje tem *sem sombra de dúvida* uma chance real de conseguir participar do programa."

– Então, como fazemos pra entrar? – perguntou Jay.

– Criem um perfil no site, façam o upload de uma canção demo, talvez um videoclipe, incluam algumas fotos, letras de música e coisas assim. É exatamente como criar uma página no Facebook. Se nós gostarmos do que virmos, alguém da Vênus TV vai entrar em contato.

Lucy e Coco se entreolharam.

– Deve valer a pena tentar – ponderou Lucy.

– Conte com a gente – concordou Adam.

– Vou falar com a minha mãe – disse Alfie.

– Você só tem onze anos – observou Jay. – Então o Brontobyte não pode participar.

Alfie olhou espantado para Zig.

– Tenho *quase* doze anos.

– Se você fizer aniversário antes das férias de verão, não deve ter problema – respondeu Zig.

Alfie sorriu aliviado e mostrou o dedo do meio para Jay, e disse:

– Vinte e quatro de junho. Chupa, seu desmancha-prazeres!

Zig tinha vendido os sonhos da *Guerra do Rock* aos garotos de forma tão eficaz que eles ficaram surpresos quando Steve Carr se aproximou a passos largos e os distraiu.

– Jet e Industrial Scale Slaughter? – perguntou, esperando acenos de confirmação. – Estamos mantendo o cronograma dentro do horário, por isso vou precisar que as duas bandas estejam nos bastidores com os equipamentos e prontas para uma rápida verificação do nível de som daqui a dez minutos.

*

Enquanto os Pandas of Doom ensaiavam, Dylan foi encontrando seu lugar. Max se achava bom demais, porém, quando se tratava de compor músicas ele estava certo. Dylan não tinha a mesma criatividade de Max, mas sua compreensão de música e habilidades instrumentais permitiam que ele rapidamente transformasse as ideias exageradas de Max em canções que as pessoas pudessem gostar de ouvir.

Essa versatilidade também deixou os outros três membros mais livres, podendo cantar. Max tinha uma voz cortante, um pouco afeminada e uma presença de palco atraente e esguia. Precisaram convencer Eve a cantar, mas quando ela o fez foi meiga e cada palavra parecia marcada por sua timidez crônica. Leo rosnava e suava, a melancolia do homem comum vinda do filho de quinze anos de um analista de sistemas.

O almoço foi servido às 12h45 no lounge, trazido por um mordomo em um antigo carrinho de buffet. Havia uma grande variedade: pão fresco, queijos, meio salmão e uma tigela de frutas. A bandeja de baixo tinha sucos, café e bolos.

– Na minha casa é preciso ir até a cozinha para colocar presunto entre duas fatias de pão – comentou Leo, balançando a cabeça sem acreditar, assim que o mordomo se afastou.

Dylan ficou envergonhado ao pegar uma faca e serrar um pão redondo, ainda quente do forno.

– Azeitona e pão de nozes – explicou ele, colocando um pedaço na boca. – Meu favorito.

– Então seu pai tem um chef em tempo integral? – perguntou Leo.

– Tem sempre um chef de plantão das cinco da manhã até meia-noite – esclareceu Dylan. – Se algum de vocês quiser beber alguma coisa ou fazer um lanche, é só pegar qualquer telefone, discar 7 e eles vão providenciar.

– Isso é *bom* – disse Leo, devorando o pão quente enquanto enchia um prato com tudo o que pudesse pegar com seus dedos gorduchos. – Se eu morasse aqui, seria *tão* gordo.

– Você já é gordo – ressaltou Max, inspecionando a tábua de queijos.

– Mais gordo, então. – Leo riu. – Pensei que *eu* era rico e mimado antes de vir aqui.

– Quando cheguei a Yellowcote, eu sequer sabia usar a chaleira da sala de recreação para fazer chá – confessou Dylan. – O máximo que fazemos aqui é atender o telefone.

– Ai, meu vício por doces – disse Eve, indo direto para o bolo de laranja e chocolate e um montão de creme de nata.

– E o que mais vocês têm aqui? – perguntou Leo. – Uma piscina?

– Temos piscinas – confirmou Dylan.

A essa altura, todos já haviam enchido seus pratos e estavam indo se acomodar nos sofás.

— Ele disse *piscinas* — ressaltou Leo. — No plural.

— Tem até um grande projetor na nossa área de spa — explicou Dylan. — Dá para deitar na banheira de hidromassagem e assistir a um filme. Isso é uma coisa legal para fazermos esta noite, se quiserem. Temos acessórios de natação para todo mundo e posso falar com a cozinha para que preparem um carrinho com comida de cinema: pipoca, doces, cachorros-quentes, ou qualquer outra coisa.

— O cloro deixa minha pele toda irritada — comentou Eve.

— Ah, está bem — respondeu Dylan, dando de ombros. — De qualquer maneira, a sala de cinema principal tem uma tela maior e um som melhor.

— Quanta gentileza — disse Max com sarcasmo.

Leo tinha visto um Mac no canto da sala.

— Se importa se eu usá-lo? Imagino que esteja conectado à internet.

Dylan concordou com a cabeça e Leo entrou no site da Rage Cola. Era uma dessas páginas irritantes que levam uma eternidade para carregar menus bonitos e uma lata caprichada de Rage Cola interativa em 3D.

Era possível manipular a lata preta e dourada com o mouse, fazendo a condensação na superfície da lata escorrer em diferentes direções, abrir a lata puxando o anel de metal e despejar o conteúdo acompanhado de um som borbulhante prazeroso, ou causar uma erupção caso a sacudisse demais.

— Pare de brincar com a lata, Leo. Isso não é o seu pênis — disse Dylan. — Clique em *Guerra do Rock*.

O garoto fez isso, abrindo mais uma série maçante de barras de download e gráficos 3D arrojados. O resultado final foi a imagem de uma guitarra Fender Stratocaster e três opções logo abaixo: *Assista ao trailer da Guerra do Rock, Veja os perfis & Vote* e *Envie seu perfil.*

— Envie seu perfil — instruiu Max.

— Eu sei ler, Max — respondeu Leo, irritado.

A tela seguinte tinha várias instruções na lateral, mas um videoclipe começou a passar automaticamente no painel principal. Mostrava uma figura parecida com o Drácula, usando uma maquiagem branca carregada, com cabelo comprido e óculos de sol com lentes roxas. Tinha um sotaque do sul dos Estados Unidos.

– Sou Billy-Don, guitarrista principal do Fourth Down and Ten, e um dos vários especialistas que você vai encontrar no acampamento de verão da *Guerra do Rock*, se sua banda for selecionada. Estou prestes a guiá-lo pelas cinco etapas necessárias para fazer o upload do perfil da sua banda, definir seu design e influências, fazer o upload de vídeos e músicas e entrar em contato com seus amigos para que votem no site da Rage Cola. Sua primeira tarefa é preencher o formulário, e lembre-se: é preciso ter a permissão de um adulto antes de enviar seus dados pessoais. Quando terminar, clique em ENTER e eu voltarei para dar algumas dicas sobre como fazer o perfil da sua banda se destacar dos outros.

O vídeo parou e a tela mudou para um longo formulário de inscrição.

Leo olhou para os companheiros de banda que o cercavam e perguntou:

– Devemos tentar?

– O que temos a perder? – rebateu Dylan.

38. Contagem regressiva para o esquecimento

Jay, Theo, Adam, Babatunde e Len estavam nos bastidores com seus equipamentos enquanto o Frosty Vader se retirava pela Zona B. A sétima banda estava prestes a começar sua apresentação na Zona A.

– Demonstrem respeito pela banda tocando do outro lado e façam o mínimo de barulho possível – advertiu Steve Carr.

– Sem problemas, cara – disse Len, enquanto Jay se dirigia à porta que levava de volta para a pista de dança.

– Aonde você vai? – perguntou Babatunde.

– Dar uma mijada rápida – respondeu Jay.

– Você acabou de ir – disse Adam.

– Sempre faço muito xixi quando estou nervoso. Não se preocupem, estarei de volta em trinta segundos.

Jay se sentiu envergonhado ao deixar sua guitarra com Len e passar pela frente do palco diante dos três jurados. O banheiro masculino era uma fossa imunda no final de um corredor comprido, sem sabonete, com as torneiras quebradas e só metade das cabines tinha portas.

Depois de desabotoar a calça jeans, Jay fez um pequeno esguicho de urina, sacudiu algumas gotas e, em seguida, olhou para si mesmo no espelho. Bagunçou o próprio cabelo, que parecia um pouco arrumado demais para um aspirante a estrela do rock. Depois, analisou sua nova jaqueta.

Parecia bem grande e não tão legal quanto ele esperava. Pensou em tirá-la, mas talvez seu pai pudesse ficar ofendido. Além disso, com a jaqueta por cima do casaco com capuz, o movimento de seus braços ficava mais restrito e ele se perguntou se seria confortável tocar.

Mas quando recuou e respirou fundo, Jay soube que o problema não eram seus braços, ou o cabelo nem a jaqueta. Eram apenas seus nervos, e ele precisava se controlar e correr de volta para junto dos outros a tempo de se preparar. Jay saiu em disparada pelo corredor, esquivando-se do guitarrista do Frosty Vader.

No caminho, ele passou pela porta lateral aberta que as bandas estavam usando para trazer para dentro e levar para fora os equipamentos. O garoto diminuiu o passo ao ver Summer de pé no asfalto parecendo chateada. Parte dele queria continuar correndo para não perder a passagem de som, mas a menina estava bem triste, por isso Jay resolveu ir até lá.

– Você está bem?

Summer não respondeu, mas tinha lágrimas nos olhos e um pouco de vômito entre suas sapatilhas de lona.

Jay tirou uma garrafa de água do bolso.

– Você quer lavar a boca? – perguntou o jovem. – É uma garrafa fechada.

Summer rompeu o lacre da garrafa plástica e enxaguou a boca, cuspindo tudo no asfalto.

– Obrigada – falou ela.

– É nervosismo?

Summer confirmou com a cabeça.

– Além disso, minha avó estava doente de manhã e fizemos uma viagem infernal para chegar até aqui.

Jay assentiu com compaixão.

– Meus nervos são os *piores*. Tive que fazer xixi seis vezes na última meia hora.

Summer se curvou para frente como se fosse vomitar de novo, mas foi apenas uma ânsia. Jay ficou desconfortável: estava desesperado para voltar até sua banda, mas seria rude abandonar Summer. Então ouviu um ruído metálico e olhou para trás.

Ele se virou e viu dois sujeitos com coletes de alta visibilidade colocando uma trava de pneu no Nissan de Theo. Jay pensou em intervir, mas já havia coisas demais para processar com Summer e a passagem de som na cabeça.

– Eu realmente tenho que voltar – disse Jay. – Você vai precisar fazer a passagem de som com a gente. Você vem?

– Eu nunca deveria ter entrado numa banda. – Summer fungou. – Foi ridículo. Eu estava no meu sétimo ano musical e tudo o que fiz foi vomitar sem parar.

Jay não conseguia pensar em mais nada para dizer.

– Tenho que entrar – despediu-se, finalmente, ao atravessar a porta para o salão mofado. – Desculpe.

Depois de alguns passos, Summer o alcançou.

– Eu vim lá de Dudley – disse ela, tendo que gritar porque eles estavam perto dos alto-falantes empilhados. – Não posso desapontar as outras meninas depois de tudo o que aconteceu hoje.

– Você vai ficar bem – afirmou Jay, apertando o braço de Summer. – Vamos fazer papel de idiota juntos.

Summer sorriu e assentiu enquanto os dois se apressavam para atravessar até o outro lado da pista de dança. Len e Babatunde já estavam no palco montando a bateria. Jay e Summer aceleraram o ritmo ao cruzar a porta que levava ao palco. Lucy se aproximou preocupada e notou a palidez de Summer.

– Está tudo bem? Procurei você em todo canto.

– Vou ficar bem – respondeu Summer calmamente. – É só nervosismo.

– Trinta segundos longos do inferno – resmungou Adam, enquanto Jay subia no palco. – O que você estava aprontando?

Jay não respondeu porque se distraiu com Theo de pé à sua frente. Ele queria contar ao irmão que havia um homem lá fora colocando uma trava de pneu em seu Nissan, mas faltava menos de cinco minutos para a apresentação e não teriam nenhum cantor caso ele saísse correndo para discutir com os guardas de trânsito.

Jay se sentiu culpado quando Theo o agarrou e apertou-lhe os ombros.

– Você está muito apreensivo, não é, maninho? – perguntou ele, dando uma risada. – Nunca se preocupe com o que as outras pessoas pensam. São todas babacas, de qualquer maneira.

Lucy foi até o fundo, onde inspecionou a bateria e teve uma breve conversa com Babatunde, seu colega baterista.

A banda que se apresentava na Zona A havia atingido o limite de 10 minutos permitidos e o engenheiro na cabine de controle desligou o PA deles. A cantora de cabelo espetado jogou o pedestal de microfone longe, abriu caminho pela divisória e disse um monte de palavrão para Steve Carr.

– As regras são as mesmas para todo mundo – gritou Steve em resposta. – Agora caia fora daqui, ou serão desclassificadas por indisciplina.

– Nazista! – berrou a garota. – Só precisávamos de mais 15 segundos.

Steve ignorou o atrevimento e prosseguiu com seu trabalho.

– Será uma passagem de som básica e rápida – gritou Steve. – Jet primeiro e, em seguida, Industrial Scale Slaughter. Jet, suas guitarras estão ligadas?

Jay se virou e ficou aliviado ao descobrir que Len tinha preparado a dele.

– Já pluguei e afinei ela – disse Len, irritado, ao passar a faixa da guitarra sobre a cabeça de Jay. – Você precisa se concentrar, cara.

– Desculpe – pediu Jay, ao perceber que a questão das roupas não era somente nervosismo e paranoia. As mangas compridas da jaqueta de couro iam atrapalhar seus dedos. O garoto, então, largou a guitarra em pânico, arrancou a jaqueta de uma vez e a jogou para Len.

Contagem regressiva para o esquecimento

Quando uma banda fazia um show de verdade, o posicionamento do microfone, as passagens de som e a montagem podiam demorar uma hora ou mais, porém, com dezoito bandas se apresentando, o processo teve que ser simplificado ao máximo. Steve deixava cada vocalista e instrumento tocar por alguns segundos e o técnico na cabine de som no fundo do salão girava alguns botões até concluir que os níveis estavam mais ou menos equilibrados.

Jay tocou alguns acordes e parou quando Steve Carr fez um aceno com a cabeça, então olhou para além do palco. Havia pelo menos duzentas pessoas ali. Algumas bandas que haviam tocado mais cedo já tinham saído para almoçar, mas deram lugar a músicos e espectadores que chegavam para a parte da tarde da batalha.

Três jurados estavam sentados em uma longa mesa a poucos metros do palco. Havia um sujeito gordo e barbudo e uma mulher magra com cabelo grisalho feito o de uma bruxa. Jay só tinha ouvido falar de um cara mais novo: o DJ da Terror FM chamado Trent Trondheim, que parecia entediado enquanto esfaqueava repetidamente um copo plástico de café com um lápis.

O Brontobyte tinha se posicionado logo atrás dos jurados, todos de pé com os braços cruzados. Tristan tentou parecer malvado, mas Salman, Alfie e Erin estavam levando na brincadeira, fazendo caretas e tentando distrair seus rivais.

– Estão prontos – afirmou Steve Carr, com os dois polegares erguidos enquanto pulava do fundo do palco.

Jay olhou para Len, que moveu os lábios para dizer *Acabe com eles*. O engenheiro ergueu os faders, ligando os instrumentos do Jet ao sistema principal do PA. A pulsação de Jay acelerou com o zumbido de eletricidade que irrompeu da poderosa pilha de alto-falantes ao lado do palco.

Ele preparou os dedos para o primeiro acorde e tocou a corda inferior a fim de testá-la. O som transbordou do alto-falante ao lado de sua cabeça e por toda parte, chegando até o fundo do salão com capacidade para três mil pessoas, através das caixas de som posicionadas nas paredes. Era um poder incrível. Era como ser Deus.

– Vamos começar com uma música nova – gritou Theo ao pegar o microfone do estande. – Meu irmão Jay a escreveu e se chama "Briga na lanchonete numa sexta à noite".

Babatunde bateu quatro vezes no prato, dando a deixa para a banda. Adam começou a marcar o ritmo no baixo e Jay ficou apavorado com a possibilidade de arruinar sua complicada introdução.

Ele sentiu que estava pensando demais, lidando com muitas coisas ao mesmo tempo, sem conseguir se concentrar. Babatunde havia entrado em erupção feito um vulcão. O DJ levou um susto e deixou cair seu copo. Tristan reagiu com uma expressão muito estranha.

Vou estragar tudo, vou estragar tudo, vou estragar tudo.

Jay pensou ter perdido a deixa, mas ao olhar para baixo notou que os próprios dedos estavam tocando a música. Ele tinha praticado mil vezes e soava melhor do que esperava. Mas foi um sensação estranha, como se olhasse para si mesmo do espaço, e outro cara estivesse tocando.

Theo soltou um tremendo rugido angustiante no microfone e começou a jorrar a letra.

> Nas lanchonetes em cada esquina,
> Sempre vai ter briga,
> Espero que minha mãe fique viva...

Len estava no ramo da música há mais de trinta anos e tinha ajudado a elaborar a apresentação. A nova música de Jay ocupou os primeiros três minutos, seguida por "Christine" sem qualquer pausa entre as duas. Babatunde era a força mais óbvia da banda, então Len deu a ele noventa segundos para fazer um solo de bateria explosivo enquanto os outros recuperavam o fôlego. A maioria das bandas terminou com seus maiores hits, mas ninguém conhecia nenhuma música do Jet ainda, então eles arremataram com "Walk This Way".

O clássico do Aerosmith tinha um dos maiores riffs de guitarra de todos os tempos. Esse era o maior desafio para Jay no set de nove minutos e meio de música e ele olhou para os próprios dedos enquanto executava com precisão cada mudança de acorde.

O suor escorria pelo seu rosto, mas ele estava mandando ver e parou de tocar quando ainda faltavam dezoito segundos, exatamente como haviam ensaiado.

— Jurados, eu sei onde vocês moram — gritou Theo de forma ameaçadora, antes de sorrir. — E um grande "olá" para o meu irmãozinho Hank!

Jay olhou para Adam, sorrindo incontrolavelmente enquanto palmas e assobios irrompiam da multidão. Adam retribuiu o sorriso. Babatunde tinha saltado por cima da bateria e cumprimentou Jay com um "toca aqui". Os juízes estavam sorrindo e balançando a cabeça em aprovação. Len tinha pulado no palco e dava tapas nas costas de Jay e de Adam.

O Jet tinha tocado com perfeição.

39. Ser suspenso é melhor?

Jay, Adam e Babatunde correram para o fundo do palco, passando pelas quatro componentes do Industrial Scale Slaughter que vinham em sentido contrário. Theo saltou um metro e meio da frente do palco, antes de arrancar Hank do chão e jogar o irmão mais novo para o alto.

– Você disse o meu nome! – gritou Hank, animado.

Theo geralmente não tinha muito tempo para os irmãos mais novos, por isso, esse foi um grande momento para Hank.

Enquanto Theo andava apressado para o fundo do salão, Babatunde saiu à frente de Jay e Adam pela porta lateral do palco. Erin era só sorrisos.

– Parabéns! Vocês foram muito bons.

– A sua também não é tão ruim – respondeu Babatunde, embora não tivesse ficado claro se na verdade ele estava se referindo à música do Brontobyte.

No palco, as meninas estavam tendo uma pequena discussão porque Michelle havia deixado para afinar a guitarra no último segundo.

– Pedimos desculpas – disse Summer humildemente à multidão, antes de Michelle agarrar o microfone da vocalista e rosnar feito um cão.

– Somos o Industrial Scale Slaughter e essa música se chama "Escuridão".

Jay virou-se para ver suas rivais. Ele não reconheceu a música, então concluiu que era uma composição própria. As meninas soavam afiadas, mas não havia nada de especial até Summer abrir a boca.

Ser suspenso é melhor?

A letra era sem graça, mas a voz de Summer causava arrepios na espinha de Jay. Assim que o primeiro verso terminou, ela olhou diretamente para Jay com um sorriso nervoso.

Ele sentiu uma tremenda emoção. Summer era mais velha, estonteante e morava a duzentos e quarenta quilômetros de distância. Três coisas que a tornavam impossível de conquistar, mas nunca na vida ele desejara tanto algo e, por um instante, nada pareceu impossível.

O momento perfeito terminou quando Theo deu um tapa amistoso nas costas de Jay, antes de levantá-lo do chão e dar-lhe um abraço dolorosamente apertado.

– Você arrasou lá em cima, seu saco magro de bosta! – urrou Theo.

Quando os pés de Jay tocaram o chão novamente, ele viu sua mãe sorrindo na extremidade da pista de dança. Foi bom notar que ela estava feliz, mas então ele se lembrou do que tinha visto pouco antes de subir ao palco.

– Travaram seu carro – gritou Jay mais alto que a música, apontando para a luz do sol que entrava pela porta lateral.

– O quê? – rugiu Theo.

Jay aproximou a cabeça do ouvido de Theo.

– Seu Nissan. Você estacionou na área restrita perto da escada de incêndio.

Assim que Theo xingou e saiu correndo, Jay pensou em ir atrás dele, mas não queria estar por perto quando o irmão surtasse, por isso, correu em direção à mãe ao fundo da pista de dança.

Ela lhe deu um beijo na bochecha.

– Você não é nada mal com aquela guitarra. – A mulher sorriu. – Estou orgulhosa de você.

– Meu pai está por aqui? – perguntou Jay, olhando para ambos os lados.

Heather balançou a cabeça.

– Ele saiu correndo logo depois da sua apresentação, mas disse que você o impressionou e que vai tentar voltar mais tarde para ver o resultado.

Guerra do Rock

*

A luz brilhante do sol incidiu sobre o rosto de Theo quando ele saiu. Era um belo dia de primavera, com o cheiro das barracas de comida do mercado de Camden vindo da esquina e a luz refletindo do canal ao lado. Mas os olhos de Theo se fixaram na trava amarela desgastada fixada à roda dianteira do Nissan, e o aviso de infração no para-brisas.

> Este veículo estava estacionado ilegalmente
> em propriedade privada.
> Taxa de liberação £125.
> Contate a Stavros, firma de fiscalização de estacionamentos.
> Dinheiro, Visa, MasterCard, Amex são aceitos, exceto cheques.

— Merda — gritou Theo. Então ficou ainda mais mal-humorado ao perceber que estava pisando em vômito.

Ninguém gosta de ter o carro travado, ainda mais por uma empresa privada suspeita cuja prática beirava a extorsão, porém, Theo tinha ainda mais problemas. Ele não tinha cartão de crédito, é claro que não tinha 125 libras em dinheiro e, embora fosse um carro roubado, ele não podia simplesmente abandoná-lo. Estava usando o Nissan havia cinco meses, por isso, o interior do veículo continha impressões digitais suficientes para comprovar sua violação de condicional e lhe render um bilhete só de ida para o reformatório de jovens infratores.

O lado positivo é que Theo havia roubado vários carros na vida. Por isso conhecia um homem especializado em desmanches de carros roubados para obtenção peças que devia ter algo em sua loja capaz de cortar duas correntes.

Ele pegou o celular, discou um número e ficou surpreso ao ouvir uma voz feminina no outro lado da linha.

— Ei, aqui é o Theo. Stuart está por aí?

A garota parecia completamente chapada.

— Agora não — respondeu ela, e depois deu uma risadinha.

Ser suspenso é melhor?

– Então você pode chamá-lo?

A pausa durou tanto tempo que Theo começou a achar que a ligação tivesse caído.

– Nããão – respondeu finalmente a menina.

Theo suspirou.

– Escute, isso é *importante*. Preciso falar com Stuart *urgentemente*. Preciso que ele venha ao Old Beaumont em Camden com o maçarico de corte de acetileno.

– Vai demorar um pouco. – A garota riu. – Estou com o celular agora. Sou a irmã mais nova dele. Lembra-se de mim?

Theo tinha ido poucas vezes à casa de Stuart e visualizou com quem estava falando: vinte e poucos anos, cabelo crespo, corpo bonito, mas olhos arregalados e um rosto esquisito. O nome dela era Karen ou Kerry.

– Seu irmão tem um novo número? – perguntou Theo. – *Preciso* falar com ele. Quanto antes melhor.

– Ele pode ligar pra você, mas você não pode ligar pra ele.

Theo foi ficando cada vez mais frustrado com aquelas respostas enigmáticas, mas ele só conhecia um lugar onde alguém poderia fazer ligações, mas não recebê-las.

– Stuart foi preso?

– Sim, já lhe disse – insistiu a menina. – A polícia invadiu a loja. Encontrou um Lexus novinho desmontado em trezentas peças. Stuart e Carl estão em prisão preventiva, cara.

Theo não conseguia acreditar na sua má sorte.

– Você tem alguma maconha, Theo? – perguntou a menina. – Quer vir aqui fumar um?

– Talvez outra hora – respondeu Theo com amargura. – Tenho que ir.

Assim que desligou, um garoto de outra banda passou por ele carregando um case de guitarra.

– Sua apresentação foi ótima, cara – comentou.

– Valeu – disse Theo desanimado.

Sem dinheiro nem equipamento para cortar a trava, Theo estava ferrado. Aquele era um estacionamento pequeno e seu veículo bloqueava uma saída de incêndio. Provavelmente iriam rebocar o carro em poucas horas e, ao fazerem isso, seria extremamente difícil conseguir recuperá-lo, porque, exceto pelas chaves, ele não tinha qualquer comprovação de propriedade.

Theo não tinha carteira de motorista, nenhuma documentação de seguro nem documento do carro. Mais cedo ou mais tarde, a empresa que travou o carro entraria em contato com a polícia, que iria perceber que o automóvel era roubado, então verificaria as impressões digitais e faria uma visita ao Thomas' Fish Bar para prendê-lo.

O vocalista do Jet tinha apenas uma opção: destruir as provas incendiando seu amado Nissan.

40. A corrida desenfreada de Theo

Summer sentiu as bochechas queimando, aquecidas por duzentos pares de olhos e pela pressão de uma boa performance vinda das três companheiras de banda atrás dela. Mas enquanto cantava o verso de abertura de "Escuridão", ela fechou os olhos e se imaginou no fosso, bebendo Sprite entre uma frase e outra, batendo os pés descalços no ritmo e sem nada além de uma parede de tijolos à sua frente.

Em seguida, Michelle dispersou sua concentração, indo tocar o baixo na frente do palco, se equilibrando na beirada, provocando a multidão. Nenhum músico em sã consciência destruiria uma curta apresentação saltando do palco. Mas com Michelle nunca era possível saber.

Summer não conseguia voltar para seu lugar de paz, e as dúvidas a acertaram tão forte quanto se levasse uma bolada na barriga. Ela queria estar em casa jogando palavras cruzadas de tabuleiro com a avó, ou enfiada debaixo de um edredom. Em qualquer lugar menos ali.

– Yeeh-haar! – urrou Michelle.

Michelle não tinha microfone, mas Summer a ouviu, o que a fez errar a primeira frase do segundo verso. Depois disso, ela cantou todas as palavras corretamente, mas nada parecia estar certo.

Quando "Escuridão" terminou, Summer olhou para Michelle e gritou com uma força atípica:

– Como posso me concentrar com você rebolando bem na minha frente?

A garota se virou e fez uma careta. Summer deu um passo para trás, meio que esperando uma guitarra voar em sua cabeça. Felizmente, Lucy a apoiou.

– Você sabe que ela está nervosa, Michelle.

A segunda canção foi "Ursos, Bicicletas, Morcegos e Sexo". Geralmente, Michelle só cantava notas aleatórias ou frases específicas em certas músicas, contrapondo o poder vocal de Summer com um tom mais agudo. Mas, naquele momento, Michelle se juntou a Summer no microfone, cantando todas as palavras e fazendo uma dança espasmódica, balançando o quadril com sua guitarra.

Era impossível justificar, mas ficou legal. Summer até deu risada copiando o rebolado louco de Michelle e sua voz se elevou com a confiança recém-descoberta. Não tinha sido o início perfeito, mas elas tiveram quatro minutos para salvar a apresentação de um desastre.

*

Theo tentou passar imperceptivelmente ao se sentar no banco do motorista do grande Nissan. Ele já tinha roubado alguns carros na vida, mas os cinco meses que passara com esse veículo eram um recorde e a ideia de queimá-lo por causa de uma trava estúpida o torturava.

Havia um monte de coisas escondidas na bagunça que ele não queria perder. Encontrou uma sacola plástica amassada da Tesco e começou a enchê-la com CDs, um celular sobressalente, pacotes de doces comidos pela metade, um colete jeans e um sutiã com estampa de corações que o lembrou de tempos mais felizes. Ele abriu o porta-luvas e pegou o GPS chamativo que tinha comprado por trinta e cinco libras no White Horse, junto de uma garrafa gigante de vodca Smirnoff de que sua tia Rachel ainda não tinha dado falta.

Theo tirou a tampa da garrafa e tomou dois goles para ganhar coragem. Depois reclinou totalmente o assento do motorista, se arrastou até a parte de trás e começou a derramar o líquido transparente nos bancos traseiros e no porta-malas. Ele continuou fazendo isso até os assentos e o carpete estarem encharcados com dois litros e meio de vodca altamente inflamável.

Em seguida, jogou a garrafa no chão e se sentou. Theo sentiu uma nostalgia ao colocar as mãos no volante familiar, olhou através do para-brisas e se lembrou dos bons momentos: dirigir rápido, apavorando os pedestres em cruzamentos; beber com os amigos; a menina com sutiã de estampa de coração; e quando atravessou acidentalmente de ré a janela de vidro da Morrisons.

– Vou sentir sua falta, velho amigo – disse Theo com carinho.

Ele estava chorando, e não só por causa do aroma ácido da evaporação da vodca. Quando Theo puxou o isqueiro do bolso, viu a oportunidade para uma curta, mas gloriosa, última volta.

Graças à tração nas quatro rodas, ele supôs que, mesmo com a trava, o Nissan conseguiria atravessar os vinte metros do estacionamento. Essa, aliás, era a distância entre a frente do seu Nissan e a traseira do Porsche Cayenne laranja da sra. Jopling. O carro esporte fora estacionado de modo tentador perto da beirada do Grand Union Canal, e a bateria de Tristan estava visível através da janela de trás.

– Chamou minha mãe de vadia, não foi, Tristan? – falou consigo mesmo, abrindo um sorriso maligno.

Theo ficou preocupado que o álcool evaporado pudesse inflamar quando ele ligasse o motor. O garoto agarrou a sacola com todas as suas coisas dentro e abriu a porta para que conseguisse saltar com facilidade antes de ligar a ignição.

Nenhuma bola de fogo surgiu quando o motor ganhou vida num rugido e, após dar uma rápida olhada para garantir que não havia ninguém por perto, Theo pisou no acelerador. A trava de metal estremeceu enquanto o carro se movia para frente, mas não foi suficiente para manter o veículo parado, e o grande 4x4 ganhou velocidade.

A condução do veículo era um pesadelo. A trava acionou várias luzes e advertências sonoras no painel e seu peso sobrecarregou a direção assistida.

O som do aço raspando no asfalto era ensurdecedor e faíscas saíram por vários metros. Depois de acertar a parte de trás da lateral direita de uma van Opel, Theo se preparou para a colisão. Ele travou os braços rígidos no volante quando o farol dianteiro se chocou no para-choques traseiro do Cayenne.

O impacto sacudiu com violência a cabeça de Theo. A frente do seu amado Nissan amassou, mas havia cumprido sua última missão. O grande Porsche da sra. Jopling voou para frente. Alarmes soaram na van e no Porsche enquanto Theo afundava o pé no freio.

O Porsche oscilou à beira do canal por dois segundos, como se deduzisse que a água estava fria demais. O veículo finalmente tombou no momento em que Theo pegou um isqueiro e um jornal amassado em forma de bola e saiu do Nissan pela última vez.

Theo só pretendia jogar o carro da Sra. Jopling no rio, mas o canal tinha cerca de quinze metros de largura e o nível da água estava muito baixo. Isso havia obscurecido tudo, exceto a chaminé do barco amarrado ao aterro.

Assim que Theo acendeu o jornal com o isqueiro e o jogou dentro do Nissan, o Porsche acertou a proa de um barco estreito. O álcool entrou em erupção violentamente formando chamas azul-claras. O calor atingiu as costas de Theo quando ele correu para longe, e uma enorme sombra negra surgiu atrás do garoto.

O peso do Porsche empurrou a proa do barco estreito para baixo, a qual levantou bem alto a extremidade traseira do veículo para fora da água. Pareceu um Titanic em miniatura quando cadeiras de plástico, boias e vasos de plantas deslizaram para baixo, devido ao ângulo acentuado da embarcação, e caíram na água.

Theo tentou disfarçar enquanto saía correndo do estacionamento. Em seguida, ele desacelerou e fez o melhor que pôde para parecer inocente ao desviar para a rua. O Industrial Scale Slaughter estava tocando bem alto dentro do salão, portanto, apenas um velho cão andarilho na calçada do outro lado do canal testemunhou a cena extraordinária de um Porsche flutuante, um Nissan em chamas e a enorme onda que se formou quando o barco bateu de volta na água.

O homem e o cão correram até um barranco de grama íngreme no momento em que um metro de água se ergueu na direção deles. O barco que foi atingido se acalmou por um instante, mas a proa estava inundada. Os últimos três cabos de amarração se romperam quando o barco mergulhou de nariz para o fundo do canal.

O aterro elevado fez com que apenas quinze centímetros de água ultrapassassem a barreira em direção ao Old Beaumont. Água jorrou ao longo do estacionamento, se espalhando e baixando. Ainda media vários centímetros de altura quando alcançou a entrada lateral do estabelecimento.

A maior parte da água escoou pelo corredor que conduzia aos banheiros, porém, transformou em poça rasa um terço da pista de dança.

Steve Carr liderou a corrida até o lado de fora para ver o que estava acontecendo.

Com a torrente de água, alguns carros estacionados mais próximos ao canal flutuaram para trás por vários metros, durante um breve momento, tempo suficiente para causar arranhões e pequenos danos na lataria. Mas o Nissan estava bem acima do chão e seu interior queimava ferozmente.

Jay tinha levado Hank ao banheiro e bagunçado seu cabelo em frente a um espelho rachado quando uma camada de água subiu até seus tornozelos e ocupou o chão ao redor deles. A água tinha recolhido anos de imundície do piso do Old Beaumont e estava cinza por causa da sujeira, dos anéis de latinhas e das guimbas de cigarro.

Ele pensou em subir nas pias para se salvar, mas estava mais preocupado com o irmão, que já tinha acabado de fazer xixi.

– O que está acontecendo? – gritou Hank, olhando alarmado enquanto o irmão mais velho o tirava do chão.

O All Star de Jay ficou encharcado com água gelada e a barra da sua calça jeans acabou ensopada enquanto chafurdava pelo salão principal, com os braços de Hank em torno do seu pescoço.

Guerra do Rock

A essa altura a maior parte da multidão dentro do Old Beaumont queria saber o que estava acontecendo e uma dúzia de pessoas se acotovelou na porta.

Jay colocou Hank de volta no asfalto e olhou em volta. Ele tinha conseguido sair mais rápido do que o restante da sua família, mas não antes da sra. Jopling. Ela correu até a lateral do canal, ficou o mais perto que ousou do Nissan em chamas, e soltou um grito horrível ao ver seu amado Porsche boiando no canal.

41. Garotas batalhadoras

As quatro componentes do Industrial Scale Slaughter estavam sob os holofotes brilhantes e a luz impedia que enxergassem qualquer coisa a mais de dez metros do palco. Quando a quarta e última música terminou, as meninas não ouviram elogios nem aplausos. As luzes principais do estabelecimento simplesmente se acenderam e deu para ver as pessoas seguindo para a saída lateral, para descobrir o porquê do aguaceiro, ou para a saída principal para ir almoçar.

Até mesmo os jurados desviaram os olhos do palco, curiosos sobre a súbita inundação. Michelle ficou furiosa. Ela desplugou a guitarra e saltou do palco sem a menor cautela. A garota aterrissou em um centímetro de água do canal e jogou violentamente o instrumento por cima da cabeça. A guitarra acertou a mesa dos jurados, quebrando uma jarra de vidro com água e encharcando as anotações deles.

– Vocês sabem por quanta merda nós passamos para chegar aqui? – gritou ela. – O mínimo que vocês podem fazer, seus babacas, é ter a decência de olhar para nós.

Os jurados recuaram assustados quando a guitarra de Michelle atingiu o chão. No palco, Summer se sentia esgotada. Elas não tinham tocado tão bem quanto poderiam e o fato de Michelle ter destruído a mesa dos jurados eliminava qualquer chance de votos por compaixão.

– Definitivamente, não é o nosso dia, não é mesmo? – Lucy suspirou, apoiando a cabeça nos braços enquanto Coco sacudia a própria cabeça. – O que está rolando lá fora? Parece que o canal transbordou ou algo assim.

Com o PA desligado e as portas laterais abertas, as meninas conseguiam ouvir a comoção geral. Na pista de dança, Summer ficou surpresa ao ver o jurado bonito tentando argumentar com Michelle.

– Amei que vocês têm músicas próprias – explicou o jurado a ela. – A maioria das bandas adolescentes perde muito tempo tentando parecer alguém famoso.

Em seguida, ele se aproximou da beirada do palco e olhou para cima em direção a Summer.

– E você é a melhor cantora jovem que ouço em muito tempo. Você ainda é nova, mas pegue meu cartão e me ligue daqui a alguns anos. Talvez eu consiga ajudá-la, se a indústria inteira não tiver descido pelo ralo até lá.

Summer se abaixou e pegou o cartão de visita: *Connor Cook, executivo de A&R, KMG Records.*

– Obrigada – disse ela, sentindo-se um pouco mais confiante.

Em seguida, o jurado se virou e perguntou aonde os outros dois iam almoçar.

*

Uma fumaceira preta vinha do Nissan moribundo enquanto a fumaça do plástico e da borracha deixava o ar sufocante. Havia cerca de quarenta pessoas de pé ali quando dois caminhões de bombeiros entraram no estacionamento. A sra. Jopling estava lá, bem no meio, fazendo uma cena.

– Eu sei quem fez isso! – berrou ela, apontando para Big Len e Heather. – Foi um desses aí. Theo, provavelmente.

Jay estava a poucos metros de distância da mãe, com Hank puxando seu braço e implorando para ser erguido de forma que pudesse ver melhor.

Duas BMWs se aproximaram e uma dupla de policiais saiu de cada uma. A equipe de bombeiros havia esticado a mangueira, fazendo-a atravessar o estacionamento. O comandante deles gritou para a multidão, fazendo as pessoas arredarem enquanto seus homens cobriam o Nissan fumegante com espuma branca.

Len e Heather estavam no meio da multidão que recuava em direção a Jay. Quando Heather avistou o menino, ela disparou e apontou para o Nissan em chamas.

— Aquele é o carro do seu irmão? — questionou ela, num sussurro irritado, enquanto Len colocava Hank nos ombros.

— Como vou saber? — perguntou Jay, dando de ombros de modo dramático para enfatizar sua frase. — Theo nunca está em casa. Quem sabe o que o *seu* filho apronta?

— É melhor você não estar mentindo para mim, Jayden — rosnou Heather. — Diga a verdade para mim. Já viu Theo dirigindo esse carro?

Heather poderia dificultar muito a vida de Jay, mas ficar de castigo, ter a mesada cortada ou até mesmo o término da banda não eram *nada* em comparação ao que Theo poderia fazer se ele dedurasse o irmão mais velho.

— Mãe, eu juro, ok? — respondeu Jay. — *Não* faço ideia se esse é o carro de Theo ou não.

— Isso ainda não acabou — alertou Heather, balançando o dedo de forma ameaçadora. Mas ela teve que interromper o interrogatório porque uma policial se aproximava.

Os recém-chegados policiais tinham conversado com a sra. Jopling, que repetiu furiosamente suas suspeitas contra Theo.

— Heather Richardson? Fui informada de que você tem um filho chamado Theo — começou a policial. — Sabe onde ele está agora?

Heather estava furiosa, mas isso não significava que ela não ia defender seus meninos dos policiais. Falou com a voz fina que geralmente usava ao telefone:

— Não vejo Theo desde que ele saiu do palco com sua banda.

— Bem, você tem o número de celular dele? — perguntou a oficial. — Nós realmente gostaríamos de falar com ele e é melhor para todo mundo se pudermos esclarecer isso logo de uma vez.

— Ah, sabe como essas crianças são — disse Heather, dando um sorriso forçado para Jay. — Tenho oito filhos e nunca consigo acompanhá-los. Eles estão sempre trocando de celular e arranjando novos números.

Jay tentou não sorrir com esta mentira descarada: sua mãe era como um cão de caça. Ela sabia os números dos celulares de todos os filhos de cabeça e um deles com certeza receberia uma ligação caso desrespeitasse em alguns minutos o toque de recolher.

A policial contraiu os lábios e Jay notou que ela não acreditou em uma palavra sequer que a mãe dele dissera.

— Bem, nos avise se você *por acaso* tiver notícias dele — disse a policial num tom acusatório. — Temos um carro de luxo e um barco destruídos. Esses problemas não desaparecerão por conta própria.

Assim que a policial se afastou, Steve Carr passou pela multidão com dois oficiais logo atrás. Ele parou a poucos metros de Jay e Heather, apontando para uma câmera de vigilância na parede do estabelecimento.

— Ela tem uma lente grande-angular que alcança o estacionamento inteiro — contou Steve aos policiais. — A gravação está em meu escritório nos bastidores e sugiro que a gente vá até lá dar uma olhada.

42. A vagabunda da lanchonete

Jay olhou para a câmera prevendo um desastre e, em seguida, fixou o olhar na própria mãe.

– Sei onde fica o escritório – revelou ele baixinho. – É perto de onde Steve nos deixou esperando antes de tocarmos. Se eles conseguirem essa fita, Theo estará ferrado.

Ela arregalou os olhos.

– Então você *sabe* que o carro é dele?

Jay sorriu com nervosismo e disfarçou o deslize.

– Eu não *sei*, mas que outra pessoa faria uma loucura dessas? O barco e o carro devem totalizar uns cem mil em danos. Theo já está em liberdade condicional e se pegarem essa gravação vão prendê-lo e jogar a chave fora. Posso conseguir a fita se você distrair os policiais.

Heather ficou alguns segundos pensando. Jay era um bom garoto. Não queria que ele se metesse em apuros, mas ver Theo trancafiado novamente partiria seu coração. Ela lançou um olhar incerto para o filho.

– Tente entrar lá – disse a mãe com relutância. – Mas não corra *nenhum* risco idiota.

Assim que Jay entrou no Old Beaumont, Heather deu uma olhada na sra. Jopling, que estava perto do caminhão dos bombeiros dando detalhes a um policial sobre o seu veículo atingido. Ela saiu empurrando a multidão, correu em direção à sra. Jopling e a golpeou com a sua bolsa gigante de mãe.

– Sua vaca velha desgraçada! – gritou Heather, quando a sra. Jopling caiu de bunda no asfalto molhado. – Retire tudo o que disse! Meu Theo não fez nada.

Um policial precipitou-se até Heather e tentou contê-la. Ela sabia que poderia ser presa por agressão, mas já estivera em tribunais vezes suficientes – por conta própria e com membros da família – para saber que era improvável que recebesse algo mais sério do que uma advertência ou uma pequena multa por acertar a sra. Jopling com a bolsa.

A encrenca seria pior se alguém se machucasse, então ela resolveu fazer uma cena maior e mais barulhenta, sem realmente causar nenhum dano. Para isso, Heather se abaixou para se esquivar dos braços do policial, partiu para cima da sra. Jopling e apertou os braços firmemente em torno da cintura dela.

– Vagabunda de lanchonete – berrou a sra. Jopling, enquanto suas unhas artificiais cravavam profundamente no pescoço de Heather.

– Preciso de ajuda! – gritou o policial, olhando preocupado para o emaranhado de braços se agitando e cabelos bagunçados diante dele.

Mas Tristan não foi muito cauteloso. O garoto correu para proteger a própria mãe agarrando um punhado do cabelo de Heather e jogando a cabeça dela para trás com um puxão.

Adam estava no meio da multidão com Babatunde. Ele não conseguiu se conter ao ver Tristan atacando sua mãe, então agarrou-o pelos tornozelos, deu-lhe um soco nas costelas e começou a arrastá-lo até o canal.

A policial e os dois oficiais que estavam olhando a câmera de vigilância se dirigiram para o local da briga, como Jay previra, mas foi um dos bombeiros que agarrou sua mãe por debaixo dos braços.

A sra. Jopling deu chutes para o alto, acertando a barriga de Heather com o salto de sua bota. A dor fez surgir uma onda de raiva em Heather. Para surpresa do bombeiro, ela se soltou e – desistindo de sua estratégia de dano zero – pisoteou a mão da sra. Jopling.

A vagabunda da lanchonete

Enquanto a sra. Jopling rolava pelo chão gritando, Adam agarrou Tristan pela gola e pelo cinto, ergueu o garoto e depois seguiu para o canal. Tristan se contorcia e cuspia, mas Adam era muito forte para ele.

– Não me jogue aí – implorou o menino. – Não sei nadar.

Erin correu em direção a eles.

– Adam, solte ele! Ele pode se afogar.

Theo provavelmente teria jogado Tristan de qualquer modo, mas Adam não era um psicopata. Por isso, mudou de direção e largou Tristan no capô de um Mondeo estacionado. Foi um impacto forte que chegou a amassar o metal, mas Tristan não se machucou.

– Considere-se com sorte – rosnou Adam. Em seguida, alguém agarrou seu braço e um enorme bombeiro o puxou para trás.

– Parem com isso, garotos! – ordenou o homem, se colocando entre Tristan e Adam. – Vocês vão se meter em confusão séria com todos esses policiais por aí.

Assim que Tristan se sentiu seguro, deslizou do carro e mostrou o dedo médio para Adam.

– Aliás, eu nado muito bem. Acabei de ganhar o prêmio Gold Challenge.

Adam ficou irritado, como era de se esperar, e encarou Tristan.

– É melhor você ficar bem longe da gente quando as aulas voltarem – alertou. – Talvez Theo e eu fiquemos curiosos para saber se a sua cabeça nada bem na privada.

– Você não vai encostar um dedo nele – retrucou Erin ferozmente, ao se aproximar de Tristan.

A cinco metros de distância, Heather e a sra. Jopling estavam sendo separadas tanto por policiais quanto por bombeiros, mas continuaram gritando ofensas uma para a outra. Len permaneceu um pouco afastado ao lado, confortando Hank, que soluçava, desamparado.

Um dos policiais era sargento. Pareceu impaciente quando os subordinados recorreram a ele para obter instruções.

— Prendam as mulheres e os dois filhos — gritou o sargento. — Sharon, peça uma van e consiga apoio. Temos que isolar a área e começar a colher depoimentos das testemunhas. Precisamos da análise forense e de fotos dos danos dos carros. Quero esse estacionamento *inteiro* isolado. Phil, entre com o sr. Carr e vá ao escritório dele. Se a câmera estiver funcionando, vai esclarecer isso tudo de uma vez.

*

Dan e Theo, os dois irmãos mais velhos de Jay, estavam sempre metidos em encrenca com a polícia, a ficha de Adam não era imaculada, o pub de sua tia era famoso pelo comércio de bens roubados e até mesmo a mãe dele já tinha sido presa por receptação de produtos roubados. Mas, apesar do grande histórico criminal de sua família, a coisa mais cara que Jay já havia roubado era uma caneta Parker do estojo de outro aluno quando estava no quarto ano.

Ele tinha ficado nervoso antes de subir ao palco para tocar. Foi uma tensão positiva, como se seu corpo tivesse recebido uma carga de eletricidade. Mas o nervosismo que sentia agora era ruim. Náuseas, pavor e um aperto no peito como se Kai tivesse acabado de lhe dar um soco.

O salão principal estava quase vazio, apenas algumas das bandas da tarde circulavam de bobeira pelo salão. Também havia pouquíssimas pessoas no lounge desembrulhando embalagens de almoços, lá atrás, ou na fila dos hambúrgueres ou sanduíches de bacon na barraca de comida.

Jay vestiu o capuz e puxou o cordão, na esperança de que dificultasse o reconhecimento enquanto ele seguia para frente do palco. Havia apenas duas pessoas na pista de dança: uma figura solitária prestando atenção ao estande com material da Terror FM e um zelador.

A julgar pelo equipamento de limpeza à disposição, aquela não era nem de longe a primeira vez que o Old Beaumont tinha sido inundado pelo canal adjacente. O zelador usava um esfregão de dois metros de extensão em forma de "V" para escoar a água da pista de dança. Uma bomba-d'água movida a gasolina, tirada de baixo do palco, fazia um barulho estrondoso à medida que sugava a água suja para fora dos banheiros e a mandava de volta para o canal através de um tubo de saída grosso.

Jay estava pronto para ser confrontado: diria apenas que tinha deixado a jaqueta nos bastidores. Mas ninguém prestou atenção quando ele atravessou correndo a porta lateral do palco ao lado dos alto-falantes empilhados. Sentia como se estivesse todo suado e o capuz em cima de suas orelhas fazia sua respiração nervosa sair alto.

A metade superior da porta do escritório era de vidro fosco. *Marty Schott Gerente da Casa de Eventos* tinha sido pintado no vidro, mas rabiscaram o nome e, com um marcador permanente, escreveram *Steve Carr* em cima.

Jay não queria que suas impressões digitais o denunciassem, então puxou para baixo a manga e cobriu a mão ao girar a maçaneta prateada. Ele a moveu para frente e para trás. O vidro estremeceu, mas a porta estava trancada.

Sem ter ideia de quanto tempo as táticas de distração da sua mãe atrasariam os policiais, Jay foi tomado por uma renovada sensação de urgência enquanto inspecionava o buraco da fechadura no centro da maçaneta. Theo provavelmente teria sido capaz de arrombá-la em cinco segundos, mas Jay nem imaginava o que era preciso fazer. Teria que desistir, ou quebrar o vidro.

Com sorte, o ruído da bomba disfarçaria o vidro sendo quebrado, mas esse era um passo arriscado. Se alguém aparecesse naquele momento, ele poderia apenas dizer que estava procurando sua jaqueta e, acreditando ou não, ninguém poderia comprovar o contrário.

Guerra do Rock

Assim que ele quebrasse o vidro, não haveria como negar o que estava fazendo. E Jay não estava apenas invadindo o escritório. Estava fazendo isso com a certeza de que Steve Carr e os policiais chegariam ali a qualquer momento.

43. Tailandês de primeira qualidade

Jay pensou nas palavras de sua mãe: *Não corra nenhum risco idiota.*

Quebrar o vidro era um risco idiota sob qualquer circunstância, mas o fato de sua família sempre se meter em encrenca tinha lhe ensinado uma coisa sobre a lei: se a pessoa tiver menos de dezesseis anos, só vai receber uma advertência da polícia pelo primeiro delito de pena menor. E uma criança quebrando uma janela era a infração menos grave possível.

Então ele considerou a dura de um policial e o custo de trocar a janela contra Theo passando um longo período na prisão, deixando a mãe de coração partido e a banda sem vocalista.

Parecia óbvio, mas Jay estava morrendo de medo e ainda desapontado consigo mesmo. O garoto sempre pensou que fosse uma pessoa melhor do que um arruaceiro como Kai, mas lá estava ele arrombando e causando danos criminosos.

Jay olhou em volta na tentativa de encontrar algo que pudesse usar para quebrar o vidro e notou um extintor de incêndio ao lado dos quatro degraus que levavam ao palco. Ao pegar o extintor, deu uma olhada no palco. Sua visão da pista de dança era limitada, mas Jay imaginou que veria cabeças balançando caso Steve Carr e os policiais estivessem chegando.

Com medo dos estilhaços de vidro, Jay fechou os olhos ao forçar a extremidade do extintor de incêndio na vidraça. O barulho foi cerca de dez vezes mais alto do que tinha imaginado e ele ficou totalmente convencido de que a polícia ou o zelador estavam prestes a irromper pela porta do palco e apanhá-lo.

Mas ninguém apareceu. Então ele usou a base do extintor para tirar os cacos irregulares presos na parte inferior da moldura da janela. Em seguida, colocou o extintor no chão, puxou a manga da camisa novamente por cima da mão e a esticou pelo vidro quebrado para agarrar a maçaneta do outro lado.

Era uma tarefa delicada, porque grandes pedaços de vidro ainda estavam pendurados na parte superior e nas laterais da vidraça quebrada. Jay agarrou a maçaneta e durante dois segundos terríveis parecia que ela não ia abrir. Por causa da manga, era difícil segurar o metal liso, mas ele deu um último aperto e, finalmente, conseguiu girar o mecanismo.

Mais cacos de vidro despencaram quando a porta leve se abriu. O casaco de Jay rasgou assim que ele tirou a mão da porta. O garoto fez uma careta ao imaginar as veias em seu braço sendo cortadas.

O tênis All Star preto encharcado triturou o vidro quebrado quando ele entrou no escritório. O espaço era amplo, com duas mesas, e o ar cheirava a mofo, apesar da grande janela de guilhotina do lado oposto da sala estar totalmente aberta.

Jay viu um monitor de televisão e os aparelhos de VHS antigos para filmagem de segurança. Os equipamentos estavam em cima de um carrinho entre o bebedouro e uma fotocopiadora velha. Assim que se agachou em frente aos videocassetes, o garoto se sobressaltou, chocado, quando algo fez um estardalhaço atrás dele.

Ao se virar, Jay pensou que tudo estivesse perdido, mas só viu um casal de periquitos em uma gaiola, em cima de um cofre reforçado. Ele sorriu aliviado enquanto corria de volta para os gravadores.

Não havia como saber qual aparelho estava gravando o sinal da câmera do estacionamento, então ele apertou os dois botões de ejeção com a mão coberta pela manga do casaco. Assim que os dois gravadores zumbiram e liberaram as fitas, Jay ouviu Steve Carr passar pela porta do palco. Parecia que o homem estava conversando com um policial.

Tailandês de primeira qualidade

Jay quase conseguia sentir algemas em seus pulsos quando pegou as duas fitas de videocassete e as enfiou fundo nos bolsos do casaco de moletom. O menino era muito magricela para forçar a passagem por dois homens adultos, mas estava no térreo, então a janela lhe oferecia uma chance.

Chegar à janela implicou em rastejar pela mesa bagunçada de Steve, e Jay levou um tremendo susto quando deu uma olhada lá fora. Só conseguia ver era o canal ladeando um metro abaixo, embora, ao enfiar a cabeça totalmente para fora, tenha notado uma beirada com cerca de quinze centímetros de altura logo acima da linha d'água.

A borda era ligeiramente inclinada para baixo e não parecia nem um pouco segura. Mas ainda que Jay não gostasse da ideia de mergulhar na água imunda e gelada do canal, ele havia ganhado o prêmio Gold Challenge no mesmo dia que Tristan, por isso não corria o risco de se afogar.

– Droga! – berrou Steve, colocando as mãos sobre a cabeça ao pisar no vidro quebrado junto à porta.

– Não toque em nada – alertou o policial. – Pode ser uma prova.

Esta observação salvou Jay, porque Steve olhou para baixo para ver onde estava pisando. Se tivesse olhado para frente, ele teria se deparado com a perna direita de Jay balançando para fora da janela.

– Parece que já faz tempo que ele se foi – disse o policial, grunhindo com frustração enquanto quem procuravam arrastava os pés pela beirada a menos de três metros de distância.

Jay apoiou as costas na parede e se esforçou para se manter ereto enquanto olhava ao redor. O canal tinha cerca de quinze metros de largura. As grandes gotas da espuma usadas para extinguir as chamas do Nissan flutuavam em uma corrente suave, feito pequenos icebergs.

À direita de Jay, a beirada prosseguia por cerca de vinte e cinco metros ao longo da lateral do Old Beaumont, mas ele teria que passar em frente à janela outra vez para chegar até lá e, mesmo que conseguisse fazer isso sem cair, sairia no estacionamento lotado de gente.

O lado esquerdo, a princípio, parecia mais promissor. A cerca de vinte metros de distância o canal se alargava e mudava de curso. Havia um atalho onde as paredes de tijolo do Old Beaumont recuavam vários metros, mas também tinha um grande obstáculo: um espaço de muitos metros entre o fim da borda e o início da trilha.

Jay se deu conta de que teria que nadar e pensou sobre as coisas que levava consigo. O celular estava na calça jeans, com sua carteira e a carteirinha de estudante. Ainda havia o relógio. Tinha se esquecido de tirá-lo no chuveiro algumas vezes e não havia parado de funcionar, mas será que suportaria uma submersão completa no canal?

Enquanto ele considerava tudo isso, a cabeça do policial surgiu da janela. Jay pressionou os braços na parede e se virou, na esperança de que a parte de trás do seu capuz roxo fosse menos visível do que o seu rosto.

– Ele pode ter nadado até o outro lado, mas duvido que tenha feito isso – disse o oficial a Steve. – Já lidei com Theo Richardson. Ele não é nenhum Einstein. Francamente, estou surpreso que tenha sido inteligente o suficiente para vir buscar a fita. Mas eu apostaria meu testículo direito que vamos encontrar DNA ou uma pegada que corresponda às botas dele.

Pegadas.

Jay ficou boquiaberto. Ele tomara enorme cuidado para tapar as mãos com as mangas do casaco, mas não havia pensado nas pegadas. Seus tênis encharcados provavelmente tinham deixado uma trilha por todo o caminho até a pista de dança, chegando ao escritório, inclusive mostrando sua rota de fuga pela mesa de Steve.

Seu All Star de cano alto estava totalmente arruinado e a sola gasta deixaria marcas tão distintas quanto qualquer impressão digital. E seu casaco havia rasgado no vidro da porta, provavelmente deixando alguns fios para trás. Jay teria que se livrar de todas aquelas roupas quando chegasse em casa.

Se chegasse em casa.

Tailandês de primeira qualidade

Quanto mais tempo ficasse ali, maior seria o risco de que alguém o visse caminhando pela elevação do lado oposto e o reconhecesse. Tinha que se mover. Ele não queria levantar muita água e alertar as pessoas no escritório, mas sua posição precária no parapeito tornava uma imersão delicada na água algo quase impossível.

Jay começou dobrando os joelhos. Com o casaco roçando na parede de tijolos, ele olhou para a água e notou que havia um enorme corpo peludo nadando, alguns centímetros abaixo da superfície. Ele estranhou que um gato estivesse nadando em um canal, até ver o longo rabo cor-de-rosa e perceber que, na verdade, era um rato gigante.

Isso o abalou completamente. Lembrou-se de ter aprendido nas aulas de história sobre a peste negra, que era disseminada por ratos. E se ratos viviam no canal, isso não significava que urinavam e defecavam na água? Este pensamento era tão nojento que ele considerou aguardar. Se Steve e o policial saíssem, talvez ele conseguisse se esgueirar de volta para dentro do escritório.

Mas o tênis esquerdo de Jay derrapou quando ele fez força para esticar os joelhos. Seu corpo tombou para o lado e sua perna direita atingiu a água, e logo em seguida foi o resto do corpo. O impulso o puxou para baixo. Por alguns segundos a água gelada lhe deu um choque, deixando-o rígido, mas sua flutuação natural o levou de volta à superfície.

Jay estremeceu e engasgou quando sua cabeça emergiu. Ele se sentia pesado com toda aquela roupa. Algumas gotas de água haviam se infiltrado por entre seus lábios e tinham um gosto repulsivo e arenoso. Também havia uma película oleosa na superfície da água, fosse do óleo do barco afundado no canal, ou de algum produto químico da espuma do extintor. Independentemente do que fosse, sentiu como se seus olhos estivessem pegando fogo. O garoto fez força para abri-los e olhou em volta, desorientado. Jay não tinha escolhido uma rota antes de cair e, sentindo o gosto horrível e a ardência nos olhos, pegou o caminho mais rápido para fora, empurrando a margem do canal com os pés e se lançando na elevação do lado oposto.

Jay nadou com toda a força, cruzando a água em apenas vinte segundos. No instante em que chegou do outro lado, uma pequena lancha branca surgiu fazendo uma curva, vindo em sua direção a uma velocidade bem superior ao limite de 16 quilômetros por hora do canal.

Musculatura hipertrofiada na parte superior do corpo não era um dos maiores atributos de Jay, então ele teve que se esforçar para agarrar o concreto escorregadio na lateral do canal e erguer o próprio corpo meio metro para fora da água.

Quando a lancha passou por ele, se afastando, Jay rolou ofegante atravessando a calçada ao lado do canal. Depois foi até uma elevação, tremendo, pingando e se esforçando para enxergar, mesmo com os olhos ardendo.

Ele parecia uma assombração ao se sentar em um muro baixo e olhar em volta. O mercado de Camden Lock era uma grande atração turística que se estendia por uma área enorme. A maior parte do mercado abria sete dias por semana, mas Jay tinha ido parar em um dos pontos mais remotos, onde as barracas só abriam aos fins de semana.

Jay estava de pé na calçada, cercado por barracas de madeira destruídas e uma enorme laje de concreto, coberta de pichações, abandonada por uma construtora falida. Era um local deprimente, mas o garoto percebeu que tivera sorte: era o lugar perfeito para permanecer incógnito enquanto se recuperava.

Ele andou vinte metros e estremeceu ao se agachar no espaço entre os trailers de Shane's Pancake Shack e Top Notch Thai. Ele ouviu vozes a distância e viu um pequeno grupo de pré-adolescentes andando de skate na laje.

Jay pegou seu celular. Se estivesse funcionando, ele seria capaz de enviar uma mensagem de texto para Len ou para a própria mãe ir lá buscá-lo, mas, como era de se esperar, a água havia danificado o aparelho.

Se fosse até a rua ensopado, ele poderia chamar muita atenção. Então tirou o casaco de moletom. Ainda estava com as fitas de vídeo no bolso, por isso pegou-as antes de enrolar a roupa encharcada e torcer o máximo que podia, escorrendo a água. Depois tirou a camiseta e deixou o sol aquecer suas costas nuas enquanto também a torcia.

Após checar se não havia ninguém por perto, Jay vestiu a camiseta e torceu depressa as meias e a calça jeans. Ele tentava não imaginar o tamanho do constrangimento se alguém aparecesse e o visse sentado ali só de cueca, parecendo um tarado.

Ele levou um susto quando ouviu uma sirene de polícia enquanto enfiava a calça jeans molhada nas pernas, mas estava a quilômetros de distância. Jay pensou na mãe ao enfiar as meias no bolso e calçar o All Star encharcado. Ela havia lhe dado uns bons cinco minutos para pegar a fita, mas a que custo?

Depois de amarrar o cadarço, Jay examinou a si mesmo. Suas roupas ainda estavam molhadas, se alguém olhasse para elas perceberia, mas pingavam bem menos. Pensou em perguntar a um dos jovens skatistas se poderia usar o celular. Ligaria para Len, mas imaginou a cena de um grupo de garotos de dez e onze anos sendo abordado por alguém do seu tamanho. Eles não se arriscariam a entregar o celular a um estranho, e provavelmente era melhor para Jay que não chamasse atenção.

Sua casa ficava a cerca de quarenta minutos a pé. Ele poderia pegar um ônibus se cruzasse a ponte sobre o canal e caminhasse de volta para a rua. Mas decidiu andar uma parte do caminho e pegar o ônibus em uma rua lateral onde o ponto nunca tinha muita gente.

Assim que estivesse dentro do veículo, subiria até o segundo andar e se esconderia no fundo. Se o ônibus não demorasse, estaria em casa em menos de vinte minutos.

44. Hindustan Ambassador

Depois de se empanturrarem e de criarem um perfil básico no site *Guerra do Rock*, os Pandas of Doom ensaiaram por mais duas horas até que finalmente se cansaram. Dylan deixou seus três companheiros de banda escolherem os quartos de hóspedes e lhes deu tempo para tomar banho, desfazer as malas, relaxar ou fazer qualquer outra coisa.

Ele acessou a internet e ficou no Facebook por um tempo. Depois, foi conferir como seus convidados estavam se acomodando. A casa tinha tudo que alguém pudesse querer, mas Dylan tinha se distanciado de todos os adolescentes da cidadezinha depois de três anos de internato em Yellowcote, e sua casa, por ficar num lugar tão remoto, às vezes se parecia com uma prisão luxuosa durante as férias escolares.

Leo tinha se tornado um amigo ao longo das últimas semanas, e embora Max e Eve fossem esquisitos, ter amigos como hóspedes era uma sensação muito boa. Dylan cantarolava alegremente ao caminhar por uma passarela revestida de vidro até os quartos de hóspedes, que ficavam todos num anexo moderno a cinquenta metros da casa principal.

Seu pai dava festas com frequência. Pessoas vinham de helicóptero de todas as partes do país e as suítes de hóspedes acomodavam orquestras da câmara com regularidade, ou outros músicos que estivessem lá para gravar uma trilha sonora.

Uma das extremidades do anexo tinha uma moderna sala principal de vidro, ligada à passarela. Dentro deste espaço havia milhares de plantas tropicais, dispostas em volta de uma piscina circular fumegante. Leo estava no centro da piscina, em uma cadeira flutuante. Na bandeja apoiada no descanso havia um coquetel sem álcool e uma tigela cheia de asas de frango fritas, e ele já tinha comido a maioria delas.

– Pelo visto, você já está bastante à vontade – disse Dylan, e sua voz ecoou através da piscina.

– Seu pai veio aqui para usar a academia – explicou Leo, remando com as mãos para aproximar a cadeira de Dylan. – Ele me disse que a cozinha de vocês faz asas de frango excelentes e tinha razão. Bati um papo ótimo com ele. Até me pareceu bastante normal, considerando algumas das histórias que ouvi sobre o Terraplane.

Dylan mudou de tom de repente.

– Quando está de bom humor, meu pai pode ser o cara mais legal do mundo. Mas se ele bebe algumas cervejas, ou cheira muita cocaína, ele é perfeitamente capaz de ser um escroto completo.

– Como, por exemplo? – perguntou Leo.

Dylan riu.

– Como me mandar para Yellowcote, este é um *belo* exemplo. Eu gostava da vida aqui no vilarejo, mas meu pai cismou que eu precisava estudar em alguma escola esnobe e nada do que eu disse fez diferença alguma.

– É – disse Leo, se esticando em um bocejo e olhando as plantas tropicais. – Você teve uma vida difícil.

– Se começar com o sarcasmo, vou ligar a máquina de ondas e expulsar sua bunda gorda dessa cadeira.

Leo pareceu ficar empolgado.

– Ondas?

Dylan apontou para um painel de controle na parede junto à entrada principal.

– Está tudo ali. De qualquer forma, carreguei a Nikon grande do meu pai. Estava pensando que nós quatro podíamos ir de quadriciclo até aquele lugar sobre o qual eu estava falando e tirar algumas fotos boas para postar em nosso perfil da *Guerra do Rock*. Com o tempo que fez hoje, devemos conseguir um belo pôr do sol. Vou levar uma filmadora também, só por precaução.

– E se quisermos fotos de todos os quatro juntos? – questionou Leo.

– Vou levar um tripé. Mas precisaremos ir logo, porque vou ter que me certificar de que os quadriciclos estão abastecidos e mostrar a vocês três como usá-los.

Leo rolou para fora da cadeira, antes de mergulhar na água até a altura da cintura e andar sem pressa em direção à borda da piscina.

– E os meus ossos de galinha? – perguntou.

– Deixe-os na beirada. A equipe de limpeza cuida deles.

– *Equipe* de limpeza. – Leo riu. – Posso morar aqui pra sempre?

Dylan assentiu.

– Acho que temos uma vaga para limpador de banheiro com salário mínimo.

Assim que Leo pegou uma toalha felpuda de um cabideiro ao lado da piscina e começou a se secar, Dylan foi até um corredor iluminado por luz natural.

– Vou procurar Max e Eve.

Havia quartos de hóspedes em ambos os lados do corredor. Para não deixar o anexo tão parecido com um hotel, a madrasta de Dylan tinha decorado cada quarto com um estilo radicalmente diferente. Os companheiros de banda de Dylan eram os únicos hóspedes, então o garoto os deixou escolher os quartos que se adequassem à personalidade de cada um.

O quarto de Max se chamava O Covil. Tinha sido concebido para se parecer com o esconderijo de um vilão de filme, com muito couro em tons de cromo e preto. Havia um aquário de piranhas com iluminação intermitente e um conjunto de seis telas de onde era possível planejar como dominar o mundo, ou assistir a Sky Sports.

Depois de bater na porta e dizer a Max que eles teriam que sair em vinte minutos, a tempo de pegar o pôr do sol, Dylan prosseguiu três portas à frente até a escolha de Eve, Pequena Índia. Este quarto fazia parte do palácio do marajá, com esculturas elaboradas nas paredes e elefantes enormes esculpidos em madeira. Também era parte do gueto indiano, com cartazes de filmes de Bollywood e uma cama feita a partir de um carro antigo, o Hindustan Ambassador.

Depois de bater duas vezes e não obter resposta, Dylan abriu a porta e se curvou para dentro do cômodo com cautela. Ele não ficava à vontade perto de garotas, e sua pulsação acelerou ao ver Eve dormindo na cama.

A garota usava a camiseta com a qual havia chegado, mas tinha subido um bocado, deixando suas costas visíveis até a alça do sutiã e a escápula. Ela também havia tirado a calça jeans e os tênis, estava vestida apenas com uma das meias e com a calcinha parcialmente abaixada.

Dylan tinha dado nota seis a Eve quando discutiu a questão com Leo, mas sua única experiência sexual tinha sido beijar uma gordinha do colégio Rustigan num evento interescolar. Portanto, qualquer garota dormindo com a maior parte do corpo à mostra o deixava bem excitado.

– Eve – chamou Dylan em voz alta. – Você tem que acordar agora, ou não vai dar pra gente fazer as fotos.

Ela não se mexeu, então ele seguiu até a cama. O quarto estava iluminado e ele conseguia ver a parte superior da bunda da menina.

– Eve, desculpe – repetiu ele, nervoso.

Desta vez a garota se mexeu, mas à medida que seu corpo se virava, ele notou um estranho farfalhar de saco plástico. Dylan havia se concentrado demais no corpo de Eve para notar o plástico de lixo preto cobrindo a roupa de cama branca de linho. Quando Eve rolou de lado, o saco foi com ela, colado à sua barriga por manchas de sangue coagulado.

— *Por favor*, não conte ao Max – implorou Eve. – Ele vai surtar completamente.

Dylan não fazia ideia do que estava testemunhando.

— Dizer o que pra ele?

Eve falou com uma voz repleta de mágoa, em vez do habitual tom monocórdio:

— Sou um estereótipo. A garota emo que gosta de se cortar.

Quando ela se desgrudou do plástico – que Dylan agora se dava conta de que fora colocado ali para proteger as roupas de cama –, ele notou uma pequena caixa de óculos de sol em forma de concha enfiada entre os travesseiros. Sentiu náuseas ao perceber que se tratava de um kit completo de automutilação, com lâminas Stanley, bisturis, Band-Aids e uma pequena garrafa de desinfetante líquido.

— Por favor, não conte para o Max, ok? Ele vai surtar. Vai arruinar esta viagem e vou ter que ouvir um monte de merda dos meus pais.

— Eu... – começou Dylan, mas estava totalmente sem palavras. Já tinha ouvido falar sobre pessoas que se cortavam, mas queria poder correr e acessar a internet por alguns minutos e voltar quando tivesse alguma ideia de como lidar com a situação. – Max é um otário, não vou contar nada pra ele – respondeu Dylan, depois do que pareceu o silêncio mais longo de sua vida. – Mas você está coberta de sangue!

Dylan se sentou na beirada da cama enquanto Eve tentava se explicar.

— Eu jogo hóquei em Rustigan, você sabe disso, não é?

— Sei.

— Então suponha que eu esteja no vestiário depois de uma partida. Não importa se ganhamos ou perdemos. As outras garotas estão sempre *muito* empolgadas. *O árbitro estava contra nós, essa menina é uma vadia, ai, meu Deus, é tão emocionante que a gente esteja em terceiro lugar na liga.* E todas elas ficam gritando e jogando os sutiãs para cima.

Dylan tentou não se distrair ao imaginar um local cheio de garotas jogando os sutiãs para cima.

– Nunca me sinto assim – afirmou Eve. – Às vezes, eu finjo, mas nunca me importo de verdade com as coisas. Na verdade, quando eu disse que era emo falei besteira, porque sou totalmente o oposto de alguém emocional. Sou apenas insensível.

– Mas por que se cortar? – perguntou Dylan.

– A dor é muito intensa. É a única coisa que me faz sentir viva.

– Você devia conversar com alguém sobre isso.

Eve suspirou enquanto apoiava uma das mãos ligeiramente ensanguentada na perna de Dylan.

– Passei a cortar a minha barriga agora, porque todo mundo checa meus pulsos — explicou. — Meus pais me flagraram quando eu tinha doze anos e foi um desastre. Ficaram furiosos. Já tive um psiquiatra, um hipnotizador e um conselheiro. Aparentemente eu tenho um transtorno de personalidade psicótico com algumas tendências narcisistas. O que é só um jeito sofisticado de dizer que eu não dou a mínima pra nada.

Dylan quase riu.

– Você se parece bastante comigo, de certa forma – comentou Eve.

O menino ficou surpreso.

– De que forma?

– Você é solitário. Só faz algumas semanas que conhece Leo e Max, na verdade, mas não tem nenhum outro amigo próximo. Pelo menos, não que eu tenha visto.

– Tem o Ed – disse Dylan vagamente. – Mas não chega a ser minha alma gêmea. É só que não tem muita gente que goste de mim em Yellowcote. Todos são aspirantes a atletas profissionais, ou obcecados por música.

– Mas você *gosta* de música.

Dylan deu de ombros.

– Eu gosto de música. Mas lá as pessoas não compõem música nem ouvem. Tudo se resume a *Ah, Sebastian, tenho que praticar para minha avaliação de flauta nível sete na semana que vem. Ah, Angus, você é tão inferior, já estou no nível dez.* Mas como alguém pode transformar música em notas e provas? É a ideia mais deprimente do mundo.

– Conheço garotas que são *exatamente* assim em Rustigan – comentou Eve, enfiando a mão na caixa dos óculos de sol e tirando uma lâmina de bisturi limpa. – Acho que você está deprimido – disse ela, erguendo uma sobrancelha maliciosa. – Quer experimentar?

Eve tinha um humor negro, mas Dylan gostava disso. Ela o fazia se sentir à vontade, algo que ele não teria acreditado quando bateu à porta alguns minutos antes.

A menina estava com a mão sobre a perna dele havia mais de um minuto, então Dylan estendeu sua mão e tocou o ombro dela.

– Desculpe – disse ele, recuando o braço. – Foi um golpe baixo.

– Nunca tive um namorado – confessou Eve, aproximando o próprio rosto do de Dylan.

Ele conseguia sentir a respiração de Eve. Era quente e tinha um cheiro um pouco desagradável, mas a intimidade do momento o deixou excitado. E talvez Eve fosse uma louca automutiladora. Talvez ela fosse apenas uma nota seis, mas estava deitada ao lado dele, em uma cama, praticamente só de calcinha, com uma das mãos em sua perna. E, no momento, ela estava tão próxima que ele apreciou as sardas no nariz dela, e seus olhos castanho-escuros eram incríveis.

– Você é legal – disse Dylan suavemente.

E então eles se beijaram.

45. Jay, o herói

Jay entrou no chuveiro, ligou a água o mais quente que podia suportar e se esfregou com vontade usando uma toalha de rosto – sentia nojo só de pensar na água imunda do canal. Ele esfregou dentro e atrás das orelhas, entre cada dedo do pé e da mão, lavou todos os pelos com xampu, gargarejou e cuspiu três doses de Listerine. Por fim, deixou a água escorrer pelo próprio rosto por um longo tempo para lavar os olhos. Eles ainda doíam quando atravessou o corredor aos pulos com uma toalha em volta de cintura.

Seu celular e relógio estavam num jornal úmido, junto do conteúdo encharcado de sua carteira.

– Vou dar um jeito nisso – disse Theo com admiração, ao se agachar diante da beliche de Jay. – Um celular novo e qualquer outra coisa de que você precisar. Nunca soube que você se importava comigo.

Jay sempre ficava constrangido quando estava nu perto de Adam ou Theo. Eles o faziam se sentir como a imagem débil da figura que posa *antes* nas propagandas de equipamentos de musculação.

– Eu estava mais preocupado com a mamãe, para ser sincero – confessou Jay. – Não acho que ela aguentaria se você voltasse para o reformatório.

– Ela é durona – afirmou Theo.

O tom desdenhoso irritou Jay. A mãe deles era *mesmo* durona, mas Theo nunca pareceu compreender como sofria quando um de seus filhos fazia besteira. Mas não adiantaria dizer nada, porque Theo só iria perder a paciência.

— Onde estão as fitas de vídeo? – perguntou o irmão, enquanto Jay passava o desodorante Lynx.

— Eu destruí – explicou Jay. – Quebrei as caixas plásticas, desenrolei as fita magnéticas e despejei óleo usado das fritadeiras do andar de baixo. Então levei tudo, junto do meu casaco e dos tênis, e joguei nas lixeiras comuns do canto mais distante do condomínio de prédios.

— Perfeito. – Theo assentiu com a cabeça enquanto observava o jornal encharcado com as coisas de Jay. – Você deve ter perdido umas duzentas ou trezentas libras em produtos. Dê uma olhada on-line. Diga qual celular e relógio você gosta e eu arranjo pra você.

Jay balançou a cabeça, antes de vestir uma camiseta dos Ramones.

— Não quero que você roube coisas para mim. Posso usar alguns dos celulares velhos espalhados pela casa e vou pedir à tia Rachel pra ficar atenta se aparecer alguma coisa decente no pub.

Theo falou com firmeza:

— Se a polícia tivesse conseguido aquela fita, eu teria ido pra cadeia por dois ou três anos. Por isso, nos próximos dois anos, cada garota gostosa, cada luta de boxe e cada noite de bebedeira descontrolada serão todas graças a você. Então vou te recompensar, quer você goste ou não.

Para enfatizar o que dissera, o garoto se levantou e empurrou Jay gentilmente até a parede. Ele não parava de sorrir, mas Jay ainda estava intimidado.

— O que é que vai ser? – perguntou Theo. – E se você disser *nada*, ou *deixe pra lá*, vou lhe dar um tapa.

— Não sei – respondeu Jay, dando de ombros e andando até o guarda-roupa para pegar uma calça jeans limpa. – A banda é a coisa mais importante na minha vida. Continue indo aos ensaios, não se meta em confusão e tente não perturbar demais a mamãe.

Theo pôs as mãos na cabeça e gemeu, frustrado.

— Não quis dizer *promessas* – retrucou ele. – Toda a minha vida tem sido *prometa se comportar, prometa não roubar outro carro, assine um compromisso de bom comportamento*. Eu nunca mantive nenhuma delas, por isso, não adianta nada, entende?

Jay refletiu enquanto abria a gaveta de cuecas que dividia com Kai.

– Você pode me deixar chamar a banda de Jet. Quer dizer, vamos ter que votar, mas se você me apoiar, não deve ser difícil.

– Feito – concordou Theo. – Mas isso é uma coisinha de nada.

Jay olhou para a gaveta e notou que o irmão havia enfiado o calção de futebol da escola cheio de lama ali dentro, em vez de deixá-lo na área de serviço.

– Ele é muito nojento – reclamou Jay, jogando o calção de Kai no tapete. E então ele se deu conta. – Sabe o que tornaria minha vida mais fácil?

– O quê? – perguntou Theo.

– Converse com Kai. Peça que ele pare de me perturbar e de ser um babaca.

Theo ficou cerca de dois segundos pensando antes de rir ruidosamente.

– Agora, sim! – gritou. – Kai!

Jay tinha imaginado que Theo ia chamar Kai num canto para ter uma conversinha, mas o irmão simplesmente não agia com sutileza.

– Kai, seu monte de bosta – berrou Theo ao descer correndo a escada até a sala de estar. – Responda quando eu falar com você, ou vou quebrar sua cara.

Era raro alguém da família de Jay ficar sozinho no apartamento, portanto, enquanto todos estavam no Old Beaumont, ou sob os cuidados da tia Rachel ali ao lado, Kai havia passado a manhã estirado na sala jogando PlayStation.

– Que bicho te mordeu? — perguntou Kai, rolando para o lado, evitando por pouco o prato com bordas de pizza que ficara ali depois do almoço.

— Você está ferrado, Kai — gritou Theo, socando a palma da mão com o punho. — Isso é o que está acontecendo.

Jay estava parado na porta, observando com alegria Theo puxar Kai do sofá e o esmurrar no abdome.

— Não fiz nada — protestou Kai, tapando o rosto com os braços e se contorcendo enquanto Theo o ameaçava com os punhos.

— Está vendo aquele garoto? — disse Theo, apontando para Jay. — A partir de agora, você não vai mais humilhar ele. Não vai tocar nele. Não vai largar suas roupas fedorentas por aí. Na verdade, é melhor nem olhar torto pra ele, porque vou esmagar você com tanta força que vai precisar catar seus dentes caídos no tapete.

Jay teria se sentido culpado caso houvesse usado Theo para ameaçar qualquer outro ser humano, mas Kai vinha o atormentando havia anos e foi um prazer dar o troco.

— Qual é o seu problema? — perguntou Kai com raiva. — Lutamos boxe juntos, cara. Por que está do lado desse nerd magricela, em vez do meu?

A resposta de Theo foi um tapa na cara. Em seguida, ele torceu o braço de Kai atrás das costas e o arrastou até o outro irmão.

— Jay mostrou muita classe hoje — disse Theo. — Isso é tudo do que precisa saber.

— Por favor — implorou Kai, quando os joelhos dobraram e lágrimas brotaram em seus olhos.

Theo intensificou a dor e falou com Jay:

— Algum pedido especial? Fique à vontade pra bater, arrebentar o nariz dele ou algo assim.

— Só garanta que ele vai me deixar em paz.

Uma lágrima escorreu pelo rosto de Kai assim que Theo sussurrou em seu ouvido:

— Quando eu soltar você, vai ficar de joelhos e dizer alguma coisa para Jay. E é melhor que eu goste do que ouvir.

Kai gemeu no instante em que Theo soltou o braço dele, então hesitou por alguns segundos quando a porta no alto da escada se abriu. Tinha esperanças de que fosse Len ou sua mãe, mas era apenas Adam, de volta da delegacia.

– O que está acontecendo? – perguntou ele, porém, a situação ficou clara conforme Kai caía de joelhos diante de Jay.

– Vou ficar longe de você – prometeu o garoto amargamente. – Juro pela minha vida.

– E você está arrependido – ordenou Theo.

Kai olhou de volta com raiva para o irmão mais velho, mas fez o que ele mandou quando viu seus punhos prontos para maltratá-lo até a próxima semana.

– Sim, sinto muito – disse Kai.

Theo deu um pontapé suave na bunda de Kai:

– De pé.

Kai estava vermelho devido à humilhação e contendo as lágrimas enquanto se levantava. Ele subiu correndo a escada e bateu a porta do próprio quarto. Jay olhou para cima, nervoso, na expectativa de ouvir Kai destruindo as coisas dele ou algo assim, mas tudo permaneceu em silêncio.

– Boa, Theo. – Adam sorriu. – É sempre bom ver você fazendo bom uso do seu gosto por violência psicótica.

Theo olhou com pena para Jay.

– Mas você ainda devia ir ao boxe ou algo assim. Vou lhe mostrar como se faz. Tem alguns caras desagradáveis no clube, mas nenhum deles vai mexer com você se eu estiver por perto.

Jay deu de ombros, sorriu e se sentiu um pouco estranho. Foi bom ver Kai sendo subjugado, mas ele odiava ser fracote, e a sugestão de Theo de que ele deveria tentar se impor como homem feriu seu ego.

Theo perguntou a Adam:

– Então, o que aconteceu na delegacia?

— O problema entre mim e Tristan já está resolvido — explicou Adam. — Talvez eu tenha que pagar pelo amassado que a bunda gorda de Tristan fez no Ford, e parece que nós dois vamos ter que prestar serviços comunitários.

— E quanto à mamãe? — quis saber Jay.

— A sra. Jopling ligou pra um advogado figurão, então ela ficou fora de si. Tiveram que sedá-la. Len está esperando lá, mas não ouviu nada sobre a mamãe além do fato de que ela está numa das celas.

Adam olhou para Theo.

— E os policiais falaram com você?

— Não — respondeu Theo. — Eles não têm nenhuma prova. A sra. Jopling disse que fui eu, mas ela não viu nada.

— Seu Nissan queimou totalmente por dentro — comentou Adam. — O fundo está todo preto, onde o tanque de combustível explodiu, mas pode ser que eles consigam achar algo no capô.

— O que uma impressão digital *do lado de fora* de um carro pode provar? — questionou Theo, dando de ombros casualmente. — Vou apenas dizer que me recostei no carro quando saí para fumar um cigarro. A única maneira de eles me pegarem é se alguém me dedurar e disser que me viu dirigindo o Nissan por aí.

— Você tem algum inimigo? — perguntou Jay.

— Algumas centenas. — Theo riu.

— Um barco e um carro foram destruídos — ponderou Adam. — Um Porsche flutuando no canal é o tipo de coisa que pode virar notícia, por isso eu apostaria que a polícia vai colocar mais esforço na investigação do que com algo rotineiro como o roubo de um carro.

Theo afastou as preocupações com a mão direita.

— Não vou me torturar por causa disso. Se me pegarem, me pegaram. Metade das pessoas presas foi pega por causa de alguma coisa aleatória que elas nunca sequer consideraram. E o reformatório não é *nada de mais*.

De repente, Jay parecia menos confiante.
– O que você quer dizer com *coisas aleatórias*?
Theo sorriu.
– Está ficando nervoso, rapazinho?
– Não deixei impressões digitais no escritório – afirmou Jay. – Joguei fora os sapatos. Portanto, não há nenhuma evidência, não é?
– Às vezes, nenhuma evidência é suficiente – declarou Theo de modo enigmático.
– Hein?
– Quanto você calça?
– Trinta e seis – respondeu Jay.
– Ok. – Theo assentiu. – Agora suponha que alguém tenha visto você nadando pelo canal. E que tenham uma descrição do que você estava vestindo.
Jay pareceu alarmado.
— Um barco passou logo depois que eu saí do canal. Eles poderiam ter me visto.
– Isso não é bom – brincou Theo. – Agora imagine que a pessoa que testemunhou você nadando relate isso para os policiais. Você subiu ao palco com essas roupas na frente de duzentas testemunhas. E a polícia tem pegadas de tênis All Star encharcados tamanho trinta e seis espalhados por todo o chão. Qual é a primeira coisa que a polícia vai lhe perguntar?
– Vão pedir pra ver meu All Star – disse Jay. – Mas joguei fora, então ninguém tem como provar nada.
– Exatamente – concordou Theo. – E quão suspeito é o fato de você ter chegado em casa e jogado fora todas as suas roupas? Você vai parecer culpado pra caramba.
– Estou ferrado! – Jay engoliu em seco, agarrando a própria cabeça e sentindo como se estivesse prestes a vomitar. – Nunca tinha pensado por esse lado.

– Assim a polícia vai pegar você *todas* as vezes – explicou Theo. – Eles não são estúpidos. Comem crianças como você no café da manhã.

– Mas é minha primeira infração. – Jay se contorceu. – Então eu não estaria tão encrencado assim, não é? Provavelmente apenas prestaria serviço comunitário.

Theo sugou o ar entre os dentes, fazendo um ruído.

– Roubar fitas de vídeo e quebrar uma janela só lhe renderiam serviços comunitários. Mas eles poderiam alegar que você estava envolvido em tudo: foi cúmplice da destruição do carro e do barco, adulterou provas, conspirou, roubou.

Jay olhou preocupado para seus irmãos mais velhos.

– Por favor, me digam que estão me zoando de alguma forma?

Adam riu.

– O lado positivo é que se você e Theo se ferrarem, eu e Kai teremos quartos só pra nós.

Jay sentiu o mais puro desespero.

– Pensei que eu sairia impune disso. E se eu for para o reformatório, cara! Ai, meu Deus! Eu seria morto em um lugar desses.

– Seria. – Theo riu. – Eu aceitaria minha oferta de algumas dicas de boxe, se fosse você. Assim que os bandidos perceberem que você é fraco, vão lhe bater sempre que puderem. E se os denunciar, eles vão retalhar você.

Adam assentiu.

– Conte a ele aquela história sobre o magricela baixinho que teve os braços e as pernas quebrados pelo companheiro de cela.

– Ele não era tão fracote assim – disse Theo. – Ao menos não em comparação a Jay.

– Cale a boca – rebateu Jay, surtando totalmente, as mãos tremendo. – Não consigo suportar isso.

Adam riu quando Theo cantarolou a marcha fúnebre:

– Dan, dan, dan-nah.

Jay fez uma careta para Adam.

— Como você pode rir? Pensei que fôssemos amigos.

Enquanto Jay se imaginava trancado em uma cela com algum psicopata louco, Theo colocou as mãos nos ombros do irmão.

— Só estou implicando com você — confessou ele. — Se o pior acontecer, eu vou lhe dar cobertura.

Jay enxugou os olhos e suspirou.

— É sério?

— Se encontrarem provas suficientes para me prender pelo carro e pelo barco, direi aos policiais que também peguei a fita da câmera de segurança — explicou Theo. — Eles não vão se preocupar com algumas pegadas se eu confessar.

Adam apontou para Jay e uivou de tanto rir.

— Mas foi legal, você estava se borrando de medo.

— *Odeio* vocês — disse Jay, sorrindo de alívio.

Adam deu um empurrão amigável em Jay.

— Qual é a graça de ter um irmão mais novo se não puder tirar sarro dele de vez em quando?

— Três e quinze — comentou Theo, ao olhar seu relógio de pulso. — É melhor irmos logo, se quisermos voltar ao Old Beaumont a tempo de saber os resultados.

46. E o vencedor

Summer, Lucy, Coco e Michelle compraram o almoço em uma barraca de comida mexicana e comeram perto do canal, a algumas centenas de metros do Old Beaumont. Elas estavam exaustas depois de uma manhã louca e passaram uma hora inteira sentadas ao sol, balançando as pernas sobre a água.

Até Michelle conseguiu ficar parada, embora passasse muito tempo com seu iPhone. Conseguiu descobrir que trens mais baratos, apesar de mais lentos, iam até Birmingham a partir de Estação de Marylebone. Além de poupar dinheiro, a rota alternativa evitaria que corressem o risco de esbarrar em alguém que tivessem golpeado com uma guitarra mais cedo.

Ela também acessou o site da Rage Cola e criou um perfil para o Industrial Scale Slaughter. Mas era lento digitar no celular, então elas concordaram em acrescentar mais detalhes e postar imagens e clipes de música ao longo dos dias seguintes.

Antes de voltarem para o Old Beaumont, as meninas fizeram um rápido passeio pelo mercado de Camden. Lucy comprou um cinto largo de couro e Coco escolheu alguns sabonetes artesanais para a mãe. Summer precisou usar todo o seu charme para convencer o dono de uma barraca a vender um chapéu preto estilo *floppy* de seis por menos de três libras, que era tudo o que tinha na bolsa.

De volta à casa de shows, elas descobriram que a maior parte do estacionamento estava vazia. O Nissan incendiado havia sido colocado na traseira de um reboque da polícia e um guindaste amarelo se posicionava para puxar o Porsche da sra. Jopling da água.

Já passava muito das três da tarde. E ainda faltava a apresentação de seis bandas, que atrasaram por causa da inundação dos banheiros e, além disso, com o estacionamento interditado, os pais tiveram que brincar de gato e rato com os guardas de trânsito, ou carregar os equipamentos dos seus carros estacionados em ruas laterais, em alguns casos, por até um quilômetro e meio.

As meninas tinham ficado ligeiramente inseguras por terem que tocar depois do desempenho impecável do Jet, mas o padrão dos grupos da tarde deixou todas mais confiantes. Alguns eram bons, outros razoáveis, e pelo menos um grupo parecia ter sido formado na noite anterior.

Por volta das quatro horas, as bandas da manhã começaram a voltar para ouvir os resultados, então o salão encheu mais do que durante o dia inteiro. Jay, Adam e Theo entraram juntos, embora tivesse ocorrido uma discussão com o porteiro, pois o bilhete de entrada de Jay tinha virado uma gosma encharcada no canal.

Os irmãos mantiveram distância de Erin, Alfie e Tristan, que estavam com Salman e seu irmão adulto, Nabhan. Eles encontraram Babatunde sentado na escada, conversando todo empolgado com o sr. Currie.

– Vocês foram ótimos, rapazes – elogiou o professor. – Baseado no que ouvi até agora, a banda têm grande chance de ganhar um prêmio em dinheiro.

Jay notou Summer a poucos metros de distância e foi em direção a ela.

– Chapéu legal – disse a ela. – Lamento pelo drama durante a apresentação de vocês.

– Obrigada – respondeu a garota. – Quer bala de hortelã?

Jay sorriu e enfiou uma bala redonda na boca quando Babatunde, Adam e Theo entraram na conversa.

313

— São as gatas de Birmingham – disse Theo.

A frase soou invasiva para Jay, mas as meninas riram. Jay sentiu inveja do quão confortável Theo parecia ficar perto de garotas. Ele tentou pensar em algo para dizer, mas, em pouco tempo, Summer começou a falar com Adam, enquanto Babatunde e Theo conversavam com Lucy e Coco. Restou apenas Michelle, que tinha enchido a boca com um pacote inteiro de chicletes sabor laranja, mas ainda não conseguia formar nada maior do que uma bola de pingue-pongue.

— Ei, filho – chamou Chris.

Jay sorriu para o pai, que havia trocado de roupa e vestia uma combinação um tanto constrangedora de tênis e traje de corrida azul-marinho da Puma. Também segurava uma bolsa com o cabo de uma raquete de badminton para fora.

— Tenho uma rodada de partidas da Liga de Polícia Metropolitana hoje à noite – explicou Chris, enquanto Theo olhava com desconfiança. – Parece que eles estão um pouco atrasados aqui, mas estou livre até as sete.

Michelle interrompeu bruscamente.

— Você não estava vestido como um porco fascista antes? – perguntou ela, e depois fez um ruído de *oinc-oinc*.

Theo e Adam riram, mas Jay tinha visto brigas suficientes para um só dia, então apenas resmungou e conduziu o próprio pai alguns metros à frente em direção à escada.

— Ignore essa aí, ela é maluca – sussurrou. – Você sabe quando mamãe vai sair?

— Não deve demorar. Falei com alguns dos caras lá. Mesmo que o caso chegue ao tribunal, ela vai ter que pagar apenas uma multa, na pior das hipóteses. Theo é quem deveria estar preocupado. Ele chamou a atenção de algumas pessoas na delegacia. Se não o pegarem pelo delito de hoje, é apenas questão de tempo até que alguma outra coisa o incrimine.

E o vencedor

– Espero que não – disse Jay, quando os holofotes iluminaram o palco e a última banda se preparou para tocar. – Theo não é um ótimo cantor, mas é um líder fenomenal para o Jet.

Eram quinze para as cinco quando as luzes do salão se acenderam. Enquanto a última banda guardava o equipamento, Steve Carr debatia com os três jurados. Passaram alguns minutos somando as pontuações em uma calculadora, antes de entregar os resultados finais ao DJ da Terror FM, Trent Trondheim.

A multidão ficou tensa quando o DJ de cavanhaque tentou subir no palco pela frente, apenas para passar vergonha e optar por um caminho mais longo pela porta lateral e subir os degraus.

– Está sendo um dia incomum – começou Trent com uma voz grave, enquanto membros das dezoito bandas, além de pais, amigos, irmãos e um fotógrafo do jornal local o observavam. – Coisas estranhas aconteceram. Carros acabaram em lugares onde não deveriam. Felizmente não foi o meu.

Uma risada irrompeu do outro lado do salão. Olhando em volta, Jay encontrou o produtor da *Guerra do Rock*, Zig Allen, filmando tudo com uma pequena câmera da Panasonic. Ele fez uma nota mental para começar a trabalhar em um perfil para o Jet assim que chegasse em casa.

– Na verdade, temos um empate no terceiro lugar – anunciou Trent. – O prêmio será dividido entre duas bandas, e cada uma delas fez quarenta e cinco pontos de um total de sessenta. Agora batam palmas para Frosty Vader e Scabies Squad.

Enquanto a multidão aplaudia, duas bandas se aproximaram da mesa dos jurados, onde Steve Carr distribuía envelopes de vales e troféus prateados no formato de guitarras elétricas.

– Em segundo lugar, com quarenta e oito pontos, uma pequena e ótima banda de rock que continuou tocando em meio a circunstâncias muito difíceis. A única coisa é que talvez a gente tenha que abater o custo de uma nova jarra d'água do seu prêmio em dinheiro.

Michelle, Coco, Summer e Lucy começaram a pular e a gritar assim que ouviram a palavra *jarra*.

– Parabéns – disse Jay, mas ficou desapontado porque o restante da sua banda estava lá com as meninas, pulando e sendo abraçado, enquanto ele estava a alguns metros atrás com seu pai.

– A água derramada da jarra me fez passar o intervalo do almoço andando por Camden Lock como se eu tivesse feito xixi na calça – continuou Trent. – Mas já perdoei nossas vice-campeãs: Industrial Scaaaaaaale Slaughteeeeeeer!

Enquanto as meninas corriam para buscar os troféus e os vales, Jay olhou para Salman, Alfie e Tristan. Com apenas um prêmio restante, era ganhar ou perder para as duas bandas, mas ele estava convencido de que o Brontobyte não tinha superado o Industrial Scale Slaughter nem o Frosty Vader. Se o Brontobyte vencesse, seria tudo uma farsa.

Trent fez uma pausa dramática e baixou ainda mais o tom de voz.

– Este é o grande momento – afirmou ele.

Risadas tensas reverberavam pela plateia.

– A Terror FM realiza essas competições por todo o país – anunciou Trent, claramente saboreando a chance de manter o suspense no público. – Tem sido um privilégio para mim julgar mais de uma dúzia delas. Nossos vencedores de hoje receberam a maior pontuação que já vi. Com *arrasadores* cinquenta e oito pontos de um total de sessenta, o nosso maior prêmio em dinheiro, a entrevista e a apresentação ao vivo no meu programa na Terror FM vão para...

O coração de Jay acelerou quando Trent fez outra pausa dramática. O Jet tinha mandado bem. Mas será que eles eram bons a ponto de marcar cinquenta e oito pontos? Jay não tinha visto todas as bandas da tarde e, pelo que sabia, uma delas havia levado o público ao delírio.

E o vencedor

– ... uma banda que, segundo me disseram, sequer tinha um nome quando chegou aqui esta manhã...

Jay ficou boquiaberto. Só podia ser. *Tinha* que ser.

– ... mas talvez seja um nome que vocês vão ouvir muito mais no futuro...

Jay olhou em volta e encontrou Len, Hank e sua mãe ligeiramente machucada correndo pelo salão atrás dele.

– A banda vencedora do Rock the Lock deste ano é Jet!

No próximo e incrível episódio...

Jet é a grande e favorita banda selecionada para a *Guerra do Rock*. Mas será que o cantor da banda passará o verão na escola do rock ou atrás das grades?

Será que o Brontobyte é bom o bastante para ser escolhido por Zig Allen? E que diabo Erin vê em Tristan?

Será que Dylan e Eve vão encontrar o amor verdadeiro, ou isso não passa de uma aventura? Se os Pandas forem selecionados para a *Guerra do Rock*, a imprensa vai descobrir sua verdadeira identidade? E Max vai levar uns bons tabefes, como tanto merece?

E, ainda, poderia a gravação chocante de uma câmera de segurança acabar com o Industrial Scale Slaughter? E quantas vezes Summer vai vomitar quando tiver que cantar ao vivo diante de cinco milhões de telespectadores?

Impressão e Acabamento:
INTERGRAF IND. GRÁFICA EIRELI